河北省社会科学基金项目

万树《词律》词学思想研究

王立娟 刘少坤 ○著

北京理工大学出版社
BEIJING INSTITUTE OF TECHNOLOGY PRESS

版权专有　侵权必究

图书在版编目（CIP）数据

万树《词律》词学思想研究 / 王立娟，刘少坤著 . —北京：北京理工大学出版社，2020.8

ISBN 978-7-5682-8906-1

Ⅰ．①万… Ⅱ．①王… ②刘… Ⅲ．①词学—研究 Ⅳ．① I207.23

中国版本图书馆 CIP 数据核字（2020）第 148761 号

出版发行 /	北京理工大学出版社有限责任公司
社　　址 /	北京市海淀区中关村南大街 5 号
邮　　编 /	100081
电　　话 /	（010）68914775（总编室）
	（010）82562903（教材售后服务热线）
	（010）68948351（其他图书服务热线）
网　　址 /	http://www.bitpress.com.cn
经　　销 /	全国各地新华书店
印　　刷 /	保定市中画美凯印刷有限公司
开　　本 /	710 毫米 ×1000 毫米　1/16
印　　张 /	16.75
字　　数 /	206 千字
版　　次 /	2020 年 8 月第 1 版　2020 年 8 月第 1 次印刷
定　　价 /	58.00 元

责任编辑 /	梁铜华
文案编辑 /	杜　枝
责任校对 /	刘亚男
责任印制 /	施胜娟

图书出现印装质量问题，请拨打售后服务热线，本社负责调换

目 录

引 言 ··· 1

第一章 万树生活的社会文化背景 ··· 11

第一节 时代背景 ·· 12
一、社会思想背景 ··· 12
二、政治背景 ··· 15
三、学术研究背景 ··· 17

第二节 填词创作与词学研究的热潮 ····································· 20
一、推尊词体的意识及行为 ··· 20
二、明末清初词创作的兴盛 ··· 24
三、词集的编纂 ·· 25
四、词话创作的热情 ·· 26

第三节 前期词谱的奠基 ·· 27

第二章 万树生平交游及著述 ··· 29

第一节 万树生平交游 ·· 30
一、生平 ·· 30
二、交游 ·· 33

第二节 万树的著述 ··· 38
一、诗、文 ··· 38
二、词、曲 ··· 41

第三章　前期词谱的缺憾与校正……43
第一节　清初词学家对前期词谱体例的批评……44
第二节　万树对前期词谱的批评与校正……49
　　一、校正前期词谱例词错讹衍脱……49
　　二、校正前期词谱之标记错误……54

第四章　《词律》的体例勘定……65
第一节　中和诗、曲两体字声标识为新体例……66
　　一、词之声韵概说……66
　　二、《词律》字声所采用之标识方法……68
第二节　按照字数多少排列词调……70
　　一、反对题意分类排列……70
　　二、反对"三分法"……72
第三节　设计"又一体"……79
第四节　目录下系词调考释……81

第五章　《词律》对词调字声语法的研究……93
第一节　总结字声规律……94
　　一、"入、上代平"论……94
　　二、"去声字论"……99
第二节　句法研究……106
　　一、万树之前词学家对词之句法的探析……106
　　二、依照语法、语义结构分句……111
　　三、新建"豆"的用法……113
　　四、利用韵脚分句……115

第三节　章法研究……120

　　第四节　词调研究……125

　　　一、反对乱改词调名……125

　　　二、"同名异调"与"又一体"方法的架构……133

　　　三、同调异名……140

第六章　《词律》的词学主张……147

　　第一节　填词须严守唐宋词格律、句法……148

　　　一、填词须严守唐宋词格律……148

　　　二、词亦有拗句……153

　　第二节　反对明清人之自度曲……158

　　第三节　力主词无"衬字"现象……160

　　　一、衬字的内涵……161

　　　二、南曲中的衬字……171

　　　三、明清"词有无衬字"之争……178

　　第四节　不收诗、曲二体……187

　　　一、诗词之不同……187

　　　二、词曲不同……190

第七章　《词律》的词学成就及缺憾……195

　　第一节　《词律》的词学成就……196

　　　一、开词律严密一路……196

　　　二、开创了词学校勘学上的"律校法"……198

　　第二节　《词律》的缺憾……206

　　　一、不懂宫调乐律……207

二、漏载词调仍然很多……………………………………213
　　三、考订偶有失误……………………………………………218
　　四、按字数多少排列的体例有待商榷……………………225

第八章　《词律》词学史的地位及影响………………………233
　　第一节　《词律》的地位……………………………………234
　　第二节　《词律》的影响……………………………………236

参考文献………………………………………………………243
后　记…………………………………………………………259

引 言

万树（1630—1688年），字红友，一字花农，号山翁、山农，常州府宜兴（今江苏省宜兴县）人。顺治年间以监生游学北京，未得官而归。康熙十八年（1679年）两广总督吴兴祚因爱其才，邀请至幕府为幕僚，一切奏议皆由其执笔。抽暇赋词作曲，每有新曲谱成，即由吴家伶人拜笙按拍高歌搬演。万氏才情卓绝，勤于著作，在词曲方面取得了非凡的成就。康熙二十七年（1688年），万树终以怀才不遇，忧郁而积劳成疾，拜辞吴兴祚回乡，不幸病逝于去往广西江舟的旅途中，年仅58岁。

一

词本是唐宋时期的一种流行的声乐，是从西域传过来与中原音乐结合而生成的新音乐形式——燕乐曲子发展而成的，属于俗乐系统。词的格律与声律两者为互有关系，性质却不相同：词的声律属于音乐学范畴，是词体的原生态范畴，是词体演唱过程中形成的规范；而词的格律则属于音韵学范畴，是词体在案头化后，词人们为了规范词体的格式、便于创作而根据唐宋词，用律用韵规律重新构建的一整套新规范。

由于唐宋词乐失传，因此在音乐史上固然需要对词的音律问题继续进行深入探讨，对唐宋词乃至词学的研究颇有意义，但与词的创作已经没有多大的直接关系。词的格律则不然，它为不懂音乐乃至失去词乐后的词人提供了一种填词方法。这种方法固然存在着对词体原始形态的"偏离"，但也是唯一的选择。清人在创作与研究词时，常常把是否严于持律作为论词的重要艺术标准之一,而且迄今仍被填词者奉为金科玉律,谨守不失。

同时,也要注意到,相对于诗律,词律系统要繁复得多。

比如,诗词的句数、章法不同。近体诗不管是五言还是七言,其句数只有两种,即绝句四句、律诗八句。(当然,排律打破了律诗八句的特征,但基本也是根据粘对规律重叠句子而已)词的格式和律诗的格式不同,律诗只有四种格式,而词则总共有一千多种格式。近体诗注重的是起承转合,但没有非常明确的章法划分,而词律则根据词调的不同,里面的句数、章法也表现出非常大的不同,尤其分片,更是直接决定了词的章法划分。固然,直到现在,有些词牌的句数划分依然不同,而且由于人们对词的句子的理解不同,产生了很大的分歧,但依然能够感受到词的句法、章法的张力。句数少的如〔十六字令〕只有三韵四句读,而句数多的如〔莺啼序〕则有十六韵五十六句读。从章法来看,现存的词多为两片之体,而有一些如〔渔歌子〕〔捣练子〕为一片之体,〔西河〕〔兰陵王〕等为三片之体,而〔莺啼序〕则为四片之体,可见词体句法和章法之繁复。

又如句式、节奏不同。近体诗的句式比较简单,是以七言或五言构成的句子,而句子内部的节奏一般也是两字一节奏,偶尔有三二(五言)式、二三二(七言)式。相对于诗律,词的句式要繁复得多,从一字到十余字,长短不齐,故词又称作"长短句"。而其节奏更是繁复多样,三言有一二、二一式,四言有一三、二二、三一、一二一式,五言有一四、二三、二二一、一二一、三二式,六言有三三、二二二、一五式等,这些繁复的句式与节奏,构成了词体的一个重要特征。即使今天读起来,仍然能感觉到唐宋词作韵律的抑扬顿挫和节奏的丰富多样。

再如用韵不同。近体诗之用韵,唐人依从《唐韵》,后来宋官方创立礼部韵后,成为官方的用韵规律,而其韵脚,则分首句入韵与不入韵两种,首句入韵的,则韵脚为一、二、四(绝句),或一、二、四、六、八(律诗),首句不入韵的,则韵脚为二、四(绝句),或二、四、六、八(律诗),而词的用韵情况则不似近体诗那么严格,甚至是平仄通押。清人有关词有无韵的争论非常激烈，以致郑文焯提出"不在韵而在声"的理论。词的韵脚，一般由词调规定，每个词调的韵脚也不一样。

还如词调很重要。近体诗只有题目，而题目对形式不构成影响。词则非常不一样，词是"倚声填词"，是"调有定格，句有定数，字有定声"①的。词调直接规定着这个词的句数、字声、句法、用韵等情况，所以对词调的研究也显得非常重要。词调的本事也关系到词的内容风格问题，故词律还包含对词的内容和风格的限制要求。

词律还有一些其他争论，如词有无衬字、词之虚字、领字等，这些都不同于近体诗。

正是由于诸多不同，决定了词不同于近体诗那样用非常规律的平仄格律以及对仗、用韵、拗救的表达，而有着其自身非常复杂的形态。再加上词体源于燕乐，而且在早期以通俗音乐的形式传播演唱，因此词的乐谱与字声之间虽有一定的关系，但又未能形成一一对应的关系。龙榆生先生在《论平仄四声》一文中曾说："乐有抑扬高下之节，声有平上去入之差，准此以谈，则四声与音律，虽为二事，然于歌谱散亡之后，由四声以推究各词调声韵组织上之所由殊，与夫声词配合之理，亦可得其仿佛。"②后来，词乐失传，以致谱字、节奏无人能解，而这种复杂的形态，正是词学家们争论的前提，也是明清词谱层出不穷的关键。

二

清人有关词律争论的核心是怎样填词创作的问题。围绕创作，清人提出了一系列规范词体的方法，然而，由于清人对词律认识不尽相同的根本在于词乐

---

① 徐师曾《文体明辨序说》，人民文学出版社1998年版，第164页。
② 龙榆生《龙榆生词学论文集》，上海古籍出版社2009年版，第158页。

的丧失，因此词乐的丧失有两个重要原因：一是词在唐宋时期本属小道，人们重视不够；二是曲体兴盛之后，词乐渐被冷落。明清人又从曲乐的角度入手解释词乐，但是由于词曲之间发生了太多的变化，因此这种不同给明清人造成了非常大的困惑——词曲一理，而词、曲又非常不同。其内部究竟有何不同，明清人根据自己的理解阐释词体本位，而各人之间见解的不同，最终造成了明清人在词律上的争论，进而阐发了许多批评与理论。

清人的词律批评理论首先是建立在明人的词律观念之上的，他们努力挖掘唐宋词学文献，以期得出一个比较客观的词律体系，并用来指导创作，但由于词乐已经失传，人们对词体的认识不一，观点也就不统一，因此也就造成了不同的词律主张。

早期的制谱者虽想借鉴曲谱的体例来谱写词律，但是由于曲律四声表达的方式比较烦琐，因此，未能实现，"《太和正音谱》字字讨定四声，似为太拘。尝闻人言：词曲上去入声与旧调不同者，虽可歌，播诸管弦，则龃龉不协。不知此正由管弦者泥习师传，无变通耳。"①从张綖之论，我们看到明人复兴词体的尝试，四声太过拘泥，妨碍词曲创作，故需要变通。变通的结果，张綖采用了平仄标示的方法。直到清初，词学家们仍然采用早期词谱的平仄观念。

万树则深刻地反思了单以平仄划分的局限，并尖锐地批评了以前平仄格律谱的缺陷，"平仄固有定律矣，然平止一途，仄兼上去入三种，不可遇仄而以三声概填，盖一调之中可概者十之六七，不可概者十之三四，须斟酌而后下字，方得无疵。"②《词律》的出现，使词谱由原来的平仄谱单一发展，一变而为平仄谱与四声谱并行的状态。万树主张要严格按照唐宋词格律填词，区分诗词曲的不同，严守词之所以为词的特色。浙西词派要求按照万树《词律》的规范来填词，认为填词一定要严守《词律》格律，只有这样才能与唐宋词契合。

---

① 张綖《诗余图谱·凡例》，《续修四库全书》本，第1735册，第472页。
② 万树《词律·凡例》，上海古籍出版社1984年影印版，第14页。

同时，万树打破三分法，确立按字数多少排列的方法，开启了词谱分类的新篇章。以后的词谱基本打破了三分法，使毛先舒所称的"古人定例"不再遁形。万树还系统地总结了词中"去声字"的重要性，"上入可以代平"等字声理论。万树比斟校订，考订翔实，为填词者提供了最成熟的范本。

另外，万树还开创了词集校勘新方法——律校法，校勘了词的错讹脱衍、字声、句法、韵脚、章法等问题，精密的考订，使律校法变成了词学校勘学上的一种重要的校勘方法。万树之后，"律校法"越来越得到词学家们的肯定，清季词学家王鹏运、朱祖谋、郑文焯等，亦非常重视依律校勘词集。今人吴则虞先生在校勘《清真集》时云："词律和词的关系好像'度之以履'。买鞋虽不必一定要拿鞋样，可是从鞋样也能知道鞋的大小，因此依律校词，也是一种有效的方法。"①更是把"依律校词"明确列为校例之一。

三

《词律》作为当时最成熟的词谱，为词谱史增添了一道绚丽的光彩，在词谱史上占居非常重要的地位，但是，它本身还存在一定的局限性。比如，由于词乐失传，长期地视词为诗体的一种，因此，词的本来面貌还是未能揭开面纱。江顺诒批评"万氏有功于词学，杜氏又为万氏之功臣。虽其书知声而不知音，然舍此别无可遵之谱，则《校勘记》之不可少也明矣，然'律'之一字，究非'音律'之'律'，亦非'律例'之'律'，不过如诗这五七律之'律'耳，不如仍名为'谱'之确也"②。真可谓一针见血。

万树不懂宫调音律，使得他在编制《词律》时产生了一些根本观念上的错误。如卷一〔三台〕后注曰：

---

① 吴则虞《清真集·校例》，中华书局1981年版，第3—4页。
② 江顺诒《词学集成》，《词话丛编》本，中华书局1989年版，第3236页。

从来旧刻，此篇俱作双调，于"双双游女"分段。①

其实，双调本是宫调名，而不是万树所言的"两段"的意思。吴衡照批评道：

> 红友《词律》，如〔南歌子〕〔荷叶杯〕等体，多注双调。西林先生云："双调乃唐宋燕乐二十八调、商声七之一曲之大段名也。"词中〔雨淋铃〕〔何满子〕〔翠楼吟〕，皆入双调。万氏失考，误以再叠当之，有此卮言。②

从中可以看出，万树亦知词为乐体，试图想解决词的宫调、音律等音乐问题，而其所言"择腔""煞尾""随宫造格"看似是个深通声律者，但是当万树真正深入到词体的音乐体制内部问题后，不懂音律的马脚就暴露了。

再如《词律》所收词调依然有所遗漏。《词律》刊刻二十多年后，《钦定词谱》付梓，词调数量达到826个，列体达2306个；徐立本、杜文澜为《词律》做了补遗，并于光绪二年刊刻，词调数量达875个，比原刊本增加词调200多个。清代晚期，秦巘编制了《词系》，其所收的词调数量为1029个，2200余体③，可见万氏虽有大功于词调，但漏载词调仍较多。

由于万树所处历史条件与个人条件都不够成熟，因此《词律》还存在一些校勘错误。杜文澜在《词律校勘记》中多有指正，如批评〔更漏子〕调曰：

> 按此词词谱未收，词只四十五字，万氏注四十六字，误。又按此调唐宋作者甚多，皆四十六字，疑"一"各三字，误落一字也。④

---

① 万树《词律》，上海古籍出版社1984年版，第67页。
② 吴衡照《莲子居词话》，《词话丛编》本，第2424页。
③ 江合友《明清词谱史》，上海古籍出版社2008年版，第212页。
④ 万树《词律》，上海古籍出版社1984年版，第128页。

连字数都数错了。杜文澜还曾列举一笑柄曰:

> 校书遇费解语,百思不得,迨以善本校出,有令人失笑者。如校《词律》秦少游〔雨中花慢〕词,上句"满空寒"三字,下句"皇女明星迎笑"六字。万氏注云:按律少一字。余又觉"皇女"二字不可解。及得《淮海集》校之,乃上句为"寒白",下句为"玉女"。钞时误钞"玉"字一点,与"白"字并作"皇"字,此与俗传"羊血仓仓",笑柄正相偶矣。①

"皇女"原来为"白玉女",不禁令人捧腹。这样的情况还有很多,直到《钦定词谱》诞生后,由于有皇家背景,因此图书资源极大盛,组织力量足够强大,词谱著作才又达到一个新高度。

四

万树《词律》编写完成之后,很快引来一部分人的关注。许多词学家针对《词律》的不足对其进行修正。如徐本立作《词律拾遗》六卷、戈载作《词律订》、杜文澜作《词律补》《词律校勘记》,最终于1830年汇刻成《校勘词律》一书,成就了词学界的新辉煌。为万树《词律》作序的两广总督吴兴祚谈道:

> 阳羡万子有忧之,谓古词本来,自今泯灭,乃究其弊,所从始缘。诸家刊本不详考其真,而以讹承讹,或窜以己见,遂使流失莫底,非亟为救正不可。然欲救其弊,更无他求,唯有句栉字比于昔人原词,以为章程已耳。因辑成此集,考究精严,无微不著,名曰《词律》,义取乎刑名法制。若将禁防佻达不率之为者,顾推寻本源,期于合辙而止,未尝深刻以绳世之,自命

---

① 杜文澜《憩园词话》,《词话丛编》本,第2861页。

为才人宿学者也。①

杜文澜亦称赞道：

> 阳羡万氏红友，独求声律之原，广取唐、宋十国之词，折衷剖白，精撰《词律》二十卷。虽不免尚有遗漏舛误，而能于荆棘之内，力辟康庄，实为词家正轨。②

以精研声律著称的乾嘉朴学大师凌廷堪，在其《梅边吹笛谱》"秋日舟过荆溪时"所作〔湘月〕词的序里，深以"万氏之说与古暗合也"而表示钦佩，并以隔代知音身份缅怀这位先辈："空想堆絮园中，停樽按拍，制新词如锦。律比申商，料后世应有知音题品！"③

《词律》还对之后的词谱编纂产生了重要影响。如《钦定词谱》为康熙四十八年（1709年）陈廷敬、王奕清等奉旨编写，于康熙五十六年（1717年）编纂完成，多受《词律》启发。《钦定词谱》以万树《词律》为基础，纠正错讹，并予以增订，共收录词牌826个，2306体。自此以后，词学由私学上升到官学，而《钦定词谱》作为官修词谱，其严密性、全面性值得称道。

同时，主张填词从严的浙西词派利用《词律》来填词创作，以严整之格律接济清空骚雅之词风，大大增加了词体的严肃性，提升了词体的品格，全面影响了中、晚清词坛的填词风尚，更促使词学研究上了一个新台阶。

至民国时期，词学家通过总结晚清词学家在《词律》研究上的成绩，更加细致地探讨词律与乐律之间的关系，取得了不小的进步。作为晚清词学家的弟子，赵尊岳、陈运彰、龙榆生、唐圭璋、夏承焘等人更是直接承继了晚清四大词人的词学观。如郑文焯的弟子蔡嵩云论述严守四声才能向宋词靠拢：

---

① 万树《词律》，上海古籍出版社1984年版，第4—5页。
② 杜文澜《憩园词话》，《词话丛编》本，第2851页。
③ 凌廷堪《梅边吹笛谱》，《清名家词》本，第六册，第54页。

词讲四声，宋始有之，然多为音律家之词。文学家之词，分平仄而已。音律家之词，原可歌唱，四声调叶，为可歌之一种要素。仇山村曰："词有四声、五音、均拍、轻重、清浊之别，即指可歌之词而言。"北宋如屯田、方回、清真、雅言诸家，南宋如白石、梅溪、梦窗、草窗、玉田诸家，大都妙解音律，所为词，声文并茂。吾人学其词，多有应守四声者，且所谓音律家之词，亦惟独创之调，自度之腔，如清真〔兰陵王〕，白石〔暗香〕〔疏影〕之类，须严守四声；至于通行之调，如〔金缕曲〕〔沁园春〕〔水龙吟〕之类，则无四声可守。〔摸鱼子〕〔齐天乐〕〔木兰花慢〕之类，一调中只有数处仄声须分上去，不必全守四声也。四声调叶之词，今虽以音谱失传而不可歌，然较之仅分平仄者，读时尚觉铿锵可听。故词家之守律者，必辨四声分上去，以为不如是，不合乎宋贤轨范。浅学者流，每谓守四声，如受桎梏，不能畅所欲言，认为汩没性灵。其实能手为之，依然行所无事，并无牵强不自然之病。观清末况蕙风、朱彊村诸家守四声之词，足证此语不诬。①

蔡嵩云在阅读时发现"四声调叶之词，今虽以音谱失传而不可歌，然较之仅分平仄者，读时尚觉铿锵可听"。而通过辨析四声而创作的词会"合乎宋贤轨范"，况周颐、朱祖谋等严守四声而创作的词仍然自然流畅，而浅学者却如受桎梏，实是不应该。再如，陈匪石谈论词的句法问题：

讴曲者只须节拍不误，而一拍之内，未必依文词之语气为句读。作词者只求节拍不误，而行气遣词，自有挥洒自如之地，非必拘拘于句读。两宋知音者多明此理，故有不可分之句，又有各各不同之句。②

作为音乐的词与作为文学的词是不一样的。陈匪石从声律的角度分析宋词句法多有不同的原因，认为只要节奏无误，词的句法还是允许有所变化的。接

---

① 蔡嵩云《柯亭词论》，《词话丛编》本，第4899页。
② 陈匪石《宋词举外三种·声执》，江苏古籍出版社2002年版，第168页。

下来是他由此而议论到格律类词谱制作的原因：

> 以句法平仄言律，不得已而为之也。在南宋时填词者已不尽审音，词渐成韵文之一体，有深明音律者如姜夔、杨瓒、张枢辈，即为众所推许，可以概建。及声律无考，遂仅有句法、平仄可循，如诗之五七言律绝矣。万树《词律》作于清康熙中。前乎万氏者，明有张綖《诗余图谱》、程明善《啸余谱》，清有沈际飞《词谱》、赖以邠《填词图谱》，"触目皆瘢"，为万氏所指摘。证以久佚复出之各词集，万说什九有验。①

陈匪石在此谈论声律谱到格律谱之间的转换，观点颇为中肯，远胜于明清制谱者刻意夸大格律谱的行为，同时，也昭示人们的词体观趋于统一。

万树《词律》正是在全面研究前期的词谱文献之后，取其精华去其糟粕，从更加深刻的理解上开始规范词体，搭建词律框架，斟酌词律体例，终于成就了词谱史上的最高成就。正如吴衡照所赞扬的："万红友当辘轳榛楛之时，为词宗护法，可谓功臣。"②

---

① 陈匪石《宋词举外三种·声执》，江苏古籍出版社 2002 年版，第 168 页。
② 吴衡照《莲子居词话》，《词话丛编》本，第 2403 页。

第一章 万树生活的社会文化背景

清军入关后，随着反抗势力的逐步消灭，顺治皇帝开始全面恢复经济，社会日渐走向稳定，文化日渐昌盛。康熙时期，清朝的统治已进入平稳期。随着社会的日渐稳定，手工业的日渐恢复，逐渐出现了所谓的"盛世"。当然，这种盛世只是相对于明末与清初而言，而横向看西欧，荷兰、英国作为资本主义国家已经建立，手工业效率已大为发展，时代已日渐开始属于西方。

第一节 时代背景

一、社会思想背景

明代中叶，江南一带出现了大量的手工纺织作坊，为朝廷提供了远远超过农业税负的财政收入。传统的崇农抑商政策发生了本质变化，商人地位大为上升。一些思想家开始为商人代言，明中叶思想家胡居仁称："农工商贾，皆有用处，皆有益于世。如农之耕天下赖其养，工之技天下赖其器用，商虽末，亦要他通货财。"[①]

认为商业行为有益于当世，虽为末，然不可或缺。嘉靖林希元亦曰："通商惠工则财用足"[②]，认为商人可以使财政富足。明代思想家泰州学派扛鼎人物何心隐谈道：

> 商贾之大，士之大，莫不见之，而圣贤之大则莫之见也。农工欲主于自主，而不得不主于商贾。商贾欲主于自主，而不得不主于士。商贾与士之大，莫不见也。使圣贤之大，若商贾与士之莫不见也，奚容自主其主，而不舍其所凭以凭之耶？[③]

认为商贾不啻农、工，公开为商人鸣不平。明代思想家李贽亦有相似言论，他认为"挟数万之资，经风涛之险，受辱于关吏，忍垢于市易，辛勤万状"：

---

① 胡居仁《居业录》，中华书局1985年版，第63页。
② 林希元《同安林次崖先生文集》，《四库全书存目丛书》，齐鲁书社1997年版，第581页。
③ 何心隐《何心隐集》，中华书局1981年版，第53—54页。

> 天与以致富之才，又借以致富之势，畀以强忍之力，赋以趁时之识，如陶朱、猗顿辈，程郑、卓王孙辈，亦天与之以富厚之资也。是亦天也，非人也。若非天之所与，则一邑之内，谁是不欲求富贵者，而独此一两人也耶？①

就连著名的清官海瑞都认为：

> 今之为民者五，曰士农工商军。士以明道，军以卫国，农以生九谷，工以利器用，商贾通焉而资于天下。身不居一于此，谓之游惰之民。游惰之民，君子之所不齿也。②

大儒王守仁亦认为：

> 古者四民异业而同道，其尽心焉，一也。士以修治，农以具养，工以利器，商以通货，各就其资之所近，力之所及者而业焉，以求尽其心。其归要在于有益于生人之道，则一而已。③

而思想上，随着社会的发展，人们的思想得到进一步解放，社会诞生了一股股新的思潮，王阳明"心学"、李贽"童心说"和汤显祖"至情说"皆直接批评封建社会的礼教，显示出对封建末世制度的挑战与鞭挞。正如阳明弟子王艮所说："大丈夫存不忍人之心，而以天地万物依于己，故出则必为帝者师，处则必为天下万世师。出不为帝者师，失其本矣；处不为天下万世师，遗其末矣。"④

到了明末，思想解放潮流更盛，黄宗羲曰：

> 天下之利尽归于己，以天下之害尽归于人，亦无不可；使天下之人不敢自私，不敢自利，以我之大私为天下之大公。始而惭焉，久而安焉，

---

① 李贽《李贽文集》，社会科学出版社 2000 年版，第 82 页。
② 海瑞《海瑞集》，中华书局 1962 年版，第 488 页。
③ 王守仁《王阳明全集》，上海古籍出版社 1992 年版，第 941 页。
④ 王艮《王心斋全集》，江苏教育出版社 2001 年版，第 13 页。

视天下为莫大之产业，传之子孙，受享无穷。然则为天下之大害者，君而已矣。向使无君，人各得自私也，人各得自利也。呜呼，岂设君之道固如是乎！①

王夫之亦言曰："以天下论者，必循天下之公，天下非一姓之私也"，他提出虚君立宪思想：

> 有天子而若无，则无天子而若有。主虽幼，百尹皆赞成治之人，而恶用标辅政之名以疑天下哉？是以三代之圣王，定家法朝章于天下初定之日，而行之百世，主少国疑之变，皆已豫持之矣。故三代千八百年，非无冲人践阼，而大臣无独揽之威福。若夫周公之辅政，则在六官未建、宗礼未定之日，武王未受命而不遑，不得已而使公独任之也。②

顾炎武则大胆怀疑君权，"以天下之权，寄之天下之人"，并提出著名的"天下兴亡，匹夫有责"思想，东林党人甚至还提出了"公选说"。可见，从明代中期开始，重农抑商的政策已经摇摇欲坠，朝不保夕。

然而，清政府统一全国之后，强化统治，推行愚民与奴化教育，致使中华民族开始落后于整个时代。一直处于跟班地位的日本，却因为"明治维新"，仅经过短短三十多年的西化改革，就一跃成为世界列强之一；农奴制的俄罗斯，因为在1861年亚历山大二世改革后，进入资本主义社会行列；封建色彩浓厚的德国，因为普鲁士王国进行的王朝战争实现国家统一，进入资本主义制度。但是清军用其固有的马背上的民族传统与滞后的奴隶制度模式，摧毁了江南地区诸多发达城市，大片农耕变成牧场，使社会生产力水平大幅降低，物质财富被大规模毁灭。

---

① 黄宗羲《明夷待访录》，中华书局 2011 年版，第 2 页。
② 王夫之《读通鉴论》，中华书局 2013 年版，第 5 页。

二、政治背景

　　清代由于闭关锁国，严重阻碍了科学技术的进步。清初对西学采取的政策是"节取其技能，禁传其学术"，因此，"清代来华传教士只讲些天文历法、极少谈到科学。在清代贵族高压下，在闭关政策束缚下，百姓不敢接近西洋人；传教士失去士大夫的支持，也就遭到满族统治者的压迫，不能像明末那样顺利发展。"[①]西方传教士对中西文化交流失去信心，"西学"的引进逐渐淡化，直至最后中断。史料中所载康熙"热爱科学知识"只不过浅尝辄止，如清兵以骑射得天下，对火器和近代军工却抱着天然的恐惧和敌视态度，生怕威胁自己的统治。清军把"雅克萨战争"中缴获的俄军扳机击发式火绳枪样品献给康熙帝时，他竟然以不得中断前人所授的弓箭长矛传统为理由，仅留下二支用作自己把玩，并令清军禁止使用此种新式火枪，从根本上缺乏"但欲求其所以然之故"的科学理论进取精神。西方国家和日本求新、求变，对新生事物的渴求，与中国保守、不思变革，对新生事物的冷漠形成了鲜明的对比。

　　由于扩张受到了非常顽强的抵抗，因此每攻打下一个城市，清政府就对这里的汉族人民予以残酷杀戮，大搞政治迫害。众所周知，明万历四十六年（1618年），努尔哈赤告庙誓师提出了"七大恨"，誓词中充满对汉族政权的仇恨。天启五年（1625年），努尔哈赤在到达辽东以汉人为主体的统治地区时，下令清查汉人，以存粮多少与职业技能高下等为标准，让有劳动价值的留下，其余穷而无力生产的以及曾任明朝官员、秀才、可疑的人，全部屠杀，留下的人编入生产单位，由八旗长官管辖。

　　清太宗皇太极亲政后，发现排斥汉人的政策不利于维护满族的统治地位，于是采取了提高汉官地位，恢复科举考试等一系列政策；顺治帝亲政后，采取了宽严相济的政策。

　　一方面，他继承皇太极的文化政策，更加提倡满汉一体："朕自亲政以来，各衙门奏事，但有满臣，未见汉臣。朕思大小臣工，皆朕腹心手足……朕不分

---

① 范文澜《中国通史简编》，延安新华出版社1942年，第653页。

满汉，一体眷遇委任。"①顺治九年（1652年）清廷举行"临雍大典"，揭开了有清一代尊礼孔子的序幕。顺治十年（1653年），顺治帝颁予礼部，将"崇儒重道"定为基本国策："今天下渐定，朕将兴文教，崇经术，以开太平。尔部即传谕直省学臣、训督士子。凡经学道德经济典故诸书。务须研求淹贯。博古通今。明体则为真儒。达用则为良吏。果有此等实学。朕当不次简拔、重加任用。又念先贤之训、仕优则学。仍传谕内外大小各官。政事之暇、亦须留心学问。俾德业日修。识见益广。佐朕右文之治。"②顺治十四年（1657年）十月，顺治帝还举行了经筵大典，祭告孔子于弘德殿。

另一方面，顺治帝还大兴文字狱，进一步加强思想控制。如顺治二年（1645年），江阴人黄毓祺被告发写有诗句"纵使逆天成底事，倒行日暮不知还"，被指为"反清复明"，遭到抄家灭门戮尸。顺治四年（1647年），广东和尚释函可身携一本纪录抗清志士悲壮事迹的史稿《变记》，被看守南京城门的清军查获，在严刑折磨一年后，以私撰逆书的罪名流放盛京（沈阳）。顺治五年（1648年），又发生了毛重倬等坊刻制艺序案，等等。

康熙帝即位后，清政权进入了相对稳定时期。但以鳌拜为首的辅政大臣无视形势的发展，轻视文教，排斥汉族官员，从而激起了汉族官僚的不满，一些反清势力借机联系朝中官员进行排满活动，造成了朝野的不安。

康熙帝亲政后，为了切实巩固满汉联合政权，建立稳固统治，在文化上作了调整，康熙六年（1667年），康熙帝谕令"各省督抚，不论满洲、汉军、汉人，应拣选贤人选用"③。九月亲政，十一月谕："遇到官缺首选科举取士之人"；十二月，八旗教习缺出，举人内有愿教习者，准国子监一体考取；康熙七年（1668年）七月，命乡试复以八股文取士；康熙八年（1669年）四月，行临雍大典；康熙九年（1670年）四月，谕户部选拔庶常，以养人才；十月，开经筵日讲，发布"圣谕十六条"宣传传统礼仪伦理；十一月亲祭先师孔子；

---

① 《清实录·世祖实录》卷七十一，中华书局1985年版，第560页。
② 《清实录·世祖实录》卷九十，中华书局1985年版，第712页。
③ 《清实录·圣祖实录》卷二十二，中华书局1985年版，第311页。

康熙十七年（1678年），开博学鸿儒科，朱尊彝等143人参加考试；康熙十八年（1679年），设明史馆，徐文元、严绳孙等入馆修明史。这样的政策还有很多，在此不再一一罗列。梁启超认为康熙在维护稳定上的文化政策主要有三件大事：第一，"康熙十二年之荐举山林隐逸"；第二，"为康熙十七年之荐举博学鸿儒"；第三，"为康熙十八年之开《明史馆》"。①正是如此多的亲汉和崇文政策，慢慢消弭了汉人对清朝统治的抵触情绪。

三、学术研究背景

清代文化进入传统文化的总结期。从清人对传统的经史子部的研究来看，对传统经典的考据、训诂、音韵成为这个时代非常明显的走势，而且词学研究也走上了这条道路。词律学作为词学的重要组成部分，亦不例外，而词体未被清政府列为"禁体"，许多诗人转向到填词，词的创作呈现出繁荣的景象，而伴随着创作的兴盛，词学亦发展迅速，词人们对词体的认识也日趋深刻。

明中叶，王阳明心学占主导地位，可谓明代中后期最有影响的思想潮流。之后心学日益走向极端，士子不读群书，不重考证，不讲经世，只知空言心性，形成了一种空疏的风气，造成了严重的学术危机。顾炎武在《生员论上》中谈道：

> 国家之所以设生员者为何？盖以收天下之才俊子弟，养之于庠序之中，使之成德达材，明先王之道，通当世之务，出为公卿大夫，与天子分猷共治者也。今则不然，合天下之生员，县以三百计，不下五十万人，而所以教之者，仅场屋之文；然求其成文者，数十人不得一，通经知古今，可为天子用者，数千人不得一。②

---

① 梁启超《中国近三百年学术史》，复旦大学出版社1985年版，第107页。
② 顾炎武《顾亭林诗文集》，中华书局1983年版，第21页。

真正的人才需要在生员中千里挑一，这说明当时的学术制度出现了重大危机。顾炎武还在《与友人论学书》中批评心学之讹曰："窃叹夫百年以来之为学者，往往言心言性，而茫乎不得其解也。"①王夫之批驳阳明后学，空疏学风造成的不良风气时说："良知之说充塞天下，人以读书穷理为戒。"②

众所周知，明人普遍存在根基不深，这种空疏的学风也影响到当时的词学研究，如词谱制作皆考订不精，错误百出，收调颇少，致被后人嗤点。王易在《词曲史》中论述道：

> 明人于词造诣未深，而好之则甚，词谱、词韵、词选、词话诸书纷作，而求其完善足法者盖鲜。其轻率不精之病，……究其所由，盖以明人标榜相高，得名甚易，往往寸言片善，表曝无余，双语单词，传诵不绝；使浅学者怀徼幸弋名之志，高才者生骄矜自满之心。于是浪蕊浮华，竞其藻采，巧伪小智，弄其玄虚。③

清初，知识分子普遍不满意明人的空疏之风，力图恢复汉唐学术：

> 清兴，崇宋学之性道，而以汉儒经义实之。御纂诸经，兼收历代之说。四库馆开，风气益精博矣。国初讲学，如孙奇逢、李颙等，沿前明王、薛之派，陆陇其、王懋竑等，始专守朱子，辨伪得真。高愈、应撝谦等，坚苦自持，不愧实践。阎若璩、胡渭等，卓然不惑，求是辨诬。惠栋、戴震等，精发古义，诂释圣言。后如孔广森之于《公羊春秋》，张惠言之于《孟虞易说》，凌廷堪、胡培翚之于《仪礼》，孙诒让之于《周礼》，陈奂之于《毛诗》，皆专家孤学也；且诸儒好古敏求，各造其域，不立门户，不相党伐，束身践行，闇然自修周鲁师儒之道，可谓兼古昔所不能兼者矣。综而论之，圣人之道，譬若宫墙，文字训诂，其门径也。门径苟误，跬步皆歧，安能升

---

① 顾炎武《顾亭林诗文集》，中华书局1983年版，第40页。
② 王夫之《夕堂永日绪论·外编》，《船山全书》第十五册，岳麓书社1996年版，第852页。
③ 王易《词曲史》，东方出版社1996年版，第380页。

堂入室？学人求道太高，卑视章句，譬犹天际之翔，出于丰屋之上，高则高矣，户奥之间，未实窥也。①

阳明心学迅速走向衰颓，而以经世致用为宗旨，以挽救社会危机为目的，以朴实考经证史为方法的实学思潮勃然兴起，学风开始从空谈心性的空疏走向训诂疏证。考订辨伪的实证考据学崇实学风。努力的结果，即人才济济，成果丰硕，诸如顾炎武的《音学五书》《日知录》、阎若璩的《古文尚书疏证》《四书释地》、胡渭的《禹贡锥指》《易图明辨》《洪范正论》《大学翼真》、姚际恒的《九经通论》《古今伪书考》、张尔歧的《礼记郑注句读》、朱彝尊的《经义考》、万斯大的《周官辨非》等力作横空出世，展现出与明代后期迥异的风格。

钱谦益倡导回到经学本身去寻求圣人之道，提出"反经"以及"正经学"的主张，要求消除后世学者特别是理学家的误解曲说，回到汉唐章句之学的传统，甚至"以汉人为宗主"，这一主张成为后来许多学者尊崇汉学的依据，如费密推崇汉学曰：

> 汉儒虽未事七十子，去古未远，初当君子五世之泽，一也；尚传闻先秦古书，故家遗俗，二也；未罹永嘉之乱，旧章散失，三也。故汉政事、风俗、经术、教化、文章，皆非后世可几，何敢与汉儒敌耦哉！②

顾炎武研究经学的方法为乾嘉考据学派所承继，以致被后人视为"乾嘉考据学"的开山鼻祖。顾炎武明确提出了"读九经自考文始，考文自知音始"的治学方法，他积数十年之精力，先后五易其稿，撰成《音学五书》，成为清代古音学研究第一人。《音学五书》是专业性很强的学术研究著作，其治学在方法论上为后人研究经学做了很好的示范。音韵学的长足发展，对词声律的研究起到了很大的推进作用。

---

① 赵尔巽等编《清史稿》卷四八零列传二六七，第四十三册，中华书局1977年版，第13099—13100页。
② 费密《费氏遗书三种·弘道书》卷上《道脉谱论》，《怡兰堂丛书》，大关唐氏1920年成都刻本。

这种对汉学的恢复，促进训诂、音韵之学大发展，到了乾隆、嘉庆时期，朴学成熟。研究者而又从传统的经学经典的训诂音释逐渐旁溢到诗—到词—到曲，王易论道：

> 清则不然，朴学日昌，品节日励，亭林、梨洲、船山、夏峰之伦，或湛深经术，或冥索性天，余力及于词章，大声觉其聋聩；流风所被，朝气所驱，俾知名非浪得，学必探源，虽在填词度曲之微，亦有厚薄深浅之等；遂乃各植根柢，务造精深。浅学者不足以成名；高才者无所用其满。稽其所诣，洵足以振明代之衰，而发词林之暗矣。①

从清人的词律争论与词律成就来看，他们并不特别强调宏观的关注，而是非常用力于词籍文献的搜集与整理，并进行对比、分析和总结，从而得出一种结论，即实证的研究思想与研究方法。如果说明人制作词谱还是非常简单的平仄讨论，而到了清代，则扩展到了四声、阴阳，以及字声与音乐之间的关系上，而制作的严密程度，则是明人所难以望其项背的。

第二节　填词创作与词学研究的热潮

从明末开始，填词活动日渐受到文人的重视，创作日丰，研究日盛，诞生了大量的词作与词学研究著作。这种趋势日渐强化，研究与创作良性互动。研究的日渐深刻，促进了词作质量的提高；词作质量的提高，也促进了研究热情的高涨。

一、推尊词体的意识及行为

叶恭绰在《清代词学之撮影》一书中讲到清词中兴之原因，其中之一即

---

① 王易《词曲史》，东方出版社1996年版，第380页。

"托体尊"①。只有使用"托体尊"才能吸引更多的文人,尤其是上层文人参与进来。更多文人的参与,反过来也就更能促进词创作数量的大增、质量的提高。

推尊词体的行为,在五代时期就已经开始了。欧阳炯的《花间集序》把当时人写的词定义为"诗客曲子词",这是古人第一次把小词与诗人联系在一起,意即诗人偶兴作小词,词作中自然会融入诗人的思维气质、语言表达等,把小词上升到"诗客"的高度。而李煜则因亡国之痛,把自己的身世之感融入小词,明人胡应麟《诗薮》论曰:"后主一目重瞳子,乐府为宋人一代开山祖。盖温、韦虽藻丽,而气颇伤促,意不胜辞,至此君为是当行作家,清便婉转,词家王、孟。"②胡应麟认为,李煜词是唐词以来第一家,又承启宋人作词。王世贞认为:"《花间》犹伤促碎,至南唐李王父子而妙矣。"③黄河清《草堂诗余续集序》:"调固乐府铙歌之滥觞,李供奉、王右丞开其美,南唐李氏父子实弘其业。"④王鹏运在《半塘老人遗稿》中评价之:"超逸绝伦,虚灵在骨。芝兰空谷,未足比其芳华;笙鹤摇天,讵能方兹清怨?后起之秀,格调气韵之间,或月日至,得十一于千百。若小晏,若徽庙,其殆庶几",又说他是"词中之帝,当之无愧色"⑤。王国维先生认为:"词至李后主而眼界始大,感慨遂深,遂变伶工之词而为士大夫之词。"⑥王国维先生又评道:"尼采谓:'一切文学,余爱以血书者。'后主之词,真所谓以血书者也。"⑦胡应麟、杨慎、王世贞、周济、王鹏运、王国维等人给予李煜词极高的历史评价,并勾勒出其在词学史上承前继后的地位与意义的做法,虽有过于拔高之嫌,但挖掘到了李煜对词体改革的巨大贡献。

到了北宋,欧阳修、苏轼等人继续提高词的文化含量,尤其是苏轼,他在

---

① 叶恭绰《清代词学之撮影》《遐庵汇稿》《近代史料丛刊》本,文海出版社 1966 年版,第 782 页。
② 胡应麟《诗薮·杂编》卷四,孙克强编著《唐宋人词话》,河南文艺出版社 1999 年版,第 102 页。
③ 王世贞《艺苑卮言》,孙克强编著《唐宋人词话》,河南文艺出版社 1999 年版,第 102 页。
④ 黄河清《草堂诗余续集序》,孙克强编著《唐宋人词话》,河南文艺出版社 1999 年版,第 103 页。
⑤ 王鹏运《半塘老人遗著》,孙克强编著《唐宋人词话》,河南文艺出版社 1999 年版,第 109 页。
⑥ 王国维著《人间词话》,中国人民大学出版社 2009 年版,第 5 页。
⑦ 王国维著《人间词话》,中国人民大学出版社 2009 年版,第 6 页。

《与蔡竟繁书》中谈到"颁示新词,此古人长短句也。"①后来,又在《答陈季常书》中谈到"又惠新词,句句警拔,此诗人之雄,非小词也。"②强调自己所作词与他人不同,即苏词打破了"词为艳科"的传统,题材范围由南唐后蜀奠定的专主艳情变为多种多样,变成了"以诗为词"的创作基础。故黄庭坚《跋东坡醉翁操》认为:"人谓东坡作此文,困难以见巧,故极工。余则以为不然,彼其老于文章,故落笔皆超逸绝尘耳。"③胡寅《酒边词序》评价之:"及眉山苏氏,一洗绮罗香泽之态,摆脱绸缪宛转之度。使人登高望远,举首高歌,而逸怀浩气,超然乎尘垢之外,于是《花间》为皂隶,而柳氏为舆台矣。"④大大提高了词体的认同感,为词体的多元发展奠定了理论基础。

李清照则站在词体本位——词是一种配乐歌曲的角度进行辩体:

> 五代干戈,四海瓜分豆剖,斯文道息。独江南李氏君臣尚文雅,故有"小楼吹彻玉笙寒""吹皱一池春水"之词。语虽甚奇,所谓"亡国之音哀以思"也。逮至本朝,礼乐文武大备。又涵养百余年,始有柳屯田永者,变旧声作新声,出《乐章集》,大得声称于世;虽协音律,而词语尘下。又有张子野、宋子京兄弟,沈唐、元绛、晁次膺辈继出,虽时时有妙语,而破碎何足名家!至晏元献、欧阳永叔、苏子瞻,学际天人,作为小歌词,直如酌蠡水于大海,然皆句读不葺之诗尔。又往往不协音律,何耶?盖诗文分平侧,而歌词分五音,又分五声,又分六律,又分清浊轻重,且如近世所谓〔声声慢〕〔雨中花〕〔喜迁莺〕,既押平声韵,又押入声韵;〔玉楼春〕本押平声韵,有押去声,又押入声。本押仄声韵,如押上声则协;如押入声,则不可歌矣。王介甫、曾子固,文章似西汉,若作一小歌词,则人必绝倒,不可读也。乃知词别是一家,知之者少。后晏叔原、贺方回、秦少游、黄鲁直

---

① 苏轼《苏轼文集》,中华书局 1986 年版,第 1662 页。
② 苏轼《苏轼文集》,中华书局 1986 年版,第 1569 页。
③ 黄庭坚《跋东坡醉翁操》,《唐宋人词话》,河南文艺出版社 1999 年版,第 241 页。
④ 胡寅《向子湮酒边词序》,《唐宋人词话》,河南文艺出版社 1999 年版,第 242 页。

出，始能知之。又晏苦无铺叙。贺苦少重典。秦即专主情致，而少故实。譬如贫家美女，虽极妍丽丰逸，而终乏富贵态。黄即尚故实而多疵病，譬如良玉有瑕，价自减矣。①

到了南宋，王灼《碧鸡漫志》、沈义父《乐府指迷》、张炎《词源》"三大词话"无一例外地抬高词体地位，王灼从词为诗之一体的角度，抬高词体地位。他在评价苏轼词时谈到王灼为之辩驳："偶尔作歌，指出向上一路，新天下耳目，弄笔者始知自振。"②

沈义父则辨析了词与当时的缠令、唱赚等俗乐的区别。他一再反对"鄙俗语""俗气""教坊习气""市井语"：

> 前辈好词甚多，往往不协律腔，所以无人唱。如秦楼楚馆所歌之词，多是教坊乐工及市井做赚人所作，只缘音律不差，故多唱之。求其下语用字，全不可读。甚至咏月却说雨，咏春却说秋。如〔花心动〕一词，人目之为一年景。又一词之中，颠倒重复，如〔曲游春〕云："脸薄难藏泪。"过云："哭得浑无气力。"结又云："满袖啼红。"如此甚多，乃大病也。③

由于宋人的文化素养较高，因此他们创作的词雅化趋势越来越明显，词的雅化又为尊体提供了前提，而在市民群体中，缠令、唱赚、嘌唱等曲体更符合他们的娱乐要求，词曲剥离加速，一分为二之势已不可挡。

到了明代，明人大力弘扬词体、推尊词体。明人的尊词体，一方面，表现在对唐五代北宋词的推尊，他们认为唐五代北宋词得词之天然。这种追本溯源的思潮与明人在诗文上的追求是一体的，从前后七子的"文必秦汉，诗必盛唐"到后来的唐宋派，无一不流露出以古为尚的心态。诚然，他们的主张离创作还有一定的差距，但这种思潮却为推尊词体创造了条件。另一方面，词谱专书却

---

① 李清照著，黄墨谷辑校《重辑李清照集》，中华书局 2009 年版，第 53 页。
② 王灼《碧鸡漫志》，《词话丛编》本，第 85 页。
③ 沈义父《乐府指迷》，《词话丛编》本，第 281 页。

以平仄谱的形式出现，说明词体向诗体的靠拢。这种有意识的靠拢与推尊词体相辅相成，相互促进，为词体的推尊提供了方向，也为清词的中兴提供了可资借鉴的经验。

二、明末清初词创作的兴盛

从根本上来说，词谱创制的目的即用来指导创作。明代中后期知识分子对词创作的热情越来越高，水平也越来越高，明末形成了以陈子龙为首的云间派，词体地位亦开始上升，日渐摆脱小道的观念，陈子龙高举"风骚之旨，皆本言情""然宋人亦不免于情也。故凡其欢愉愁怨之致，动于中而不能抑者，类发于诗余。故其所造独工，非后世所及"①的旗帜，藉词表达内心婉约之性情。

清初的知识分子继续沿着云间派的余响，在创作上投入很高的热情，清初李渔云："自有词之体制以来，未有盛于今日者。"②清初人江尚质评论道："人文蔚起，名制若林。近披朱竹垞《词综》、毛稚黄《词谱》、邹程村《倚声集》、蒋京少《瑶华集》，家玑人璧，评者纷如。"③清初词人还表现出了"风格多样、流派纷呈"的态势，④阳羡词派词人"陈（维崧）词天才艳发，辞风横溢，盖出入北宋欧苏诸大家"，而浙西词派代表词人"朱（彝尊）高秀超诣，绮密精严，则又与南宋白石诸家为近；而先生（纳兰性德）词，则真《花间》也。"⑤徐珂在《清代词学概论》中亦谈道："词之学剥于明，至清而复之，直接南北宋，可谓盛矣。"⑥叶恭绰《清代词学之撮影》一书中亦言："我看清代文学多不能超越前代的。如曲不及明，更不及元；又诗也不及明朝，独词较好。可知清人对于词的研究之深切。由此可见，清词立在重要的地位，定无可疑的。"⑦

---

① 陈子龙《王介人诗余序》，《安雅堂稿》，辽宁教育出版社2003年版，第48页。
② 李渔《名词选胜序》，《李渔全集》第一册，浙江古籍出版社1991年版，第34页。
③ 沈雄《古今词话·词品》下卷引，《词话丛编》本，第881页。
④ 孙克强《清代词学》，中国社会科学出版社2002年版，第2页。
⑤ 杨芳灿《纳兰词序》，《清名家词》本。
⑥ 徐珂《清代词学概论》，上海大东书局1925年版，第1页。
⑦ 叶恭绰《清代词学之撮影》，《遐庵汇稿》，《近代史料丛刊》本，文海出版社1966年版，第784页。

三、词集的编纂

明清时期，伴随着填词活动越来越多，学界兴起了整理唐宋词籍的热潮。各种钞本、刻本、选集、丛编层出不穷，蔚为大观。明代，词集别集刊刻甚夥，欧阳修、晏殊、柳永、苏轼、晏几道、杜安世、张先、黄庭坚、秦观、陈师道、贺铸、朱敦儒、辛弃疾等人的集子刊刻流传甚广，词集丛编类有《唐宋名贤百家词》《南词》《紫芝漫抄》《六十名家词》《宋元名家词》《宋元明三十三家词》等，词集编制日渐兴盛。

清初，词学家们在更广泛的范围内整理词集，制作选本，新编制的有《词综》《选声集》《填词图谱》。其中，尤以《词综》的选本价值最大，其收词数量与质量大大提高，万树《词律·自叙》言：

> 漂泊向天涯海角，既不比通都大市，有四库之堪求；交游惟清风明月，又不遇骚客名流，无一鸥之可借。只据贺囊之所挈，及搜邺架之所存，惟《花庵》《草堂》《花间》《万选》《汲古刻诸家》《沈氏四集》《啸余谱》《词统》《词汇》《词综》《选声》数种，聊用参校。①

可见万树所采用的词籍虽不完备，但已经颇为可观。这些文献在明代之前就已经产生的有《花庵词选》《草堂诗余》《花间集》《词林万选》《啸余谱》《文体明辨》《词统》《词汇》《诗余图谱》。四库馆臣评之曰：

> 是编录唐、宋、金、元词通五百余家。于专集及诸选本外，凡稗官野纪中有片词足录者，辄为采掇，故多他选未见之作。其词名、句读为他选所淆舛，及姓氏爵里之误，皆详考而订正之。其去取亦具有鉴别，盖彝尊本工于填词，平日尝以姜夔为词家正宗，而张辑、卢祖皋、史达祖、吴文英、蒋捷、王沂孙、张炎、周密为之羽翼。谓自此以后，得其门者或寡。又谓小令当法汴京以前，慢词则取诸南渡。又谓论词必出于雅正，故曾慥录

---

① 万树《词律·自叙》，上海古籍出版社1984年版，第7页。

《雅词》,铜阳居士辑《复雅》。又盛称《绝妙好词》甄录之当。其立说,大抵精确,故其所选能简择不苟如此。以视《花间》《草堂》诸编,胜之远矣。①

这也是万树《词律》多采用《词综》所选之词作为例词的原因。

四、词话创作的热情

唐宋元时期,由于词体卑弱,研究词体者甚少,最为著名者有王灼《碧鸡漫志》、沈义父《乐府指迷》、张炎《词源》、陆辅之《词旨》,号称"宋代四大词话",这四种词话开词话之先端,亦足够深刻,然数量偏少。

明代,词学家日渐开始把词学作为一门独立学位来研究,词话著作益日渐丰盛,如陈霆《渚山堂词话》《草堂诗余别录》、王世贞《艺苑卮言》、俞彦《爰园词话》、杨慎《词品》、胡应麟《少室山房词话》、毛晋《汲古阁词论》,不仅所论篇章甚多,而且深度与广度都堪称博大。

清初,词话著作日增,李渔《窥词管见》、毛奇龄《西河词话》、王又华《古今词论》、刘体仁《七颂堂词绎》、沈谦《填词杂说》、邹祗谟《远志斋词衷》、王士禛《花草蒙拾》、贺裳《皱水轩词筌》、彭孙遹《金粟词话》、沈雄《古今词话》《柳塘词话》、顾景芳、李葵生、胡应宸《兰皋明词汇选辑评》、徐喈凤《荫绿轩词证》、张星耀《词论》、徐釚《南州草堂词话》《词苑丛谈》、聂先《百名家词钞词话》、蒋景祁《刻瑶华集述》、朱彝尊《曝书亭词话》、董以宁《蓉渡词话》、毛先舒《词辩坻》、曹尔堪《锦瑟词话》等,这些词话或记录唐宋之佚词,或记录词人逸闻轶事,或考证词学本体,或深研词学源流,得出了许多深刻的结论。对万树编制《词律》做了最充分的准备。

---

① 永瑢等《四库全书总目》,中华书局 1983 年,第 1825 页。

第三节　前期词谱的奠基

经过明末清初词学家们的努力，清人对词体的认识越来越深刻，有关词体的专著也越来越成熟。以词谱的编制来看，从早期周瑛《词学筌蹄》的编制到张綖的《诗余图谱》、程明善的《啸余谱》，再到清初《词学全书》的刊刻，词谱的体例与内容日渐成熟。

目前，人们所能看到的最早词谱著作是明代中期周瑛的《词学筌蹄》。之后张綖《诗余图谱》、程明善《啸余谱》等词谱皆遵循周瑛所创立的传统，只用平仄格律标识词谱，而其前期词谱已经成为词人填词的依据，取得了一系列成果，其制谱思想与方法也成了万氏编制《词律》的参考与依据。

首先，从体例来看，这些前期词谱的体例日渐成熟，形成了以《啸余谱》等"平""仄"为文字记谱的标示方法和以《诗余图谱》《填词图谱》等用"○""◎""●"图谱来标示词的字声两种方法。二者各有特点，以图谱标示，具有直观、通俗的特点。对于初学填词者来说，无疑具有生动形象的优点，而且，以平仄图谱标注最多可以产生四个符号，即平、仄、可平、可仄，这样的标注有利于初学者，但若把四声都设计成符号来表达词谱，图谱标注的作用可能就会适得其反。若刘永济先生设计了八种符号，则令读者头晕眼昏，难以把握。以文字记谱的方式，无疑更加抽象。

初学填词者不仅可能一望茫然，而且由于元代之后入声已经派入三声，有些不甚通音律者可能都弄不清字声，只会让初学者失去兴趣，但是，若以四声标注的方法来看，文字谱则显得要而不烦，条屡清晰，尤其对于深究音律者来说，方便且醒目。

其次，从词调研究状况来看，毛先舒、毛奇龄、邹祗谟等人在词调上的考证贡献颇大，他们不仅考证了很多词调的源流、本事，而且还确定了大量"同调异名"的词牌；同时，还确定了很多词牌的字法、句法、章法问题，这无疑为万树编制《词律》提供了诸多方便，也为《词律》能达到一个新高度提供了可能。

  再次,前期词谱还充分注意到词的句法、章法等问题。前期词谱对五、七言句法有一定独立的看法,而不是简单附庸近体诗之句法。前期词谱还注意到三片词、四片词的章法问题等。

  这些工作皆具有开创性,为《词律》的编制提供了制谱思想与方法的帮助。《词律》在词谱史上取得了重要的成绩,且达到了词谱的一个顶峰位置,它的成就是经过对前期词谱不断借鉴、不断反思后确立的。词律的成就是建立在前期词谱基础上的,不仅是对前期词谱的尊重,更是对万树工作的尊重。

第二章 万树生平交游及著述

万树（1630—1688年），字红友，一字花农，晚年号山翁、山农，常州府宜兴（今江苏宜兴县）人。顺治年间以监生身份游学北京，未得官而归。康熙十八年（1679年），两广总督吴兴祚因爱其才，邀请他到幕府做幕僚，一切奏议皆由其执笔，抽暇赋词作曲，每有新曲谱成，即由吴家伶人拜笙按拍高歌搬演，为吴兴祚总督全家寻欢作乐助兴。康熙二十七年（1688年），他终以怀才不遇，忧郁积劳成疾，拜辞吴兴祚回乡，不幸病逝于广西江舟旅途中，年仅58岁。万氏才情卓绝，勤于著作，在词曲方面取得了非凡成就。著有《堆絮园集》《璇玑碎锦》《花农集》《香胆词》以及谱写戏剧二十余种。

第一节 万树生平交游

作为盛世王朝的优秀知识分子，万树可谓抱负未展，怀才不遇，一生布衣。慈母、良妻、爱女的先后逝世，对他打击颇重，最终忧郁成疾，病逝于广西旅途，享年58岁。其诗文水平颇高，词曲成就尤高。

一、生平

万树，字红友，一字花农，晚年号山翁、山农。生于明崇祯三年（1630年），江苏宜兴人。万氏家族在宜兴为儒学世家。据唐顺之《万古斋公传》记载："宜兴万氏相传徙自凤阳。始徙者曰胜，三传至雄。雄兄弟六人，皆强力殖产，结豪杰，而万氏始大于邑中。雄生政，政有弟盛，为九江推官，以学行推高一时，而万氏于是为文献家。政生玙，玙生公。公讳吉，字克修，为人方严刚峻，可望而知其为庄士。自少从盛学，盛为人亦方严，公心效慕之，盛亦喜公类己。"①万吉有三子："士亨吏部员外郎，后公五月而死于毁；士安县学生；士和礼部主事，孝谨一如公者也。"①

万树之父万濯，字行远，少颖慧，有志操，乃明万历四十六年（1618年）举人，为万士亨重孙："本宗默庵公（万胜）支下三房第十世，万士亨重孙。生于万历乙未（1605年）五月十八日，卒于顺治乙酉（1645年）。原名万近，字行远，号紫函，一号蓉石。郡庠生，万历戊午举人，署扬州府泰州学正，崇祯丙子山西分考取士七人，升顺天府武学教，授升国子监助教，转户部司务，升户部山东司主事，钦差抽分管淮安仓，升本部陕西司员外郎，升本部福建司郎中。覃恩授阶奉政大夫。殉于任。著《意园集》十卷，《二十二君

---

① 唐顺之《万古斋公传》，浙江古籍出版社2014年版，第835页。

子赞》一卷。《邑志》列'忠义',又列'艺文'。崇祀忠义祠,从祀大宗祠。有传。"①"万历四十六年(1618年)举人,由学博擢户部主事。崇祯十五年(1642年)命监淮安仓务,升本部郎中。值甲申(1644年)之变,在淮安官署闻之,号泣累日,呕血数升。既闻北都殉难诸臣,援笔作《二十二君子赞》。瞑目视其子曰:'幸从诸君子地下游矣。'卒年五十一岁。有《意园集》。"②真可谓忠肝义胆,仗义行事。

万树的叔父万锦雯"字云绂,号怀蓼。顺治十一年甲午科中式第十九名举人,顺治十二年乙未科中式第一百八十八名,殿试史大成榜三甲进士。历任于潜令,因江南奏销案降为桐城丞,后调任广宗知县、中书舍人。"③

甲申之变(1644年)后,万濯在监淮安仓场时,"以庾使者御闯,守河尽瘁而殉"。万树此年只有十四岁,只好随母亲寄居于外祖父家中。万树之舅父吴炳,字石渠,号粲花主人,江苏宜兴人。明万历四十七年(1619年)进士。崇祯末年,官至江西提学副使。永明王由榔即位(1646年)后,"任兵部右侍郎,户部尚书,兼东阁大学士。王奔靖州,炳随从太子行,遇清兵被执。送衡州,不食,自益于湘山寺。乾隆时,赐谥节愍。"④炳少时好戏曲,与阮大铖齐名,《新传奇品》评为"如道子写生,须眉毕现"。著有《绿牡丹》《画中人》《疗妒羹》《西园记》《情邮记》传奇五种,《曲录》传于世。

万树舅甥关系很好,因此万树深受其舅父影响。《宜荆吴氏宗谱·石渠公传》末署"甥万树百拜传"云:"予少育于母家,故知公之始末也特详。"万树在《念八翻》序中云:"何其酷似我私淑之粲花耶?讯之,则粲花实先生之舅氏。"④万树词〔宝鼎现〕《闻歌疗妒羹曲有感》序中云:"吴石渠先生年三十六为福州守,念外王父春秋高,遂弃组归,因教诸童子于五桥石亭之间,拍新撰以娱老。余自学语时,从先宜人归宁,即得饫闻,不觉成诵。后先生起剌吉

---

① 万阡陌《万濯传》,http://blog.sina.com.cn/u/1438790731。
② 《宜兴县旧志》,江苏古籍出版社1991年版,第318页。
③ 《宜兴县旧志》,江苏古籍出版社1991年版,第319页。
④ 吕洪烈《念八翻序》,《中国古典戏曲序跋汇编》,齐鲁书社1989年版,第1648页。

安,随宪贰视学豫章,未几遭闯变、归觐建康,时先生婿晋陵邹孝廉武韩亦携家伎来,两部合奏,堂上极欢,先生赋遂初焉。乃外王父丁宁命移孝,不得已叱驭行抵赣,未期而降幡出石头矣。于是趋闽转粤、间关鞠瘁,次衡阳见获,遂绝粒而终。"①

  失怙的万树,生活已经日渐惨淡,家境变得清贫,不得不跟随其母亲回到外祖父家,然而,在乱世之中,没有谁能够幸免。万树之舅父吴炳因永明王由榔政权败亡(1659年)被俘,绝食而死,万树的处境更是惨淡。之后,万树"曾多次投靠其叔父万锦雯,想在叔父的帮助下实现自己的政治理想和人生抱负,并与叔父一起研讨词作,但不幸的是,颇有才干的万锦雯因为被牵连进奏销案而接连降职,甚至被降补为洪洞县丞,而这位生长在青山绿水之乡又心气颇高的有为之士被无辜置于穷山恶水之中,其心情郁闷之极可想而知,降职之后的万锦雯很快归隐"②,因此,万树随母过起了闲居的生活。万树所居为宜兴五云庄之南园,即堆絮园,名字取温庭筠〔菩萨蛮〕"南园满地堆轻絮"之意,时万树已结婚生女,〔宝鼎现〕《闻歌疗妒羹曲有感》序中言:"余有稚女,惯窃窥吾旬背诵,为阿娘笑索果饼",聪明伶俐可爱。万树此时有老母、爱妻、娇女相陪,也算过得幸福。

  然而,祸不单行,"中年时期的万树就接连遭遇了三次伤逝之痛,先是含辛茹苦把自己养大的母亲突然去世,万树无限悲痛,而还没有从伤痛中走出,爱女又突然夭折,爱女的离去令万树之妻悲痛欲绝,因思念女儿,她不久也离开了人世,落下孤零零万树一人,家徒壁立。……万树在遭遇三次伤逝之痛后,原本清贫的家庭更显得凄清冷落,生活上的无所依赖,精神上的无所寄托,再加上对逝去亲人的苦苦思念,精神负荷重得几乎使他无法承载,无奈,万树只好离开家乡,在异乡的舟车水陆之间漂泊流浪,以减轻伤逝带给他的悲痛。"②

---

① 程千帆等编《全清词·顺康卷》,南京大学出版社2008年版,第5637页。
② 李恺虹《万树及其词研究》,西南大学硕士学位论文,2010年。

康熙十八年（1679年）两广总督吴兴祚因爱其才，邀请他到幕府做幕僚十余年，一切奏议皆由其执笔，抽暇赋词作曲，每有新曲谱成，即由吴家伶人拜筵按拍高歌搬演，为吴兴祚总督全家寻欢作乐助兴。万氏才情卓绝，勤于著作，在词曲方面取得了非凡成就。

康熙二十七年（1688年），万树因吴兴祚降调离任，自己又病势沉重，于是抱病启程回乡，忧郁积劳成疾，拜辞吴兴祚回乡，不幸病逝于广西江舟旅途中。"未几而同人皆鹊起以乘车，贱子则鹑悬而弹铗，北辕燕晋，南棹楚闽，兴既败于饥驱，力复屡于孤立，赍此怅惋，十稔于兹，飘馆披函，灯帏捣管，未尝不怒而抱疚也"①，年仅58岁。人生的不幸亦是文学的大幸，由于没有太多的俗事缠身，因此万树才得以在词山曲海中恣意徜徉，最终成就了其在词谱史上的最高成就。

二、交游

从目前所存文献来看，万树的交游比较广泛。据《宜兴县志》载"红友学识明达，以国子生游都下，才名籍甚，然弗轻与人交"②，从《香胆词》的词题或小序中，我们发现与万树交往的有刘赟可、阮校书、江求水、韩若、徐筠皋、吴兴祚、吴秉钧、陈维崧、夏若庚、潘廷和、杜文澜、吴子静、陈次伯、朱凝、陈集生、泥絮道人、等跻道人、真际道人等百余位友人。其中，与万树关系最近的有侯杲侯文灿父子、泥絮道人、吴兴祚吴秉钧父子、杜文澜等。

万树早年和无锡侯杲、侯文灿父子交往甚密。侯杲（1624—1675年），字霓峰，无锡人，清顺治六年（1649年）进士，官至礼部郎中。侯杲在无锡城东映山河处曾建亦园。万树与侯杲交情深厚，据侯文灿所撰其父《行述记》云："先大夫于缟纻谊最笃，而生平终始称道义交者，尤推红友。"③万树与其子文灿亦关系甚笃，曾协助侯文灿编纂《亦园词选》《十名家词》，而侯文灿

---

① 万树《词律·自叙》，上海古籍出版社1984年版，第7页。
② 《宜兴县旧志》，江苏古籍出版社1991年版，第320页。
③ 胡世厚《中国古代戏曲家评传》，中州古籍出版社1992年版，第565页。

亦热忱帮助万树编纂《词律》。侯文灿《名家词集·自序》中记载"予自甲寅（1674年）奉侍先大夫，与荆溪万子红友日坐亦园，始共事词律"①。康熙十五年（1676年），万树造访侯文灿，〔摸鱼儿〕《登侯园翠兴楼望雪》序云："丙辰嘉平，余将归荆溪，暮雪大作，积欲盈尺，同彭园叟、吕柏庭过亦园，登楼四瞩，城垛亭台，皎焉如画，而龙山玉立，入天无痕，相与叹为胜观。因怀囊时每从仙蓓仪部觞咏于此，今且墓草宿矣。流览之余，缅然有作。"②万树母亲、妻、女去世后，他因伤心不能自拔，于是北游。这次北游与侯文灿一起，万树〔瑞鹧鸪〕《花朝前一日同蔚觳晋游》记其行，而因目的地不同。在尧都分手后，万树又写有一首〔烛影摇红〕"侯蔚觳同余至尧都，即北上谒选，临岐黯然，口占识别"③，诉说了依依惜别之情。

堆絮园与泥絮道人宏伦所居之庵仅一水之隔，二人交往密切，渐成知交。宏伦云："时日夕文宴为欢，畴昔之日刻烛分诗，抽华选偈，鹅笼山头一片石，吾二人坐卧啸歌于其上，不知几朝何夕也"④。万树也曾记与宏伦之交往，〔玉楼春〕《雨后伦公来》曰：

> 平桥新涨绿于帕，细雨烟丝歇还下。吴氏堂前燕子雏，萧家篱外樱花谢。风翻酒旆泊渔舫，人散戏棚闲鼓架。宏公上冢恰归来，剪烛论文做今夜。

彻夜清谈，饮酒论文，与宏伦之交往恰恰因为简单而快乐。万树到吴兴祚府后，还经常与宏伦书信往来。

万树早年致力于词学研究，曾与陈维崧交往，"戊申（1668年）己酉（1669年）之间，与陈检讨（维崧）论此志于金台客邸，丙辰丁巳之际，因遇

---

① 侯文灿《名家词集·自序》宛委别藏本，第1页。
② 程千帆等编《全清词·顺康卷》，南京大学出版社2008年版，第5627页。
③ 程千帆等编《全清词·顺康卷》，南京大学出版社2008年版，第5572页。
④ 宏伦《弁语》，见《璇玑碎锦》，浙江古籍出版社2002年版，第1页。

侯监官（亦园），访此事于蓉湖草堂"①。可知，早在康熙七八年间（1668—1669年），万树就和陈维崧曾经谈论过准备编纂《词律》一书。〔临江仙〕《戏书》一调记曰："昨岁余游豫章，小除始返。其年自白门归，亦已腊尽，两未相闻也。元日，忽把晤于大士熊斋头，因细书此，以为一笑。"②谈到在豫章与陈维崧不期而遇的场景，《香胆词》中还有不少与陈维崧交往的记录。

康熙十八年（1679年），万树接受两广总督吴兴祚的邀请，入其幕中十年，跟随吴兴祚入福建并转至两广，一切奏议皆出其手，深受吴兴祚的器重。万树抽暇赋词作曲，每有新曲谱成，即由吴家伶人拜笙按拍高歌搬演，为吴兴祚总督全家寻欢作乐助兴。可见万树于曲学上的造诣之深，外国友人如日本汉学家青木正儿在《中国近世戏曲史》中亦称："万树之才，足与孔尚任翱翔；其曲律可比洪，能兼二者之长者也。"③

吴兴祚还专门修建了锡祉堂、运筹堂、弘绪堂、留云阁等场所，用于蓄士雅集。康熙二十二年正月元宵节，吴兴祚大宴宾客，万树、杜文澜、吴秉钧等人共赋〔月中桂〕调词。端午之时，亦雅集会客，万树、金烺、吴秉钧、韩若、陈维崧等人亦填词酬唱。总督府词人雅集，吸引了不少文人才士加盟，屈大均、陈恭尹、吴琦等大知识分子亦加盟其中。万树在这样的环境中，自然能够发挥自己的才能，故填词谱曲甚多。另外，万树还非常注意奖掖后进，如其〔贺新郎〕小序云："子静、虞尊时从余问倚声之学"。

万树在吴府身为幕僚，公务之余则集中精力继续编纂《词律》，而且吴兴祚子吴秉钧亦非常赏识万树，他在康熙丙寅年（1686年）曾为万树戏曲《风流棒》作《风流棒序》："及从红友山翁游，由闽而粤，耳其绪论文，于中若有所得"④。"吴兴祚的公子吴秉钧（字琰青）正有志于声律之学，秉钧之叔父吴棠祯（字伯愳，号雪舫）也喜好词曲，此二人得知万树的编纂计划后，极力

---

① 万树《词律·自叙》，上海古籍出版社1984年版，第7页。
② 程千帆等编《全清词·顺康卷》，南京大学出版社2008年版，第5537页。
③ 青木正儿《中国近世戏曲史》，作家出版社1958年版，第396—397页。
④ 吴秉钧《风流棒序》，见蔡毅《中国古典戏曲序跋汇编》，齐鲁书社1989年版，第1645页。

帮助。"①

万树在幕僚中，与杜文澜关系很好，且两人都致力于词体研究。万树在《词律》中曾记载考证〔丑奴儿近〕一调所发生之具体情节：

《啸余》及《图谱》又收〔丑奴儿近〕一调。今查系全误，特照旧图谱刻录之，并校正于后，览者当为一噱焉。②

此词自来分作三段，其字一百四十六，从《稼轩旧集》《汲古阁》板皆同。其后《啸余谱》及《填词图谱》等书，因从而分其字句，论其平仄，为图为注于其下，盖欲以此谱诏天下后世之学词者，故学者亦从而信之守之，俱谓〔丑奴儿近〕有此一格，相与模仿填之矣。稍有识者起而驳之曰："'洒'字是韵，'手'字是借韵，何以不注叶？'酒'字即叶上，'秀''手''旧'等韵，何以不注更韵？且所注八字、九字，亦皆不确。"又有识高者，趋而辨之曰："谱于'秀'字注'更仄韵'，大非。此词到底本是一韵，因稼轩用韵常有出入。如〔六幺〕，合以'觉''学'叶"叶'折''鸭'之类，乃此老误处。此词以'秀柳'叶韵'画'，后人不可依谱更韵，但改正通篇用一个韵即可耳。"二说如此，谓留心风雅者矣，而仆所来尝疑之，谓此词必非仅字句之差、叶韵之谬而已。如"又是一飞流万壑"句，稼轩必不至如是不通，且用韵或一二假借，亦必无前后分异若此者。年来总思忽略，未及校正，近因有订谱之役，再四绸绎讽咏，忽焉得之。盖其所谓第一段者，实〔丑奴儿〕之前段也。盖"画"之下用"家"字，正此调平仄互用处，而旧谱不识。词中两个"一霎"字，俱作平声，"一霎儿价"，即潘词之"清和天气"，"者"与俗"这"字同。"过者一霎"即潘之"梅子黄时"，是首段自起至末一字不差也。其所谓第二段者，则前半仍是〔丑奴儿〕，而后半则非〔丑奴儿〕矣。"午睡"以下十二字，原是本调，分作三句，"洒"字是叶韵者，其下则此调残缺不全。"野

---

① 李恺虹《万树及其词研究》，西南大学硕士学位论文，2010年。
② 万树《词律》，上海古籍出版社1984年版，第125页。

鸟飞来"又是一七个字，即潘之"携手红窗描绣画"七个字，而"野"字之上缺一字，"又是一"之下，竟全遗失矣。至"飞流万壑"以下及所谓第三段者，则系完全一首〔洞仙歌〕，前段"依旧"止，后段"人生"起也。细细校对，无一字不合，"只叹青衫帽"之"衫"字下，落一短字耳。以〔洞仙歌〕全首，强借为〔丑奴儿〕之尾，岂非大怪事乎？又细加考之，稼轩原集，〔丑奴儿近〕之后，即载〔洞仙歌〕五阕。当时，不知因何遗失〔丑奴儿〕后半，竟将〔洞仙歌〕一阕错补其后，故集中遂以〔丑奴儿〕作一百四十六字，而后〔洞仙歌〕止存四阕矣。读者未尝熟玩〔洞仙歌〕句法，安能觉齿吻间有此声响乎？且见谱图之中，凿然注明，更无疑惑，遂认定〔丑奴儿〕另有一此体。然则谱者之不详审，其过尚轻，而向来刻词者之过较重，至作谱作图为定格，以误后人者，其开罪于古今后世，岂爰书可容未减哉！仆本笨伯，向来任意雌黄，其为后世所怒詈，自揣不免，然此等处，辄自以寓于词学，颇有微功耳。①

兴奋之余，他"不觉跃起，大呼狂笑"，而同人杜文澜惊问原因，万树告诉他之后，杜文澜"揪髯击节"曰：

此词自稼轩迄今五百七十余年，至今日始得洗出一副干净面孔，真大快事！②

万树考证此调发生于乙丑岁（1685年）长夏之时，两人因此"呼童子酌西国葡萄酿，相与大醉"②，真可谓精彩至极。

经过不懈的努力，终于在康熙二十六年（1687年）把《词律》编成，吴兴祚为之序，序中赞它"考究精严，无微不著"。之后，吴兴祚又热忱赞助，使《词律》得以刊行。

---

① 万树《词律》，上海古籍出版社1984年版，第126页。
② 万树《词律》，上海古籍出版社1984年版，第127页。

第二节　万树的著述

《宜兴县志》记载万树"字花农，又字红友。学识明达，以国子生游都下，才名籍甚，然弗轻与人交。客游秦、晋归，购吴氏鹦鹉园故址，葺而居之。绕园种绿杨，名曰堆絮，名其轩曰梦隐。吴大司马兴祚总督两广，爱其才，延至幕，一切奏议皆出其手。暇时制曲为新声，甫脱稿，大司马即令家伶捧笙璈，按拍高歌以侑觞。所填《乐府》凡二十余种。又以诗余谱旧图多夽乱，取宋、元以来名家词，字栉句比，别同异，辩谬讹，成《词律》二十卷，艺林珍之。归自粤中，殁于西江舟次。著有《堆絮园集》《香胆词》《花农集》《璇玑碎锦》《乐府十六种》《左传论文》行世。其《词律》已采入《钦定四库全书》。"①

一、诗、文

万树的诗文集《堆絮园集》已散佚。现存万树《璇玑碎锦》残卷，收录了镜状、菱状、碑状等各种图形60幅，可读得诗、词、曲290余首。其中包含的一些绝句与律诗颇有特色，饶有味道。如其从所存太极图摘出来的二首绝句：

　　　　长至客怀　二首
　　阴风江左此时寒，梅绽窗西把盏欢。
　　旅况无聊今始信，实将残雪当花看。
　　阳生檐右雪犹凝，铁骑丁东击碎冰。
　　有客不眠惟拥鼻，虚窗重刬欲残灯。

谱牒之风盛行于明代，其中多为文人之间进行逞才斗胜的文字游戏。严格来说，万树所制之《璇玑碎锦》中的图片也是明代谱牒之风盛行的延续，然万

---
① 《宜兴县旧志》，江苏古籍出版社1991年版，第320页。

树把人生经历寄寓其中。江左寒冷，梅花虽开，然作者此时应该是经历了一些巨变，致使感觉旅途无聊，内心孤苦，物象难以升发为意象，自然也就难以体验到美。让读者内心亦升起一股同情之感。

再如其所作《五杂俎诗图》，其中以金木水火土作诗五首（三首已缺）：

  五杂俎诗图·木字联边
  梧梢月上画栏桥，遍倚妆楼望夕潮。
  杨柳别来今似拱，不知何处寄兰桡。

  五杂俎诗图·金字联边
  钏销肌雪御钗细，别几时来倍可怜。
  钴鉧遗衣慰远客，鸾簪都作寄书钱。

木字联边一首，以木字旁字与木有关系之意象构筑了一幅"美人临水望归人"的美感图，"梧梢月""画栏桥""倚妆楼""杨柳别""寄兰桡"，清新雅致，哀婉生动。金字联边一首则以金字旁字与金有关系之意象构筑了一幅"深闺思良人"的美感图，"钏销""御钗""钴鉧遗衣""鸾簪""寄书钱"，通过一系列首饰物象来传达思念之情。

《璇玑碎锦》中的一些谱牒亦有不少律诗。如《半字借读》两首：

  重重结绮窗图　其一
  晚日闲门竚立看，艑舟江水鲤鱼滩。
  心情长怅言词苦，足趾多移目泪酸。
  凭几飓风灯火暗，裁衣明月剪刀寒。
  千重山岳人何在，香馥金炉夕梦残。

  重重结绮窗图　其二
  石砌林森乌鹊群，手摩金钏水沉焚。
  痴疑游子愁心切，占卜讹言信口闻。

羽扇车轮人似粉，木桃玉玫女如云。

裹衣花草虽佳境，锦帛红系稔念君。

这首诗每句前六字，逐字借半，组成新字，最后成诗。如首句为"晚日闲门竝立看"，"晚"下为"日"，因"晚"字能拆出"日"半边字，"闲"下为"门"，把"门"从"闲"字中拆出，"竝"下为"立"，即把"竝"左半边"立"拆出所得。第二句同首句。第三和第四两句则先读半字，后借前字作为半边组成另一个字，如"心情长怅言词苦"，"心"作为部首组成"情"字，"长"字作为偏旁组成"怅"字，"言"字作为部首组成"词"字。三联同首联，末联同颔联。总体来看，这首七律情深款款，构筑了一幅闺中怨妇凄美图。其二则反过来"先半后全"为首联、颈联，"先全后半"为颔联、尾联。饶有情趣，甚是精彩。再如《竹筒诗·节节高》：

节节高

车马轰轰相逐来，白云皛皛满山隈。

水光淼淼春帆远，日影晶晶晓径开。

磊磊石边分圙圙，森森木末见楼台。

新篁矗矗银塘直，鱼笋鲜鲜亦美哉。

此诗则用三个单字组成一个汉字的方法成诗。如首句用三个"车"字组成"轰（轟）"字，第二句用三个"白"字组成"皛"字，第三句用三个"水"字组成"淼"字，第四句用三个"日"字组成"晶"字，第五句用三个"石"字组成"磊"字，第六句用三个"木"字组成"森"字，第七句用三个"直"字组成"矗"字，第八句用三个鱼字组成"鲜（鱻）"字。此诗以竹筒形状图来表示，寓意"竹子节节高"，而由三个单字组成一个字的形状，亦有"节节高"之意。整体来看，相对于前两首律诗来说，此诗显得非常呆板，无诗味，无意趣，很不成功。但这种文字游戏亦能够促进学诗者之兴趣，对诗人语言的锤炼促进亦颇有好处。

由于《堆絮园集》已失传，因此我们无法看出万树在诗文上的真正造诣，殊为可惜，然通过其词、曲之华丽精工，情感深沉，我们亦能想见其诗文之精妙。但愿哪天能够找到此版本，能够为学界提供一睹万树诗文风采之机会。

二、词、曲

万树的曲学功底颇深，其生平创作戏曲二十余种。其中，有传奇八种：《风流棒》《空青石》《念八翻》《锦尘帆》《十串珠》《黄金瓮》《金神凤》《资秦》，杂剧8种：《珊瑚毯》《舞霓裳》《藐姑山》《青钱赚》《焚书闹》《骂东风》《三茅宴》《玉山庵》。现存传奇3种：《风流棒》《空青石》《念八翻》，合刻为《拥双艳三种曲》。万树生活潦倒，吴兴祚因爱其才，邀请到幕府做幕僚，一切奏议皆由其执笔，抽暇赋词作曲，每有新曲谱成，即由吴家伶人拜笙按拍高歌搬演，为吴兴祚总督全家寻欢作乐助兴。吴兴祚子吴秉钧亦非常赏识万树，他在康熙丙寅年（1686年）曾为万树戏曲《风流棒》作《风流棒序》："及从红友山翁游，由闽而粤，耳其绪论文，于中若有所得"，序中提到的万树的剧作已有传奇《风流棒》《念八翻》《空青石》《锦尘帆》《十串珠》《黄金瓮》《金神凤》《资齐鉴》和杂剧《珊瑚球》《舞霓裳》《藐姑仙》《玉山庵》等十六种。可见万树于曲学上的造诣之深，外国友人如日本汉学家青木正儿在《中国近世戏曲史》中称："万树之才，足与孔尚任翱翔；其曲律可比洪，能兼二者之长者也。"①

剧作《拥双艳三种曲》描写的是一个才子同时娶两个美貌女子的故事。《念八翻》演虞柯和祝凤车、阮霞边的婚姻故事，情节比较曲折，共经历了28个转折。《风流棒》叙书生荆瑞草应乡试遇美而生种种纠葛，终娶谢林风、倪菊人。花烛之夕，二女责荆薄情，命侍女用棒捶罚。《空青石》写钟青因家藏治眼良药"空青石"而引起纠纷，后与公主之女珊然、忠臣之女鞠书仙完姻。万树精于音律，制曲谨严，曲文富有文采，又善于诙谐。剧作情节曲折离奇，以误会和巧合取胜。着意刻画人物性格，如《风流棒》中荆瑞草的癫狂、谢林

---

① 青木正儿《中国近世戏曲史》，作家出版社1958年版，第396—397页。

风的娴雅、倪菊人的真挚、连婆的热心、能文的庸劣，较为突出。《空青石》全剧贯串忠奸斗争，《念八翻》批判了假道学，但三剧都以"拥双艳"为主旨，体现出男权主义的根本问题。

万树亦是一位颇有才情的词人，其现存词集《香胆词选》，凡6卷500首，为万氏5种词稿之一。"万树有词集《香胆词选》，今有528首词被收录于《全清词》（顺康卷）。另外，《全清词》（顺康卷补编）中也收录其词44首，共存572首。"①其词多纯情自然，流动活泼。清初著名词人余怀对其评价甚高："红友锦心绣肠，嵌奇琐碎，言情绘景，别出新声，俱前人所未经道。天惊石破，海立山飞，余未识其人，直欲生致太真，自扳其舌。"《香胆词选》后来被聂先编入《百名家词钞》认为"词中有纤新妙句，极类涪翁，足见文人锦心绣口"。

万树在词学上的成就为《词律》20卷，其中共收唐、宋、金、元词660调，1180余种体。万树编制《词律》可谓煞费苦心，惨淡经营，从编制时间来看，达十七八年之久。期间，万树又与陈维崧、侯文灿、吴兴祚、杜文澜共同商讨探索，最终在反复纠驳修订之后确立了《词律》的体系。《词律》是康熙之前收录词体最多、资料最丰富、考订最翔实的词谱著作。

---

① 李恺虹《万树及其词研究》，西南大学硕士学位论文，2010年。

第三章 前期词谱的缺憾与校正

作为古代文学史上颇具特色而又非常重要的一种抒情韵文，词体肇起于唐代，五代至宋达到极盛，经元明相对衰歇后，至明代中后复又兴起。其中，名家辈出，佳构迭现，蜕故孳新，成就不凡，而在词乐亡佚的时代，词体创作能够复兴，与词体格律谱的重建密不可分。

第一节　清初词学家对前期词谱体例的批评

　　自明中叶，优美婉转的唐宋词又重新回归知识分子的视野，词人、词学家于词创作日渐热情，于词学研究日渐关注，词人开始重新审视词体，极力想窥透词的字声与声律之间的关系，并藉此建立一种创作的规范，希望以此来指导时人的创作，这是词体在失去音谱依据之后，能确定的唯一的规范，故《御制词谱序》言："词之有图谱，犹诗之有体格也。"①而近代词学三大家之一的龙榆生亦直言："盖自歌词之法不传，不得已而归纳众制，以求一共同之规律，亦知非唐、宋音谱之旧式，聊示典型而已。"②当然，龙榆生先生的论述完全推翻了词的字声与音乐之间的关系，有失偏颇。因为由乐定词的新音乐样式在长期的发展中的确形成了一套比较严格的字声系统。例如，到了声腔化的曲体，人们甚至可以直接按照四声填写曲调。只是词体没能完成声腔化，又因其采用句拍为主的节拍形式，致使其字声还没能完全固定下来而已。明代虽然在词创作方面衰敝，但词学家为清词的中兴提供了制作词调范式的独立思考，为词体的格律建设起到了非常巨大的作用。

　　词谱编制先行者为明人周瑛。他编写了《词学筌蹄》八卷，继后者有张綖、徐师曾、程明善诸人。据江合友统计，明代词谱专书有周瑛《词学蹄筌》、张綖《诗余图谱》、万惟檀《诗余图谱》、程明善《啸余谱》、徐师曾《文体明辨·诗余》、谢天瑞《新镌补遗诗余图谱》、沈际飞《古香岑草堂诗余四集》、顾长发《诗余图谱》、毛晋《诗余图谱补略》、逸史蝶庵《腩日谱词选》十种③。另外，据张仲谋考证，曲学家沈璟还编选过一部《古今词

---

① 王奕清等《钦定词谱》，中国书店 1979 年影印版，第 1 页。
② 龙榆生《龙榆生词学论文集》，上海古籍出版社 2009 年版，第 151 页。
③ 江合友《明清词谱史》，上海古籍出版社 2008 年版，第 2 页。

谱》①，黄虞稷《千顷堂书目》卷三十二"词曲类"著录："沈越《词谱续集附录》。"此记载下无注，故内容不详，亦未见传本，未见他书著录。他们率先尝试建立图谱之学，并藉此指导创作。

从明代的词谱专书来看，明代词学家在词谱的体例与符号设计方面用心颇多，进化痕迹明显。最早周瑛《词学筌蹄》以词调为列谱顺序，设计图谱符号"圆者平声，方者侧声，读以小圈"②，并在每调后面附词一首。而到了张綖的《诗余图谱》，其体例则采用"小令、中调、长调"三分法，各为一卷，大体从字少到字多排列。其符号则变为"词中当平者用白圈，当仄者用黑圈，平而可仄者白圈半黑其下，仄而可平者黑圈半白其下"。③图谱仍与例词分开，例词附后，而到了万惟檀的《诗余图谱》，其体例符号仍采用张綖《诗余图谱》，但他把图谱与例词融合到了一起，这非常有利于新学者对照学习，并提供创作例词。陈继儒《诗余图谱序》评曰："词如夜光明月，图谱如翡翠百宝盘。珠玑陆离流走，而终不能跳掷于宝盘外。法令森严，其谁敢干之？万先生有功于词家如此。"④可见明人所作词谱对创作起到的重要作用。

至此，以平仄为图谱的词谱体例与符号的设计基本完善。这种以平仄为基础的制谱体例，主要是用来指导创作，阅读起来简单明了。故到了明代后期，词创作逐渐兴盛起来。检索明代后期之词，我们会发现，其所填词之基本规则即为平仄。直到清代前期，很多填词者仍然采用张綖《诗余图谱》与程明善《啸余谱》，如王士禛即依从《啸余谱》："向十余岁，学作长短句，不工，辄弃去。今夏楼居，效比丘休夏自恣……偶读《啸余谱》，辄拈笔填词，次第得三十首。"⑤王士禛之前所填之词不工，原因即为无谱可依，而自发现《啸余谱》之后，自认为所作之词可以不"辄弃去"。田同之亦言："宋元人所撰词谱

---

① 张仲谋《沈璟〈古今词谱〉考索》，《文献》，2008年第一期。
② 林俊《词学蹄筌序》，《续修四库全书》本，第1735册，第391页。
③ 张綖《诗余图谱·凡例》，《续修四库全书》本，第1735册，第472页。
④ 陈继儒《诗余图谱序》，赵尊岳《明词汇刊》本，上海古籍出版社1992年影印版，第886页。
⑤ 王士禛《衍波词·阮亭诗余自序》，广东人民出版社1986年版，第147页。

流传者少。自国初至康熙十年前，填词家多沿明人，遵守《啸余谱》一书。"①康熙十年（1671年），清王朝建立近三十年，填词家依然沿用明人程明善所制之《啸余谱》，可见明人词谱影响之深远。

当然，明代词谱专书也有着其很大的缺陷。清初词学家对其批评主要表现在以下五点。

第一，受明人空疏学风影响，制谱较为粗略，而且错误较多。如张綖《诗余图谱》把〔粉蝶儿〕与〔惜奴娇〕"字数稍同，及起句相似，遂误为一体"。而《啸余谱》则舛误更多，如把〔念奴娇〕与〔无俗念〕，〔百字谣〕与〔大江乘〕，〔贺新郎〕与〔金缕曲〕，〔金人捧露盘〕与〔上西平〕，〔燕春台〕与〔燕台春〕，〔秋霁〕与〔春霁〕，本系一体，而分载之。邹祗谟批评之："今人作诗余，多据张南湖《诗余图谱》，及程明善《啸余谱》二书。南湖谱平仄差核，而用黑白及半黑半白圈，以分别之，不无鱼豕之讹……成谱如是，学者奉为金科玉律，何以迄无驳正者耶。"②从清朝开国到康熙十年，词人们多以《啸余谱》为填词范本。当时所有的人都称赞此书"博核"，并被奉作教科书，虽然而音律问题很多，日渐质疑与挑战，万树批评曰：

通行天壤，靡不骇称博核，奉作章程矣。百年以来，蒸尝弗辍。……近岁所见剞劂载新，而未察其触目瑕瘢，通身罅漏也。③

此书所选例词多为内容充实、风格清雅之作，选词优秀让此书成为"章程"，然而却是"触目瑕瘢，通身罅漏"。

第二，不辨句法，在词的句法结构划分上疏于功夫。明人制谱，一方面，受曲谱影响，促使词体向格律迈进；另一方面，因为近体诗依然是士大夫最为习惯创作的体裁，所以他们在填词时多采用诗句尤其是近体诗的句法节奏，致使词人们在填词时不注意词自身的句法问题。如沈雄《柳塘词话》中论五七言句法：

---

① 田同之《西圃词说》，《词话丛编》本，第1473页。
② 邹祗谟《远志斋词衷》，《词话丛编》本，第643页。
③ 万树《词律·自叙》，上海古籍出版社1984年版，第6页。

五字句起结自有定法，如〔木兰花慢〕首句"拆桐花烂熳"，三奠前缀句"怅韶华流转"，第一字必用虚字，一如衬字，谓之空头句，不是一句五言诗可填也。如〔醉太平〕结句"写春风数声"，〔好事近〕结句"悟身非凡客"，可类推矣。如七字句在中句，亦有定法。如〔风中柳〕中句"怕伤郎，又还休道"，〔春从天上来〕中句"人憔悴，不似丹青"。句中上三字须用读断，谓之折腰句，不是一句七言诗可填也。若据《图谱》，仅以黑白分之，《啸余谱》以平仄协之，而不辨句法，愈见舛错矣。①

这些词谱多未关注句法问题，后人填词必然会受到影响，正如邹祗谟所论："甚至错乱句读，增减字数，而强缀标目，妄分韵脚。又如〔千年调〕〔六州歌头〕〔阳关引〕〔帝台春〕之类，句数率皆淆乱。"②

第三，只言平仄而未考虑仄声中的三声的用法差别，虽然这种方法有利于新学者填词。"《图谱》《太和正音》，字字讨定四声，虽云太拘，然以叶诸管弦，庶几不至龃龉。况初学入门，必须步步蹈矩，若其变通神化，则在大力斟酌之。"③但同时，这种降低词创作难度的做法很难符合词体的本来面目，俞彦批评曰："词全以调为主，调全以字之音为主。音有平仄，大有必不可移者，间有可移者。仄有上去入，大有可移者，间有必不可移者。任意出入，失其由来，有棘喉涩舌之病。"④词体所表现出来的"去声字例""入声字例""上、入可以代平"等字声问题，清初的词学家们还未特别关注。

第四，列谱的数量较少。虽然词谱在明代已经建立，而且已经在指导填词者的填词活动，但是这些词谱所收词调数量仍非常有限，这与元明两代不重视词籍文献，致使词籍文献散佚严重有关，同时，也是明人不求穷尽式整理的思维作祟。如周瑛《词学筌蹄》中有"为调176个，为词354首"④；嘉靖本张綖

---

① 沈雄《古今词话》，《词话丛编》本，第827页。
② 邹祗谟《远志斋词衷》，《词话丛编》本，第643页。
③ 万惟檀《诗余图谱》，赵尊岳《明词汇刊》本，上海古籍出版社1992年影印版，第886页。
④ 周瑛《词学筌蹄序》统计为调177，词353。现据江合友《明清词谱史》，第12页。

《诗余图谱》收词调150个，收词223首，谢天瑞《新镌补遗诗余图谱》收词调342个，收词415首；程明善之《啸余谱》则收词调330个，同调异体共450体，例词450首。应该说，作为日常填词之用，这些词谱有教科书之价值，然而，若是作为词谱典范，相对于近千个词牌来说，这些数量是远远不够的。

第五，制谱方法较为简单，不考虑词乐。明人制谱完全借鉴曲谱与诗谱的表达方法，而未能考虑到词体本身的状况。词本身是一种流行俗乐，是用来传唱的，这与唐宋词体制距离较远，故受到后人的批评，钱谦益批评道："张南湖少从王西楼刻意填词，必求合某宫，合某调，某调第几声，其声出入第几犯，抗坠圆美，以期合作，谓之当行。余对之曰，南湖图谱，俱系习见诸体，一按字数多寡，句读平仄，至宫律之学，尚隔一尘。试览《乐章集》中，有同一体而分载大石、歇指，较之多寡平仄，更大有别，此理亦近人未解。"①

这种完全不再考虑词乐宫调的行为难以准确反映词体的本来面貌，而按照这种图谱填写的词，给人以混乱无序之感。正如鲍恒所论："当旧的音乐的原体词的规范已被突破，或无法再使用，而作为案头创作的变体词的新规范尚未建立，词学理论的混乱更加重了词的创作实际的无序。这种状况迫切地需要词学研究者们对词体作出认真的研究，建立起新的词体规范，而这个规范化的任务则历史地落在清代学者的身上。"②

明及明以前词学家的努力，为清初的词律批评理论建设打下了较为坚实的基础，尤其是明代，词学家们制作了很多词谱，而且收调数量越来越多，所制词谱越来越严谨。与此同时，这些词谱以及相关论述舛误较多，激发了清人的学术探讨热情。正是明人在词谱上的开拓之功与不足，促使清人开始更加努力解决这个问题的。万树则在承继前人基础之上，深入开拓，辩证取舍，获得了巨大成就。

---

① 沈雄《古今词话》引，《词话丛编》本，第827页。
② 鲍恒《清代词体学论稿》，人民文学出版社2007年版，第65页。

第二节　万树对前期词谱的批评与校正

陆法言在《切韵序》中谈道："欲广文路，自可清浊皆通；若赏知音，即须轻重有异。"[①]明代最为著名的词集整理者，莫过于毛晋毛扆父子。到了康熙时期，词学日渐昌盛，迎来中兴时刻，对词体的要求也日渐严苛。正是在这样的文化与词学背景下，万树才会重新审视前期词谱得失，考稽勾索，辨伪去讹。

一、校正前期词谱例词错讹衍脱

由于词乃小道，因此词集的整理远远逊色于诗文。即使堪称"善本"的"宋名家词"，亦错讹舛谬，问题百出。万树在制作《词律》的过程中，对前期词谱的例词进行了大量的校勘，取得了不错的成绩。

（一）校正前期词谱例词之脱字

"工欲善其事，必先利其器"，制作词谱，必须有完全无误、精确可信的词作文本。若所用之词例错误太多，则只能越校越乱，很容易偏离事实，最终得出错误的结论。万树在例词选用上颇为用心，并且对例词进行了精密的校勘，校对出了不少问题。如其校勘"脱字"，〔望海潮〕"又一体"曰：

> 按柳词"东南形胜"一首，于"泛五湖"句作"怒涛卷霜雪。""有百年"句作"乘醉听箫鼓"，句法不同，可以通用，然"听"字应读平声，而"怒涛"句"涛"平"卷"仄，终觉不顺，恐原是"卷怒涛霜雪"，而传讹也。作者俱照秦则，无失矣。柳后结本云"异日图将好景，归去凤池夸"与秦词如一。《啸余》落却"归去"二字，大谬。盖此词因孙何知杭州，柳不得见，作此嘱妓。楚楚因宴会歌之，孙即迎柳预座。故云："异日须画西湖之景，归去汴京之凤池而夸之也，若删'归去'二字，则凤池在何处乎？乃《图谱》沿

[①]陈彭年等编《宋本广韵》，江苏教育出版社2008年版，第2页。

袭，收作一百五字调。试问自宋以来，有一百五字之〔望海潮〕否？"①

通过对比，万树发现《啸余谱》柳永例词中有脱字现象。再如其校周密〔一萼红〕调曰：

"鉴曲"至"湖舟"与后"故国"至"时游"同，《图谱》收尹涧民一首，于"何事此时游"作"更忍凝眸"，落去一字。此句正与"同载五湖舟"相对，岂可听其缺落而收作一百七字调乎？《词综》载李彭老亦误落一字。②

注辛弃疾〔霜天晓角〕调曰：

两结六字句，定体也。自《啸余》于"亭"字下误落一"树"字，《图谱》等因之，注作五字句。毋论将词注差，但即"长亭今如此"五字，如何解法？盖此句本用枯树赋"树犹如此"一语也。乃不知而妄注，何哉？③

万树通过严密的比较，校对了之前词谱例词中"脱"字的现象，为《词律》的编辑廓清了文本的基本问题。

（二）校正前期词谱例词之衍字

万树通过校对，发现前期词谱"衍"字现象，如其校对朱敦儒〔春晓曲〕一调曰：

第二句六字，《花草粹编》所载如此，后人于"香"字下增一"寒"字，故作七言四句，即谓之〔阿那曲〕耳。毛氏《名解》于〔阿那曲〕下注："又名〔春晓曲〕。"复引《粹编》云："第二句本六字，谱增一字，以为〔阿那曲〕，其实二调也。"夫既云本是六字，其实二调，而复云〔阿那曲〕又名〔春晓曲〕，何其矛盾耶？④

---

① 万树《词律》，上海古籍出版社1984年版，第416—417页。
② 万树《词律》，上海古籍出版社1984年版，第419页。
③ 万树《词律》，上海古籍出版社1984年版，第117页。
④ 万树《词律》，上海古籍出版社1984年版，第69页。

通过对比，万树毛先舒《填词名解》一书前后矛盾的说法。又如其注李煜〔浪淘沙〕"又一体"曰：

> 沈氏选吴遵严一首，后第三句"已飘零一片，减婵娟"，乃误多一"已"字。沈注云："后段多一字，则似有此体矣。"谬。①

注欧阳修〔诉衷情〕"又一体"曰：

> 又按芦川有〔渔父〕《家风》一词，查与〔诉衷情〕同，只第三句七字。《图谱》收之，不知此系传讹多一"新"字，其实即〔诉衷情〕也，细玩自明。②

注欧阳修〔梁州令〕"又一体"曰：

> 前后段同。只"芳心"句七字，恐"长"字是误多耳。③

又在晁补之〔梁州令〕"叠韵"一首加注云：

> 观此"何妨"句，则前词"芳心"句，"长"字误多，可信。③

注吴文英〔垂丝钓〕曰：

> "通夜饮"句，周调本作"梁燕语"，现有《片玉词》，可据千里和周，亦曰"无限语"，而谱妄增一字，作"梁间燕语"，遂使失调，且因而注题下作六十七字，岂不大谬乎？④

---

① 万树《词律》，上海古籍出版社1984年版，第74页。
② 万树《词律》，上海古籍出版社1984年版，第87页。
③ 万树《词律》，上海古籍出版社1984年版，第160页。
④ 万树《词律》，上海古籍出版社1984年版，第235页。

注苏轼〔无愁可解〕一调曰：

此坡公自度曲，无他作可对。《图谱》误于"眉"字下添一"头"字。"问愁"三句与后"道则"三句仿佛相同，或曰："问愁"下前后相同。盖……"便"字下多"是"字，"则"字下多"恐"字，"则"字作平，是与后同也。①

注苏轼〔稍遍〕一调曰：

坡春词"任满头红雨落花飞"，各刻俱于"飞"字下增一"坠"字，人遂谓九字句，误也。刘云"大丈夫不遇之"所为刻亦于"遇"字下误多一"时"字。②

通过对比，万树校勘出不少前期词谱中例词的衍字情况，这为后期的词集编纂、词谱制作提供了更准确的词作。

（三）校正前期词谱例词之错字

相对于脱、衍现象，错词校勘最难。万树亦通过翔实对比，校勘出不少错别字，如注柳永〔女冠子〕曰：

此与前调只两结同，其余绝不相类。"麦秋"以下十三字，《图谱》强分作一四一九，"波暖"下十字强分作两五。余眇识之人，不敢妄注，"绿鱼跃"三字无理，过变至"幕"字方叶，亦恐未确。而谱以"蕙"字为"恶"字，谓是叶韵。"幕"字翻不注叶，想读作"暮"音矣，但"光风转蕙"乃《招魂》句改为"转恶"，无理之甚，柳七虽俗，未必如此村煞也。总之，《乐章集》差讹最多，实难勘定。宁甘缺陋之嘲，不能为柳氏功臣，亦不敢为柳氏罪人也。作此调者亦只从康蒋可矣。"端忧多暇"，《月赋》中语，《图谱》作忧端，非。③

---

① 万树《词律》，上海古籍出版社1984年版，第418页。
② 万树《词律》，上海古籍出版社1984年版，第455页。
③ 万树《词律》，上海古籍出版社1984年版，第112页。

注王充〔天香〕曰：

《草堂》旧载如此，旧谱分句如此。余阅他家词，皆九十六字者。因疑此前"结青毡"二句，各家皆六字两句，且多为对偶语，此必以"放围宜小"对"上垂毡"要密，而"缝"字乃系脱误。但思其字不得，及观沈天羽所驳谓："密"字下是"红窗"二字，乃"红"字误作"缝"，而"窗"字误缺耳。初亦谓然。沈又云："窗"字犯上"明窗"，宜改。因思作者必不连用两"窗"，而上之明窗非讹字，沈所云"红窗"未必确也。又"伴我"，以下各家俱十字，沈谓当作"语时同语"而缺一字。余又信之。乃今查校各集，始得其说。方知旧谱之非误，而沈为臆说耳。盖毛泽民词本有此体，其前结云"对罢宵分，又金莲烛引归院"句法亦上四下七，是此结所云"缝密而围小"者即是青毡一物，而"密"字作平，读"耳"。其"伴我"下九字，毛云"碧瓦千家借袴襦余暖"亦是九字，是与《草堂》旧载者正同。九十四字，余因爽然，信有此体，而谱注为非谬也。本谱于《啸余》驳正最多，此调又几因沈氏谬为论定，故详识于此，以表愚意。之公云"阴"字向讹，"冷"字或作"寒"字，亦误。①

注姜夔〔疏影〕一调曰：

至《啸余》不收〔暗香〕，而收〔疏影〕，又将"疏"字误认"棘"字，所载即邓剡词，岂不更昏谬乎？②

可以说，万树的努力取得了非常大的成效，不仅为《词律》的编纂提供了正确的例词，更为后期其他词谱提供了正确的例词，而且其孜孜以求的精神更为词学界提供了思想与方法的借鉴。

---

① 万树《词律》，上海古籍出版社1984年版，第320页。
② 万树《词律》，上海古籍出版社1984年版，第426—427页。

二、校正前期词谱之标记错误

校订前期词谱之例词，是为词谱提供准确的文本，而对前期词谱字声、断句、词调的得失分析，才是进行词谱制作的下一步的工作，因此，万树在制作《词律》的过程中，对前期词谱进行了大量批评校正。

（一）校正前期词谱字声标识错误

在制作《词律》的过程中，万树详审前期词谱字声之标注，勘定了不少错误，取得了不俗的成绩。如其注周邦彦之〔夜飞鹊〕一调曰：

> "相将"句，梦窗作"西风骤惊散"，蒲江作"牵衣搵弹泪"，俱五字，恐此篇"处"字系误多者。然自来相传如此，故不敢收一百六字体，而作者用五字亦可。"送人处"宜仄平仄，梦窗作"印遥汉"，蒲江作"破清晓"，《谱》注："可平仄仄"，而"河"字并注可仄，误。"兔葵"句，梦窗作"轻冰润玉汲"，古刻落"玉"字，"斜月"句似应于"远"字分豆，梦窗"清雪冷沁花薰"，蒲江"花下恁月明知"亦然。"已"字《谱》注可作平，误。梦窗云："天街曾醉美人畔"，蒲江云"余光是处散离思"，可见"相将散"注可用仄仄平，亦误。①

再如注陆游〔谢池春〕曰：

> 按此词格律，"放翁归棹""京尘飞到"宜仄平平仄，"京"字应去声，恐误耳。放翁精练，必不然也。观其别作用"少"字"故"字，可见"时时醉倒""东归欠早"必平平仄仄，别作"凄凉病骥""晴岚暖翠"；可见"啼莺崔晓""连宵风雨"必平平平仄，别作"临风清泪""群仙同醉"；可见"误人堪笑""送春人老"必仄平平仄，"误""送"去声，尤妙。别作"伴人儿戏""露桃开未"，可见"惊"字"风"字亦必用平声。此乃词中句法，抑扬相间，起腔妙处，不可混乱。谱图罔知，槩注平仄互用，使一调声响俱坏矣。更谓

---

① 万树《词律》，上海古籍出版社1984年版，第417页。

"小园林叹""功名挂朝""衣恨樽前"之仄平平皆可平平仄，尤为无理。又云"听""卷"可平，"啼""残"可仄，是不知此是一字领句，而欲作五言诗读也，谬甚。①

注方千里〔六丑〕一调曰：

> 与《清真词》平仄无异，篇中诸去声字俱妙，而"占""易""离"尤吃紧。梦窗"渐新鹅映柳"一首亦皆相合，只"春"字作"翠"字去声、"家"字作"永"字，上声耳。《汲古刻》于"春寂"分段，非。今查《梦窗词》于隔字分，则当如右所录也。《谱》中字字乱注，而于"纵冶游南国"云可平平仄仄，"芳心荡漾如波泽"云可仄仄平平平仄仄，尤为怪异，不知何所见而云然也。且此调杨升庵以其名不雅，改曰〔个侬〕，已为无谓，《图谱》乃于〔六丑〕之外又收〔个侬〕一词，两篇相接何竟未一点勘耶？且杨本和周韵而两词分句大异，可怪之甚是！则升庵和词而误其误者十之三，《图谱》创立新调而误其误者十之七矣。今据《图谱》所书，备列于后，以见愚非敢谤先贤与时贤尔！②

通过同一词调用字字声规律对比，万树校对了前期词谱中出现的字声标识错误，真可谓一针见血，让人大呼过瘾。

（二）校正前期词谱韵脚标识错误

万树还对词谱韵脚进行了研究，指正了其中不少错误。如其注韦庄〔喜迁莺〕"又一体"曰：

> 用三韵，与前不同，唐词皆此体。《谱图》以薛昭蕴"金门晚"一首为第一体，其后起云："九陌喧千门启。满袖桂香风细。""启""细"二字相叶，正与此词化马相叶同。《谱》不注叶韵，只作三字句六字句。又收毛文

---

① 万树《词律》，上海古籍出版社1984年版，第236页。
② 万树《词律》，上海古籍出版社1984年版，第449页。

锡"芳春景"一首为第二体，其后起云："锦翼鲜金毳软。百啭千娇相唤。"则注"软""唤"二字相叶，吾不知"软""唤"可谓相叶，而"启""细"不可谓相叶，是何故也？①

其在欧阳炯《喜迁莺》一首论曰：

"旧"字是叶韵，《旧谱》作八字句，失注矣。观别作云"玉指偷捻双凤金线"，可见"睹对对鸳鸯"两句十字，正与别作"谁料得两情何日教缱绻"同，《啸余》落一"对"字，各谱因之，遂少了一字，但问"睹对"二字，岂成文理乎？"只凭纤手"别作用"红袖半遮"，想所不拘。"负""恁"去声，别作用"凤""暮"，亦去声，不可用平也。按此调一作贺圣朝，而《汲古刻》《花间集》以此调作贺明朝，似可另列一调。本谱不欲尚奇，故附此。②

注李煜〔相见欢〕曰：

"断""乱"二字是换仄韵，如昭蕴之"幕阁"、稼轩之"转断"、希真之"事泪"、友古之"路处"等俱同，各谱俱失注，是使学者落去二韵，其误甚矣。③

注周密〔一萼红〕一调曰：

"鉴曲"至"湖舟"与后"故国"至"时游"同。《图谱》收尹涧民一首，于"何事此时游"作"更忍凝眸"，落去一字。此句正与"同载五湖舟"相对，岂可听其缺落而收作一百七字调乎？《词综》载李彭老亦误落一字。又尹词起句"玉搔头"二字正是起韵。《图谱》注起句八字，直至第十三字方起

---

① 万树《词律》，上海古籍出版社 1984 年版，第 133 页。
② 万树《词律》，上海古籍出版社 1984 年版，第 141 页。
③ 万树《词律》，上海古籍出版社 1984 年版，第 95 页。

韵,误人不少。①

注蒋捷〔大圣乐〕一调曰:

"破"字以去声起韵,"歌"字换平,以下俱叶平韵,又是一平仄通用之调也。向读《草堂》旧载伯可词第三句云"晓来初过"而下,即用"多""波"等叶,"图谱"皆以"过"为平音。是书素善乱注可平可仄者,而此字则以为平,盖不意此调之反可以平仄通用也。②

注柳永〔玉女摇仙佩〕一调曰:

"偶别至而已"与后"皓月至深意"同,但"枕前言下"四字平仄与"惟是深红"不同。此调《图谱》不收,《啸余》于"表余深意"句,不知是叶韵,竟连下为"盟誓"作七字句,岂如此著谱而能禁人之指摘乎哉?③

皆有理有据,让人信服。这些成果得到后来词学界的肯定与采用。

(三)校正前期词谱句法章法划分错误

万树还通过对比,发现了前期词谱句法、章法划分的错误,如注吴文英〔高山流水〕一调曰:

《图谱》注此词谓"兰蕙满"三字句,"襟怀唾碧"四字句,"总喷花茸"四字句,"客愁重"三字叶韵,"恁风流"三字句,"也称金屋贮娇慵"七字句。愚谓:非也。"兰蕙"以下与前段俱同,"兰蕙满襟怀"五字对前"徽外断肠声"句,"总"字必系"窗"字之讹,而又误倒,刻乃是"碧窗唾喷花茸"六字对前"霜霄暗落惊鸿"也。否则"碧"字作平,必误"襟怀唾碧"之理。"后堂深"句七字对前"低颦处"句,"客愁重""重"字去声,非平声叶韵者。此三字对前"仙郎伴"句,"时听"二句十字对前"新制"二句,"任风流也称"

---

① 万树《词律》,上海古籍出版社 1984 年版,第 419 页。
② 万树《词律》,上海古籍出版社 1984 年版,第 422 页。
③ 万树《词律》,上海古籍出版社 1984 年版,第 449 页。

五字，"称"字去声，对前"似名花并蒂"句。若"称"字作平，文义欠通矣。"金屋贮娇慵"五字对前"日日醉春风"句，岂非字字相合乎？①

注赵彦端〔五彩结同心〕一调曰：

"非郭"下与后"歌舞"下同。《图谱》不解，将"歌舞"句作四字，而以"旧"字搭下作四字，不知前段不可以"非郭"，"还非"为一句也。岁在甲子，仆在端州制幕，适吴太守菌次、徐太史电发两先生前后入粤，因啖荔枝。太史遂有〔五彩结同心〕之作，制府和之。仆暨雪舫亦附赓吟，其调与此字句虽同，而用仄韵。署中苦无词书，莫可考究。因请于太史讯其源流，时太史亦忘之，故至今耿然于衷，未得收此体入谱，更思词格之繁，正多遗缺，必待广搜缓覆方可成编。缘琰青以剞劂之便，怂恿立成，漏万贻讥，自所不免，但调之未辑者不妨续编，而体之妄议者难以自讼，统祈高明纠其讹谬，示所遗亡，共成全璧，以便学者，是合失之功胜此恢万万矣。望之望之。②

注柳永〔透碧霄〕一调曰：

"端门"下与后"乐游"下同，只"歌酒情怀"与"钧天歌吹"平仄异耳。《图谱》收查荎一首，于"端门"三句云"相从争奈，心期久要，屡变霜秋"，《图谱》作六字两句，盖读"要"字作平声也。观此"觚稜"三句，端然俱是四字，且正与后"乐游"三句相对，是知不可作六字也。"傍柳阴"下十二字，查云"爱渚梅幽香，动须采撷倩纤柔"，图作上句五字下句七字，甚谬，"爱渚梅"三字豆，即此篇之"傍柳阴"也。又以"梅幽香"三字叠平，竟将"梅"字图作可仄，更可笑矣。"但须采撷"句六字亦三字豆者，与此"空悬"句句法似别，然玩查句文义亦有可疑，若作"采撷须倩纤柔"，则理

---

① 万树《词律》，上海古籍出版社 1984 年版，第 428 页。
② 万树《词律》，上海古籍出版社 1984 年版，第 429 页。

顺语协，与此相符矣。或云查用论语久"要"字，自当作平声，此词"日"字与后段"质"字，乃入作平耳。"照艳"二字不可用平，然查之后段却用"谁传余韵"，是不可以一处而拗三处也。按王荆公《老人行》云"古来人事已如此，今日何须论久要"，"要"字叶上"笑""诮"韵，是久"要"原可读去声。查词之与此篇"舳舻照日"正合矣。①

注高观国〔贺新郎〕"又一体"曰：

《啸余谱》虽作一百十五字，然于此二句亦作两七字。至《图谱》则并不知此义，竟以"若待得君来"作五字句，"向此花前"作四字句，"对酒不忍触"作五字句，则大谬可怪。而以此误人，使坡公亦贻讥千古，岂不可叹哉！至于两结三字用仄平仄，是此调定格。历观各家可见，其间或有一二用平平仄者，乃是败笔，如坡公前尾之"风敲竹"是也。《谱》不以此为失，反于后尾之"两簌簌"注"两"字位可平，则误甚矣。第一个"簌"字原是入声作平，《谱》谓"可平"，亦误。夫谓之可平者，本身是仄也。今以"簌"字本身是仄，则将使人于此句用仄仄仄或平仄仄矣，岂不失调哉！《啸余》因坡词两句七字，故收李玉词上七下八者谓第二体，注云"前段与第一体同"。惟后段第九句作八字是也，而又收刘克庄词为第三体。尾句本云"聊一笑吊千古"，乃落去"聊"字作五字句，收为第三体，可笑甚矣。更奇者《图谱》收刘词为第二，既知添入"聊"字，而于题下仍旧谱之注云"第九句作八字，末句作六字"。夫此调末句谁非六字乎？但因添"聊"字，故改注五字为六，而忘其前后皆六字耳。既于刘词添"聊"字，则体已尽无所用第三体矣。乃又仍收李玉词倒作第三，奈李玉与刘字字皆同，无可注其相异处，遂注曰"惟后第四句分作四三"，盖李云"月满西楼凭栏久"，端端正正七字，而忽然分作两句读，遂谓上句四字、下句三字，与刘体有异于此而奇

---

① 万树《词律》，上海古籍出版社1984年版，第431—432页。

绝矣。①

皆精思傅会，让人信服的同时，更惊叹其万树考证之精密笔法。

（四）校正前期词谱词调问题

万树还通过比对，校正了前期词谱词调存在的一些问题，如注辛弃疾〔霜天晓角〕曰：

> 而《图谱》又改调名作〔月当听〕，吾不知〔霜天晓角〕四字有何不佳，而必改之也。况东泽寓名〔月当窗〕，非"听"字，且〔月当听〕自有正调。②

万树坚决反对乱改调名、乱加调名的做法。又如其注高观国〔贺新郎〕"又一体"曰：

> 本调因坡词"乳燕飞华屋"，又名〔乳燕飞〕。《图谱》既收〔贺新郎〕，又收〔乳燕飞〕，选声亦复两列，且以前后第二句皆分作两句，而所收《竹斋词》"清影"句云"但莫赋绿波南浦"本七字，误以"赋"字为叶韵，惜哉！《图谱》于二体外，又收〔金缕曲〕，更奇！①

注韦庄〔喜迁莺〕"又一体"曰：

> 按此词末有"鹤冲天"三字，故后人又名此词曰〔鹤冲天〕是惟此四十七字之〔喜迁莺〕方可名〔鹤冲天〕也。乃今人将一百三字之〔喜迁莺〕亦名曰〔鹤冲天〕，而《选声》更注云又名〔鹤冲霄〕，似此展转讹谬，岂可不加厘正哉？按张元干又一首用此体，汲古不知乃注云："向亦作〔喜迁莺〕，误。今改〔鹤冲天〕。"以为改正而实改错，天下事往往如此，而《图谱》等书收作两体者，尤为无识。又按杜安世、柳耆卿别有〔鹤

---

① 万树《词律》，上海古籍出版社1984年版，第438页。
② 万树《词律》，上海古籍出版社1984年版，第117页。

冲天〕八十余字者，与〔喜迁莺〕本调相去悬绝，各谱反不收，今另列其体于后。①

万树在校正过程中，还对调下分体进行了较为详细的解说，读之让人有欲罢不能之感，如注周邦彦〔氐州第一〕一调曰：

> 题本〔氐州第一〕与〔霓裳中序第一〕。《图谱》俱刻作第一体，盖因造惯第一、第二之次序，故不觉于题下添体字，可笑。不知〔氐州〕与〔霓裳中序〕之第二、第三体在何处耳。②

由于〔氐州第一〕与〔霓裳中序第一〕均含有"第一"一词，因此《诗余图谱》竟然把"第一"理解成"第一体"，可笑至极。另外，万树还用多种手段系统校正例词之错讹脱衍、词调问题及分句、分段错误者，如注吴文英〔垂丝钓〕曰：

> 按此调，本宜如此分段。而各家集中俱是讹刻，如《龙川词》《千里词》则于"游览"处分段，《逃禅词》则于"光掩"处分段，尤可笑者《片玉词》于"澄水"分段，则竟不是叶韵矣。于是《图谱》以"波光掩"三字为前结，且平仄乱注，而作此调者遂遵而弗改矣，可叹哉！今将各家对明，而为定之曰：第一"听"字必仄，第三（应为"二"？）"听"字必去，第四"雨"字可以起韵，亦可不必。次句"春残花""门"必平，"落"字必仄。第三句必三仄一平，而"乍""玉"二字用去尤妙。第四句"剪"字必仄，只逃禅用平结句；"黯"字必仄，只龙川用平，当从其多者。后段起处亦同，"旧"字、"顿"字、"夜"字、"漏"字、"几"字俱必仄，去声尤妙。历观诸家，无不如此。乃所谓谱者，皆必取而混之，果何意耶？"通夜饮"句，周调本作"梁燕语"，现有《片玉词》，可据千里和周，亦曰"无限语"，而谱妄增一字，

---

① 万树《词律》，上海古籍出版社 1984 年版，第 133 页。
② 万树《词律》，上海古籍出版社 1984 年版，第 389 页。

作"梁间燕语",遂使失调,且因而注题下作六十七字,岂不大谬乎?"遡"字应作"溯","掩"字不宜重出。"饮"字不是韵,此亦误刻也。首句"花落"亦误刻"落花",查各家前后段,六字句俱平平平仄平仄,此必系"花落"故,为正之。龙川于"通夜饮"作"遐寿身",亦误刻,若如"遐寿身"之不通,龙川当时亦不能中状元矣!一笑。①

又如注吴文英〔声声慢〕一调曰:

此则各家所通用之体也。"一笑"至"花手"、"试问"至"解语"前后同。"恨玉奴"句,《惜香》作"空记得当时",平仄异,亦不拘。"行雨梦中"四字用平仄仄平,乃一定之律历,考各家作此体者,无不皆然,如此方是〔声声慢〕也。"行"字梦窗间用"起"字,上声,犹可。若"梦"字,自古无用平声者,即仄韵词亦于此字必用仄声,《谱图》岸然注曰可平,大可骇异!不知有何所据。呜呼妄矣!若后所载周赵二词,乃九十九字者,后结句用十二字,其体原与此各别,不得以此十字结者比而同之也。若用此十字结之体,则万万无"梦"字用平之理也。按此调惟有此体与仄韵二格及九十九字平仄各二格,《谱图》所分五体可骇,今备指其谬于左。其所云第一体者收稼轩"开元盛日"一首,前段第三四句云"十里芬芳,一枝金粟玲珑",后云:"枉学丹蕉,叶底偷染妖红",本皆上四下六。《谱》乃以前为上四下六,后为上六下四,岂"枉学丹蕉"不可作四字读乎?此总不知词有前后相合之理也。又后段第二第三句"被西风酝酿,彻骨香浓"原上五下四两句,乃认定"被"字以下合为九字句,不知何意。其后各体皆因此而收也。其所云第二体"停云蔼蔼"一首,因认定前词九字句,将后段第二第三句"列初荣枝叶,再竞春风"注为上三下六,谓与前九字句不同。夫"列初荣枝叶"五字,与"被西风酝酿"五字何异?而收为第二体乎?《啸余》既误,作图谱者自应出己意裁审,何以仍讹袭谬若此。至《啸余》之所以误者,因不识

---

① 万树《词律》,上海古籍出版社1984年版,第235页。

"荣"字是八庚韵,音"盈",而读作一东韵,音"雄"。遂谓此句"列初荣"是三字句,叶通篇"濛""从"等韵,其不通尤甚。稼轩此词本隐陶诗,谓方见佳树之列于东园者,枝叶初荣今又见,其再竞春风矣。故上用"叹息"二字,下接以"日月于征"也。今以"列初荣"作一句,其义理安在?稼轩真冤矣。又第三四句前既于"柱学丹蕉处"认差,故于此篇谓其前后皆上四下六,遂另收作一体矣。其所谓第三体亦以此十字强分上六下四,另收一体,不知此十字语气一贯,四字断六字断皆无碍音节,词中如此类者最多,此尚不解,何以论定?其所谓第四体,本是用仄韵者,乃不注因仄韵另收,而曰前同第三体,后同第一体,惟第三句四字、第四句六字。余阅之初,甚不解。细思之,则彼仍以第二第三句九字合为第二句,而指"柱学丹蕉"十字为第三四句,且仍谓上六下四,故收此为第四体耳。至所谓第五体,其谬尤甚,如吴词"还解语"三字、"待携归"三字、"行雨梦中"四字定格,应尔各家皆同。即其前四体所收辛词,无不同。他若各家用仄韵者,亦无不同。即其所收第五体,词末云有"皓月照黄昏眠又未得",亦无不同也。乃以有"皓月照黄昏"为六字句,故又另列作第五体,岂有"皓月"三字不许其断句乎?真所不解矣!此类往往皆然,不能尽举,姑胪列于此,以告天下之信谱图而误者。又按草窗"燕泥沾粉"一首,于"清芳"句作"多怜漂泊",梦窗"春星当户"一首,于"钗行"句作"暗簌文梁",俱系误落二字,非有此体也。①

通过系统对比,万树把〔垂丝钓〕与〔声声慢〕中存在的例词错讹脱衍、图谱字声、句法、章法问题进行了全方位校勘,成绩斐然。

万树于例词错讹脱衍、于图谱标示错误之处进行了大量细致校正,孜孜以求,不论巨细,取得了丰硕成果。这不仅为其编制《词律》,同时也为后人的词集整理、词学研究提供了可靠文本,功劳莫大焉。

---

① 万树《词律》,上海古籍出版社 1984 年版,第 240 页。

第四章 《词律》的体例勘定

万树编制《词律》可谓用心良苦,从编制时间来看,达十几年之久。期间万树又与陈维崧、侯文灿、杜文澜等人共同商讨探索,深入考察了明中叶到清初词谱之得失。在反复辨析的过程中,万树确定了以"字数多少""四声为主"设立"又一体"等比较符合当时实际的体例,最终在反复纠驳中确立了蔚为大观的《词律》体系。

第一节 中和诗、曲两体字声标识为新体例

自佛经传入我国后,汉语四声的现象得以发现。沈约、谢朓等人根据汉语声律情况发明了"永明体",到了唐代,近体诗诞生,诗歌的韵律美带动了诗歌的大发展,近体诗成为之后千百年来最重要的诗体。

一、词之声韵概说

佛经的梵呗之音在东土造成的一个直接影响就是——汉语四声的现象得以发现,齐朝音韵学家周颙发现并创立四声说,因此"平上去入"制韵规则的音韵学说得以确立。沈约、谢朓等人根据四声和双声叠韵来研究诗歌的声韵配合,已达到"圆美流转如弹丸"的吟唱效果,提出了八病:平头、上尾、蜂腰、鹤膝、大韵、小韵、正纽、旁纽。沈约等人避免创作过程中出现这些问题,于是诞生了一种新的诗体——永明体。这种诗体讲究四声、避免八病、强调声韵格律。齐梁陈等诗人继续打磨,又发明了"对"的原则,讲究一联之内对仗。到了唐代,杜审言、宋之问等人继续努力,两联之间"粘"的原则随之而生——近体诗诞生。诗歌的韵律美带动了诗歌的大发展,近体诗成为之后千百年来最重要的诗体。

词曲本与近体诗无关,它本是西域新传进来的俗乐中国化而产生的一个新的乐种——燕乐,一种先声后词的声乐系统。由于受"诗教"传统思维惯式的影响,批评者往往会给词体戴上"有伤风化""词乃小道""如厕读小词"的帽子。《旧唐书》卷一百九十《温庭筠传》谈到温庭筠"士行尘杂,不修边幅,能逐弦吹之音,为侧艳之词,公卿家无赖子弟裴诚、令狐缟之徒,相与蒲饮,酣醉终日。由是累年不第"。[①]孙光宪《北梦琐言》卷六载:"晋相和凝少年时,好为

[①] 刘昫等撰《旧唐书》,中华书局 1975 年版,第 5079 页。

曲子词，布于汴洛。洎入相，专托人收拾焚毁不暇，然相国厚重有德，终为艳词玷之。契丹入夷门，号为曲子相公。所谓好事不出门，恶事传千里，士君子得不戒之乎？"①《词林纪事》卷二引《儒林公议》载："伪蜀欧阳炯，尝应命作宫词，淫靡甚于韩偓。江南李坦，时为近臣，私以艳藻之词，闻于主听，盖将亡之兆也。君臣之间，其礼先亡矣。"②直接讽刺当时为词的士大夫不检点，甚至因为写小词而带来国家的覆亡。这种把写小词与人的品德修养和国家的政治命运联系起来的做法，反映了当时词体之卑下与词体发展之艰难，诗教传统深刻影响着时人对词的认识。

　　随着唐代文人的参与，燕乐日渐表现出雅化的倾向，成为"诗客曲子词"，甚至成为诗人抒怀的工具。由于很多文人没有音乐功底，因此，小词在北宋时期就表现出日渐脱离音乐的趋势，如苏轼主张"诗词本一律"。他在《与蔡竟繁书》中谈到"颁示新词，此古人长短句也"。又在《答陈季常书》中谈到"又惠新词，句句警拔，此诗人之雄，非小词也"。③案头化的词作亦因作者的人格魅力而影响深远，如苏轼，作为当时的文坛领袖。苏轼可谓影响巨大，即使经历乌台诗案，他的追随者一直络绎不绝，甚至跟他漂洋过海，到达惠州儋州。因为苏轼创作了一首〔念奴娇〕《赤壁怀古》，因此诞生了〔百字令〕〔百字谣〕〔壶中天〕〔大江乘〕〔赤壁词〕〔大江东〕〔大江东去〕〔酹江月〕〔杏花天〕〔赤壁谣〕等多达十几种词调，产生了巨大影响，而唱和之作亦多达20多首。这种自觉或不自觉的对词体的改造，强化了词体的表现功能，扩大了词体的抒情范围，以至于"嬉笑怒骂皆成文章"，使词的表现领域也扩大"无事不可言，无意不可入"④的境地，大大推动了词体的演进进程。

　　而后，歌唱派与案头派并行，直至宋元之后，词乐逐渐亡佚，曲体兴盛，词体完全沦为一种案头的创作。李清照批评苏轼词为"句读不葺之诗"，而如

---

① 孙光宪《北梦琐言》，中华书局2002年版，第135页。
② 张宗橚辑《词林纪事》，成都古籍书店1982年版，第52页。
③ 苏轼《苏轼文集》，中华书局2008年版，第1662和第1589页。
④ 刘熙载《艺概·词曲概》，词话丛编本，第3690页。

《生查子》即严格的"律诗"之体,格律毫无差别。到了南宋,沈义父《乐府指迷》和张炎《词源》更多的论述作词须严格按照字声填写,词日渐向近体诗靠近,但也保持着自身的一些字声特色。正如夏承焘先生《唐宋词字声之演变》所言:"大抵自民间词入士大夫手中之后,飞卿已分平仄,晏、柳渐辨去声,三变偶谨入声,清真遂臻精密。惟其守四声者,犹限于警句及结拍。自南宋方、吴以还,拘墟过情,乃滋丛弊。逮乎宋季,守斋、寄闲之徒,高谈律吕,细剖阴阳,则守之者愈难,知之者亦鲜矣。"①清晰地勾勒出唐宋词声韵演变的轨迹。

二、《词律》字声所采用之标识方法

词曲皆本是沿着唐宋时期新兴盛的俗乐乐种——燕乐发展起来的,二者都隶属于燕乐二十八调,都是"牌体",先曲后词。到了南宋,李清照、王灼、沈义父、张炎等人开始论述雅词与缠达、唱赚等俚曲的区别。元代曲体大兴,词反而日渐雅化,表现出向近体诗靠拢的特征,词、曲越离越远。明清之时,词、曲家开始从内容、风格上区分词、曲二者之不同。如李渔谈道:

> 作词之难,难于上不似诗,下不类曲,不淄不磷,立于二者之中。大约空疏者作词,无意肖曲,而不觉仿佛乎曲;有学问人作词,仅力避诗,而究竟不离于诗。一则苦于习久难变,一则迫于舍此实无也。欲为天下词人去此二弊,当令浅者深之,高者下之,一俛一仰,而处于才不才之间,词之三昧得矣。②

王士禛也谈道:

> 或问诗词词曲分界。予曰:"无可奈何花落去,似曾相识燕归来",定非

---

① 夏承焘《唐宋词字声之演变》,《唐宋词论丛》,《夏承焘集》第二册,浙江古籍出版社、浙江教育出版社1997年版,第52页。
② 李渔《窥词管见》,《词话丛编》本,第549页。

香奁诗。"良辰美景奈何天，赏心乐事谁家院"，定非草堂词也。①

但是，在词曲问题上，许多词人坚持词曲一体，如明末清初的藏书志仍然习惯把词曲放在一类，万树也不止一次地提到"词曲一理"。

既然"词曲一理"，那么用曲谱的体例来表达词体就会更符合词体实际，于是，很多人认为词谱也应该像曲谱那样用四声来表达，张綖《诗余图谱》就曾提出：

> 《太和正音谱》字字讨定四声，似为太拘。尝闻人言："词曲上去入声与旧调不同者，虽可歌，播诸管弦，则龃龉不协。不知此正由管弦者泥习师传，无变通耳。"②

张綖也发现词亦应该用四声来表达，但"字字讨定四声，似为太拘"，最后化四声为平仄，全面采用了近体诗的表达方法。这种折中，虽然方便了时人填词，但也让张綖丧失了在词谱史上达到顶峰的机缘。

万树深入辨析了前期词谱字声标识的弊端，《啸余谱》"于可平可仄俱逐字分注，分句处亦然，词章既遭割裂之病，览观亦有断续之嫌。"③赖以邠《填词图谱》"踵张世文之法，平用白圈，仄用黑圈，可通者则变其下半，一望茫茫，引人入暗，且有雠校不精处。"③吴琦《选声集》"可平可仄用□……亦晦而未明。"③批评吴江沈璟"例用┃┠厶人，……且字字皆注，未免太繁，反为眩目。"③图谱容易让人"一望茫茫""晦而未明""反为眩目"，可以看出，万树坚决反对用图谱标识字声的方法。

在反复辨析前期词谱字声标识方法的问题之后，万树逐步确立了《词律》的字声标识方法：

---

① 王士禛《花草蒙拾》，《词话丛编》本，第686页。
② 张綖《诗余图谱·凡例》，《续修四库全书》本，第1735册，上海古籍出版社2002年版，第472页。
③ 万树《词律》，上海古籍出版社1984年版，第16页。

本谱则以小字明注于旁，在右者为韵、为叶、为换、为叠、为句、为豆，在左者为可平、可仄、为作平、为某声（有字音易误读者，故为注之，如旋字、凝字之类）。句不破碎，声可照填，开卷朗然，不致庞杂。其"又一体"，句法与本体同者，概不复注可平仄，有句法长短者，则单注明此句，而他句不注。……愚谓可通用者当注，不可通者原不必注，且专标则字朗，不致徒费眼光。①

　　《太和正音谱》标注四声，诗歌只有平仄，前期词谱多用图谱标识，万树中和近体诗与曲体的声律，反对图谱让人炫目的做法，采用了"'严格平仄之处不作标识''可平可仄标识''必须为某声标识'"的标注方法，让人一望了然。在坚持"词曲一理"的前提下，万树又在编制《词律》过程中尽量表达词体之自身特点，体现了其中和诗体与曲体又不拘泥于二体的谨严态度。

第二节　按照字数多少排列词调

　　万树深入比较了前期词谱之排列方式，反对徐师曾《文体明辨》按照题意排列的方式，也反对张綖《诗余图谱》"小令中调长调三分法"的分类排列方式，最终采取了按照词调字数多少的方式排列词调。

一、反对题意分类排列

　　按题意分类源自明徐师曾的《文体明辨》，这部词选大致按照词调名相近的原则进行编排，分为二十五类：歌行题、令字题、慢字题、近字题、犯字题、遍字题、儿字题、子字题、天文题、地理题、时令题、人物题、人事题、宫室题、器用题、花木题、珍宝题、声色题、数目题、通用题、二字题、三字

---

① 万树《词律》，上海古籍出版社1984年版，第16页。

题、四字题、五字题、七字题。

明末的程明善继承了徐师曾的分类方法,编成了《啸余谱》,万树批评:

《啸余谱》分类为题意,欲别于《草堂》诸刻,然题字参差,有难取义者,强为分列,多至乖违。如〔踏莎行〕〔御街行〕〔望远行〕,此行步之行,岂可入歌行之内?而〔长相思〕尤为不伦,〔醉公子〕〔七娘子〕等是人物,岂可与他子类为类?通用体与三字题有何分别?〔惜分飞〕〔纱窗恨〕又不入人事思忆之题,〔天香〕入声色不入二字题,〔白苧〕入二字不入声色题,〔柳梢青〕入三字,而〔小桃红〕又入声色,〔玉连环〕不入珍宝,若此甚多,俱不确当。故列调自应从旧,以字少居前,字多居后,既有曩规,亦便检阅。①

这种分类方法之所以饱受后人贬责,是因其未严格按照同类属进行分类,江合友全面分析了这种分类法的不合理之处:

从分类学角度来看,这样的分类显得不伦不类。如"歌行体"把凡是词牌字面中带有歌、行、谣、引、曲等和乐府歌行有关者全部收入,而不顾实际意义。如〔踏歌行〕〔御街行〕〔望远行〕等,显然是行走之"行",不能算作歌行。又如〔醉公子〕〔七娘子〕,末字之"子"应为人物,与"子字题"其他如〔甘州子〕〔南乡子〕等显然有别。至于"通用题"以下,皆无法归类者,标准与前面不统一,且互相交叉,如以词牌名字数分类,则歌行题以下,不知有多少二字题、三字题、四字题,其间区别何以明之?又如〔惜分飞〕〔纱窗恨〕应该属于人事题,却入三字题;〔柳梢青〕和〔小桃红〕均涉植物颜色,应属一类,何以前者入三字题,后者入声色题?而且如此分类,各题之下所包括内容分量极不均衡,二十五类中收词调最多者为"三字题",凡七十调一百零二体;最少的"七字题",却仅有〔凤凰台上忆吹箫〕

---

① 万树《词律·发凡》,上海古籍出版社1984年版,第9页。

一调一体，因此徐师曾之二十五题分类，类目不清，使得读者选调寻词皆不方便。①

随着严密的考据思想日渐渗入词学，严格按照逻辑上的种属关系进行分类无疑对词谱的进一步规范有着重要的意义。为了重建一个严密的词谱体系，这样的辨析无疑是非常重要而且非常必要的。

二、反对"三分法"

以小令、中调、长调三分法分词，始于《类编草堂诗余》。如朱彝尊《词综·发凡》云："宋人编集歌词，长者曰慢，短者曰令，初无中调、长调之目。自顾从敬编《草堂词》以臆见分之，后遂相沿，殊属牵率。"②《四库全书总目》之《类编草堂诗余提要》亦云："词家小令、中调、长调之分，自此书始。后来词谱，依其字数以为定式，未免稍拘，故为万树《词律》所讥。"③然由于有人把《类编草堂诗余》归为顾从敬编排，故有人怀疑三分法不始于《类编草堂诗余》。如张仲谋考证："三分法实始于张綖而不是顾从敬。"④所依据的是顾从敬《类编草堂诗余》刊行于嘉靖二十九年（1550年），而张綖《诗余图谱》初刻于嘉靖十五年丙申（1536年）。张綖《诗余图谱》的刊刻比《类编草堂诗余》早十五年。

至于是否为顾从敬把《草堂诗余》改编成按照事类体制编制，其中疑点颇多。本人认为"三分法"仍始于《类编草堂诗余》较确。按何良俊《类编草堂诗余序》云此书为："从敬家藏宋刻，较世所行本多七十余调。"何良俊指出："此本为顾从敬藏宋本。"⑤再者，《类编草堂诗余》中详细按照内容进行分类编排的方式，是为了方便歌唱者或听众拣选适合场景歌词的需要。在明代，词

---

① 江合友《明清词谱史》，上海古籍出版社2008年版，第53页。
② 朱彝尊《词综》，上海古籍出版社1978年版，第14页。
③ 永瑢等《四库全书总目》，中华书局1983年版，第1824页。
④ 张仲谋《张綖〈诗余图谱〉研究》，《文学遗产》，2010年第五期。
⑤ 顾从敬《类编草堂诗余》，嘉靖刻本。

体衰落，传奇大盛，顾从敬当无必要按照如此详细的分类辛苦编排，因为在词乐日渐衰微乃至散佚的背景下，编排这样一个本子实际意义并不是很大。若是在宋代编制，则方便了歌者、听众的拣选。故四库馆臣把此本归为宋代编写，"此本为明杭州顾从敬所刊。前有嘉靖庚戌何良俊序，称为从敬家藏宋刻，较世所行本多七十余调。其刻在汲古阁本之前。又诸词之后多附以当时词话，汲古阁本皆无之。考所引黄昇《花庵词选》、周密《绝妙好词》均在宋末，知为后来所附入，非其原本。"①还是颇有眼光的。故《类编草堂诗余》应为顾从敬嘉靖二十九年重新刊行，"三分法"定为《类编草堂诗余》可能更符合历史事实。

"三分法"确立后，并没有得到词学家的响应，这应与词乐未完全散佚有关。但到了明代，词乐散佚殆尽，自张綖《诗余图谱》与顾从敬刊行《类编草堂诗余》后，词学界接受了这种分类法。如沈际飞从发生学的角度解释三分法："唐人长短句，小令耳，后衍为中调、长调，其故以换头双调联合之者，中调也。"②

到了清初，词学家对三分法更是推崇备至，如赖以邠所编之《填词图谱》共有六卷，亦为两卷小令、两卷中调、两卷长调。毛先舒则用"古人定例"把三分法加以强化，他谈道：

> 凡填词，五十八字以内为小令，自五十九字始至九十字止为中调，九十一字以外者俱长调也。此古人定例也。③

从词体发展的角度来看，唐宋时期以音乐观念形成的"令、引、近、慢"的分类方法在词乐丧失的明代已经不再适用。词学家们在编制词谱书籍的同时，无疑会采用一种更加便利的方法来解决。这种完全从文字角度考虑的做法，首先表现在查检的方便。原来词选多以人来编写，《草堂诗余》则以事分类。这

---

① 永瑢等《四库全书总目》，中华书局 1983 年版，第 1824 页。
② 卓人月《古今词统》，明崇祯刻本。
③ 毛先舒《填词名解》，《词学全书》本。

两种分类方法各有好处，但对于词谱的体例来说，都是不甚适合的，因为填词者翻检词谱是为了寻找合适的词调，而前两种分类法表现出更多的烦琐不便。按照词调的字数多少来分类，对于填词者来说，无疑是一种极为便捷适用的查询方法。

众所周知，近体诗按句数分为绝句与律诗两种，按字数则分为五言与七言两种。在进行绝句、律诗、长律三种长度不同的诗歌创作时，诗人的切身体会是：

> 绝句之法要婉曲回环，删芜就简，句绝而意不绝，多以第三句为主，而第四句发之，有实接，有虚接。承接之间，开与合相关，反与正相依，顺与逆相应，一呼一吸，宫商相谐。大抵起承二句固难，然不过平直叙起为佳，从容承之为是，至如婉转变化，功夫全在第三句，若于此转变得好，第四句如顺水之舟矣。①

> 律诗要法起承转合，破题或对景兴起，或比起，或引事起，或就题起。要突兀高远，如狂风卷浪，势欲滔天。②

> 长律妙在铺叙，时将一联挑转，又平平说去，如此转换数匝，却将数语收拾，妙矣！③

单纯进行"案头词"的创作，无疑也面临这个问题。创作短词与创作长词用的方法不同，思路也不同。早在词乐兴盛的时代，词人们在创作过程中就已经开始思考这个问题了，如沈义父就曾谈道：

> 作大词，先须立间架，将事与意分定了。第一要起得好，中间只铺叙，过处要清新。最紧是末句，须是有一好出场方妙。作小词只要些新意，不可

---

① 杨载《诗法家数》，《历代诗话》本，第 732 页。
② 元杨载《诗法家数》，《历代诗话》本，第 729 页。
③ 元杨载《诗法家数》，《历代诗话》本，第 731 页。

太高远，却易得古人句，同一要练句。①

张炎也曾这样论述：

> 词之难于令曲，如诗之难于绝句，不过十数句，一句一字闲不得。末句最当留意，有有余不尽之意始佳。当以唐《花间集》中韦庄、温飞卿为则。又如冯延巳、贺方回、吴梦窗亦有妙处。至若陈简斋"杏花疏影里，吹笛到天明"之句，真是自然而然。大抵前辈不留意于此，有一两曲脍炙人口，余多邻乎率易。近代词人，却有用力于此者。倘以为专门之学，亦词家射雕手。②

> 大词之料，可以敛为小词，小词之料，不可展为大词。若为大词，必是一句之意，引而为两三句，或引他意入来，捏合成章，必无一唱三叹。如少游〔水龙吟〕云："小楼连苑横空，下窥绣毂雕鞍骤"，犹且不免为东坡所诮。③

大词、小词的创作思维是不同的，而到了明清，由于词乐丧失，词学家更是多角度从文学创作的层面对三分法进行阐述与分析。如沈谦在《填词杂说》中谈道：

> 小调要言短意长，忌尖弱。中调要骨肉停匀，忌平板。长调要操纵自如，忌粗率。能于豪爽中，着一二精致语，绵婉中着一二激厉语，尤见错综。④

沈谦从章法的角度认为小令要言有尽而意无穷，中调要均衡，长调则需刚柔并济，水到渠成，而沈雄则谈到"唐宋作者，止有小令曼词。至宋中叶而有

---

① 沈义父《乐府指迷》，《词话丛编》本，第283页。
② 张炎《词源》，《词话丛编》本，第265页。
③ 张炎《词源》，《词话丛编》本，第266页。
④ 沈谦《填词杂说》，《词话丛编》本，第629页。

中调、长调之分，字句原无定数，大致比小令为舒徐，而长调比中调尤为婉转也。今小令以五十九字止，中调以六十字起，八十九字止，遵旧本也"。①吴衡照在《莲子居词话》中亦言："小令之难，难于中长。"②宋翔凤从演唱场合的大小角度进行分析：

> 其分小令、中调、长调者，以当筵作会，以字之多少分调之长短，以应时刻之久暂（如今京师演剧，分小出中出大出相似）。
>
> 《草堂》一集，盖以徵歌而设，故别题春景、夏景等名，使随时即景，歌以娱客。题吉席庆当一笑，而当时歌伎，则必需此也。诗之余先有小令。其后以小令微引而长之，于是有〔阳关引〕〔千秋岁引〕〔江城梅花引〕之类。又谓之近，如〔诉衷情近〕〔祝英台近〕之类，以音调相近，从而引之也。引而愈长者则为慢。慢与曼通，曼之训引也，长也，如〔木兰花慢〕〔长亭怨慢〕〔拜新月慢〕之类，其始皆令也。亦有以小令曲度无存，遂去慢字。亦有别制名目者，则令者，乐家所谓小令也。曰引、曰近者，乐家所谓中调也。曰慢者，乐家所谓长调也。不曰令曰引曰近曰慢，而曰小令、中调、长调者，取流俗易解，又能包括众题也。③

填词者根据自己的才力、创作时的状态、构思，以及题材内容选择字数多寡，长度合适的词调。这对于填词者来说，无疑是一种比较合理的分类方法。翻检清代的词学文献可以发现，很多人接受了这种分类方法，就是到了清代中期，虽然万树和《钦定词谱》的编制者们苦口婆心地劝导不能再立"小令、中调、长调"三分法，但很多制谱者与研究者仍然采用三分法，如林栖梧编制的《词境》、钱裕编制的《有真意斋词谱》、袁太华编制的《新词正韵》、管澐编制的《弹箫馆词谱》等。甚至有些人所作之词集亦以三分法进行分类，如丁澎之《扶荔词》分三卷，第一卷为小令、第二卷为中调、第三卷为长调。陈钟

---

① 沈雄《古今词话·词品》上卷，《词话丛编》本，第 837 页。
② 吴衡照《莲子居词话》，《词话丛编》本，第 2474 页。
③ 宋翔凤《乐府馀论》，《词话丛编》本，第 2500 页。

祥之《香草集》亦以三分法排列。

直到清代晚期，词学家辩驳热情不减，如沈祥龙从创作论着手，多角度、大笔墨地详细论述小令、长调的写法：

> 小令须突然而来，悠然而去，数语曲折含蓄，有言外不尽之致。著一直语、粗语、铺排语、说尽语，便索然矣。此当求诸五代宋初诸家。
>
> 长调须前后贯串，神来气来，而中有山重水复、柳暗花明之致。句不可过于雕琢，雕琢则失自然。采不可过于涂泽，涂泽则无本色。浓中间以淡语，疏句后接以密语，不冗不碎，神韵天然，斯尽长调之能事。①

甚至民国时期的词曲大家吴梅，仍然从创作论角度论述三分法的合理性：

> 凡题意宽大，宜抒写胸襟者，当用长调，而长调中就以苏、辛雄放之作为宜。若题意纤仄，模山范水者，当用小令、中调。②

大胸襟用长调，纤弱题材用中调、小令，这符合创作规律，而这个分类法能得到如此多人的响应，说明了它存在的合理性。吴梅之论是对三分法高度的总结。中华人民共和国成立后，由于吴梅先生的杰出弟子众多，因此在中学教材中，也把三分法作为定论。

但是，三分法有其很大的局限性，以五十八字、八十九字区别小令、中调、长调，被朱彝尊和万树抓住了把柄：

> 自《草堂》有小令、中调、长调之目，后人因之，但亦约略云尔。《词综》所云"以臆见分之，复遂相沿，殊属率率者也"。钱塘毛氏云："凡填词，五十八字以内为小令，自五十九字始至九十字止为中调，九十一字以外者俱长调也。此古人定例也。"愚谓此亦就《草堂》所分而拘执之，所谓定例，有何所据？若以少一字为短，多一字为长，必无是理。〔七娘子〕有

---

① 沈祥龙《论词随笔》，《词话丛编》本，第4050页。
② 吴梅《词学通论》，复旦大学出版社2006年版，第29页。

五十八字者，有六十字者，将为小令乎，抑中调乎？〔雪狮儿〕有八十九字者，有九十二字者，将为中调乎，抑长调乎？故本谱但叙字数，不分小令、中长之名。①

从创作论的视角来看，三分法对于初学填词者有其方便的一面，但是，毛先舒对这种分类法进行强化，并说成是"古人定例"，被人贻笑大方，而万树在编制《词律》时未采用这种分类法，自然也在情理之中了。四库馆臣也充分肯定了万树的做法：

> 是编纠正《啸余谱》及《填词图谱》之讹，以及诸家词集之舛异，如《草堂诗余》有小令、中调、长调之目，旧谱遂谓"五十八字以内为小令，五十九字至九十字为中调，九十一字以外为长调"。树则谓："〔七娘子〕有五十八字者，有六十字者，将为小令乎？中调乎？〔雪狮儿〕有八十九字者，有九十二字者，将为中调乎？长调乎？故但列诸调而不立三等之名。"②

万树尖锐地批评："这只是《草堂》一本词集选本的分类方法而已，怎么就成了定论、惯例？而且，若少一个字就是小令或中调，多一个就是中调或长调的话，那么〔七娘子〕有五十八个字的，有六十个字的，算小令还是中调？〔雪狮儿〕有八十九个字的，有九十二个字的，算中调还是长调呢？"万树的批评不可谓不犀利。但是，"三分法"的确容易让新人寻找适合自己的词调，有利于新学者填词。众所周知，创作短词与创作长词用的方法不同，写作手法不同、修辞表现不同；每个词人的思路不同，能力也不同，擅长的方面也不同。

在批评了三分法之后，万树提出了自己的主张："列调自应从旧，以字少居前，字多居后，既有曩规，亦便检阅。"③万树的改进打破了三分法的局碍，按照字数多少进行排列，比较符合失去词乐后文本词的排列方法，故得到了《钦

---

① 万树《词律·发凡》，上海古籍出版社1984年版，第9页。
② 永瑢等《四库全书总目》，中华书局1983年版，第1827页。

定词谱》等词谱书籍的承继。

词调从字数少到多排列，依然存在一个致命的缺陷，即作家作品未能系年，不能展现词调发生的历史脉络，且在具体操作过程中，容易把创调的功劳系于他人之身，但是，这也是一个不得已的折中办法。由于词体在唐宋时期卑弱，很多词作在元明传抄过程中出现讹误，很多作品不能考证作者，很多作者不知身世背景，甚至不知其生卒之年，尤其是在万树所在的清代前期，词集的整理尚处于开端阶段，面对这种客观情况，万树不得不采取略比"三分法"高明的直接按照词调字数多少排列。这也比较符合失去词乐后文本词的排列方法，故得到了《钦定词谱》等词谱书籍的承继。

第三节　设计"又一体"

先期的词谱书籍大多只列一体，因为早期词谱的目的不在于完全解决所有词调问题，而是作为一本简单的教科书用来指导填词。正是出于这样的考虑，周瑛、张綖等人设计了平仄来表达词谱，而到了《文体明辨》《啸余谱》，开始采用"第一体""第二体"，目的就是解决词的"同调异体"。之后，这种方法得到了赖以邠、毛先舒等人的承继，但这种分类法又有不足：

旧谱之最无义理者，是"第一体""第二体"等排次。既不论作者之先后，又不拘字数之多寡，强作雁行。若不可逾越者，而所分之体，乖谬殊甚，尤不足取。更有继《啸余》而作者，逸其全刻，撮其注语，尤为糊突。若近日图谱，如〔归自谣〕止有第二而无第一，〔山花子〕〔鹧冲天〕有一无二，〔贺圣朝〕有一、三而无二，〔女冠子〕有一、二、四、五而无三，〔临江仙〕有一、四、五、六、七而无二、三，至如〔酒泉子〕以五列六后，又八体四十四字，九、十、十一、十二体皆四十三字，故以八居十二之后。夫既以八体之字较多，则当改正为十二，而以九升为八，十升为九矣，乃因旧定次序，不敢超越。故论字则以弟先兄，论行则少不逾长，得毋两相背谬乎？此俱遵《啸余》，而忘其为无理者也。①

"第一体""第二体"的分类方法既不能表示时代先后，又无字数多少规矩，并不能准确表达词谱排列的标准，而徐师曾、程明善被万树批驳得体无完肤：

夫某调则某调矣，何必表其为第几。自唐及五代十国、宋、金、元，时远人多，谁为之考其等第，而确不可移乎？①

的确，在万树时代，给词人词作系年是非常艰难的事情，万树已看清当时词调不能用时代先后标示，这点在当时是进步的。四库馆臣完全肯定了万树的做法：

又旧谱于一调而长短不同者，皆定为第一、第二体。树则谓"调有异同，体无先后，所列次第，既不以时代为差，何由知孰为第几？故但以字数多寡为序，而不名目"。皆精确不刊。②

故万树树立了"又一体"的分类方法：

本谱但以调之字少者居前，后亦以字数列书"又一体"。

"又一体"的标注方法有效地解决了同调异体的问题，为"同调异体"的标注展开了思路。从《词律》到《钦定词谱》，词调数量只增长了200有余，而"又一体"却达到了2300多体，增加了1000多体。

---

① 万树《词律·发凡》，上海古籍出版社1984年版，第9页。
② 永瑢等《四库全书总目》，中华书局1983年版，第1827页。

第四节 目录下系词调考释

对词调本事进行专门考证，源于崔令钦的《教坊记》，其中排列词调一百余个，考证词（曲）调五个，如考证〔踏摇娘〕一调曰：

〔踏摇娘〕，北齐有人姓苏，齇鼻，实不仕，而自号为"郎中"。嗜饮，酗酒，每醉，辄殴其妻。妻衔悲，诉于邻里。时人弄之：丈夫著妇人衣，徐步入场行歌。每一叠，旁人齐声和之，云："踏谣，和来！踏谣娘苦！和来！"以其且步且歌，故谓之"踏谣"；以其称冤，故言"苦"。及其夫至，则作殴斗之状，以为笑乐。今则妇人为之，遂不呼"郎中"，但云"阿叔子"。调弄又加典库，全失旧旨。或呼为〔谈容娘〕，又非。①

把〔踏摇娘〕一调之本事叙说出来。再如〔春莺啭〕一调：

〔春莺啭〕，高宗晓声律，闻风叶鸟声，皆蹈以应节。尝晨坐，闻莺声，命乐工白明达写之，遂有此曲。①

之后唐段安节《乐府杂录》考证词（曲）调十四个，如考证曰〔离别难〕：

天后朝，有士人陷冤狱，籍没家族。其妻配入掖庭，本初善吹觱篥，乃撰此曲以寄哀情。始名〔大郎神〕，盖取良人行第也。既畏人知，遂三易其名，亦名〔悲切子〕，终号〔怨回鹘〕。②

探究〔离别难〕词调本事。再如〔望江南〕一调曰：

始自朱崖李太尉镇浙西日，为亡妓谢秋娘所撰。本名"谢秋娘"，后改

---

① 崔令钦《教坊记》，《中国古典戏曲论著集成》本，第一册，中国戏剧出版社 1959 年版，第 18 页。
② 段安节《乐府杂录》，《中国古典戏曲论著集成》本，第一册，第 58—59 页。

此名,亦曰"梦江南"。①

而大范围考察词调,当属王灼之《碧鸡漫志》,他用三卷的篇幅详细考证了30个词调的源流、宫调等情况。有些词调考察得非常细致,成绩突出。例如其考证〔六么〕调曰:

〔六么〕,一名〔绿腰〕,一名〔乐世〕,一名〔录要〕。元微之《琵琶歌》云:"〔绿腰〕散序多拢撚。"又云:"管儿还为弹〔绿腰〕,〔绿腰〕依旧声迢迢。"又云:"逡巡弹得〔六么〕彻,霜刀破竹无残节。"沈亚之《歌者叶记》云:"合韵奏〔绿腰〕。"又志卢金兰墓云:"为〔绿腰〕〔玉树〕之舞。"唐史《吐蕃传》云:"奏〔凉州〕〔胡渭〕〔录要〕杂曲。"段安节《琵琶录》云:"〔绿腰〕,本〔录要〕也,乐工进曲,上令录其要者。"白乐天〔杨柳枝词〕云:"〔六么〕〔水调〕家家唱,〔白雪〕〔梅花〕处处吹。"又《听歌六绝句》内,〔乐世〕一篇云:"管急弦繁拍渐稠,〔绿腰〕宛转曲终头。诚知《乐世》声声乐,老病人听未免愁。"注云:"〔乐世〕一名〔六么〕。"王建《宫词》云:"琵琶先抹〔六么〕头。"故知唐人以"腰"作"么"者,惟乐天与王建耳,或云:此曲拍无过六字者,故曰〔六么〕。至乐天又独谓之〔乐世〕,他书不见也。《青箱杂记》云:"曲有〔录要〕者,录〔霓裳羽衣曲〕之要拍。"〔霓裳羽衣曲〕乃宫调,与此曲了不相关。士大夫论议,尝患讲之未详,率然而发,事与理交违,幸有證之者,不过如聚讼耳。若无人攻击,后世随以愦愦,或遗祸于天下,乐曲不足道也。《琵琶录》又云:"贞元中,康昆崙琵琶第一手,两市祈雨斗声乐,昆崙登东綵楼,弹新翻羽调〔绿腰〕,必谓无敌。曲罢,西市楼上出一女郎,抱乐器云:'我亦弹此曲,兼移在枫香调中。'下拨声如雷,绝妙入神,昆崙拜请为师。女郎更衣出,乃僧善本,俗姓段。"今〔六么〕行于世者四:曰黄钟羽,即俗呼般涉调;曰夹钟羽,即俗呼中吕调;曰林钟羽,

---

① 段安节《乐府杂录》,《中国古典戏曲论著集成》本,第一册,第61页。

即俗呼高平调；曰夷则羽，即俗呼仙吕调；皆羽调也。昆崙所谓新翻，今四曲中一类乎？或他羽调乎？是未可知也。段师所谓枫香调，无所著见。今四曲中一类乎？或他调乎？亦未可知也。欧阳永叔云："贪看〔六幺〕花十八。"此曲内一叠名花十八，前后十八拍，又四花拍，共二十二拍。乐家者流所谓花拍，盖非其正也。曲节抑扬可喜，舞亦随之。而舞〔筑球〕〔六幺〕，至〔花十八〕益奇。①

王灼对〔兰陵王〕词调的来源、节拍、宫调、犯调情况进行了详细的介绍，考证翔实，论证有据，得到四库馆臣的赞扬："次列〔凉州〕〔伊州〕〔霓裳羽衣曲〕〔甘州〕〔胡渭州〕〔六幺〕〔西河长命女〕〔杨柳枝〕〔喝驮子〕〔兰陵王〕〔虞美人〕〔安公子〕〔水调歌〕〔万岁乐〕〔夜半乐〕〔何满子〕〔凌波神〕〔荔枝香〕〔阿滥堆〕〔念奴娇〕〔清平乐〕〔雨淋铃〕〔菩萨蛮〕〔望江南〕〔麦秀两岐〕〔文淑子〕〔后庭花〕〔盐角儿〕，凡二十八条。一一溯得名之缘起，与其渐变宋词之沿革。"②（四库馆臣少列〔河传〕〔春光好〕二调）

到了明代，词学家在考察词调方面人数较多，如杨慎、都穆、胡应麟、何良俊、陈耀文、卓人月，但即使是考察词调较多的杨慎，数量仍然没有很大突破。杨慎，明代三大才子之一，字用修，号升庵，嘉靖三年，因"大礼议"受廷杖，谪戍终老于云南永昌卫。正德六年状元，官翰林院修撰，豫修《武宗实录》，禀性刚直，其诗不专主盛唐，贬谪以后，特多感愤。又能文、词及散曲，论古考证之作范围颇广，著作百余种，后人辑为《升庵集》。杨慎在《词品》中考察词调五十余个，其中不乏考证精品：

晋中书令王珉，与嫂婢谢芳姿有情爱，捉白团扇与之。乐府遂有《白团扇》歌云："白团扇，憔悴无复理，羞与郎相见。"其本辞云："狭车薄不

---

① 王灼《碧鸡漫志》，《词话丛编》本，第664页。
② 永瑢等《四库全书总目》，中华书局1983年版，第1826页。

乘，步行耀玉颜。逢侬都共语，起欲著夜半。"其二云："团扇薄不摇，窈窕摇蒲葵。相怜中道罢，定是阿谁非。"其三云："御路薄不行，窈窕穿回塘。团扇障白日，面作芙蓉光。"其四云："白锦薄不著，趣行著练衣。异色都言好，清白为谁施。"薄，如《唐书》薄天子不为之薄。芳姿之才如此，而屈为人婢，信乎佳人薄命矣。元关汉卿尝见一从嫁媵婢，作一小令云："鬓鸦。脸霞。屈杀了、将陪嫁。规摹全似大人家。不在红娘下。巧笑迎人，文谈回话。真如解语花。若咱得他。倒了蒲桃架。"事亦相类而可笑，并附此。

词名多取诗句，如〔蝶恋花〕则取梁元帝"翻阶蛱蝶恋花情"。〔满庭芳〕则取吴融"满庭芳草易黄昏"。〔点绛唇〕则取江淹"白雪凝琼貌，明珠点绛唇"。〔鹧鸪天〕则取郑嵎"春游鸡鹿塞，家在鹧鸪天"。〔惜馀春〕则取太白赋语。〔浣溪沙〕则取少陵诗意。〔青玉案〕则取四愁诗语。〔菩萨蛮〕，西域妇髻也。〔苏幕遮〕，西域妇帽也。〔尉迟杯〕，尉迟敬德饮酒必用大杯，故以名曲。〔兰陵王〕，每入阵必先，故歌其勇。〔生查子〕，查，古槎字，张骞乘槎事也。〔西江月〕，卫万诗"只今惟有西江月，曾照吴王宫里人"之句也。〔潇湘逢故人〕，柳浑诗句也。〔粉蝶儿〕，毛泽民词"粉蝶儿共花同活"句也。余可类推，不能悉载。①

然多数考证较为单薄，难以支撑日渐兴盛的填词创作需要，而且，有些词调考证似是而非，问题颇多。我们深知，语典最难掌握，尤其是用其判断词调渊源更容易出现问题，因为很多诗文都包括同一词调的用字，而每个人的诗文用意可能不同，甚至大相径庭。读者根本不知作者采用的是哪首诗中的用语，甚至有时词人创制词调根本不是从诗文中摘出来的。邹祗谟对此有过精彩论述：

---

① 杨慎《词品》，《词话丛编》本，第 428、429 页。

调名原起之说，起于杨用修及都元敬，而沈天羽掩杨论为己说。如〔蝶恋花〕取梁元帝"翻阶蛱蝶恋花情"；〔满庭芳〕取吴融"满庭芳草易黄昏"；〔点绛唇〕取江淹"白雪凝琼貌，明珠点绛唇"；〔鹧鸪天〕取郑嵎"春游鸡鹿塞，家在鹧鸪天"；〔惜余春〕取太白赋语；〔浣溪沙〕取杜陵诗意；〔青玉案〕取四愁诗语；〔踏莎行〕取韩翃诗"踏莎行草过青溪"；〔西江月〕取卫万诗"只今惟有西江月"；……愚按宋人词调不下千余，新度者即本词取句命名，余俱按谱填缀，若一一推凿，何能尽符原指。安知昔人最始命名者，其原词不已失传乎，且僻调甚多，安能一一传会载籍。自命稽古学者，宁失阙疑，毋使后人徒资弹射可耳。①

胡元瑞《笔丛》，驳用修处最多。其辨词调，尤极覼缕。如辨词名之本诗者，〔点绛唇〕〔青玉案〕等，杨说或协，余俱偶合，未必尽自诗中。"满庭芳草易黄昏"，唐人本形容姜寂，词名〔满庭芳〕，岂应出此。〔生查子〕，谓查即古槎字，合之博望，意义不通。……愚按用修、元敬，俱号综博，而过于求新作好，遂多琐漏。如〔满庭芳〕，而用修谓本吴融，元敬谓本柳州，果何所原起欤？〔风流子〕二字一解，尤为可笑。词中如〔赞浦子〕〔竹马子〕之类极多，亦男子通称耶，则儿子又属何解。〔荔枝香〕〔解语花〕与〔安公子〕等类相近，似乎可据。若"连环""华胥"本之《庄》《列》，"塞垣""玉烛"本之《后汉书》《尔雅》，遥遥华胄，探河星宿，毋乃太远，此俱穿凿传会之过也，然元瑞考据精详，而于词理未尽研涉。②

以诗文句中所包含的词来确定词调的确问题颇多，有些词调名重复出现在很多诗文中，而古人又没有电脑这样高级的可以穷尽式地搜索所有诗文的工具。若是发现的文献极其可靠，则这样的考据是毫无疑问的，如毛先舒考察〔明月逐人来〕：

---

① 邹祗谟《远志斋词衷》，《词话丛编》本，第 646—647 页。
② 邹祗谟《远志斋词衷》，《词话丛编》本，第 647 页。

〔明月逐人来〕，取唐苏味道诗句。①

这个词调解释的确切性非常高，让读者不由得不信，所以也就不存在问题，而若是贸然发现一首诗文中正好有这个词调名，就非常轻率地确定此词调出自该诗，那的确会让严谨的学者抓到把柄。如毛先舒考察〔醉蓬莱〕〔忆旧游〕〔玉烛新〕词调曰：

> 李适之有九品酒器，其一"蓬莱盏"，其五"金蕉叶"。①
> 取顾况诗："终身忆旧游。"②
> 《尔雅》云："四时和，谓之玉烛。"③

这样的考据肯定会存在很多问题，不能让人尽信服。清初的词学家在词调考证上下的功夫是有目共睹的，如毛先舒则用四卷《填词名解》的篇幅考察了392个词调。先舒字稚黄，仁和（今浙江杭州）人，明末诸生。入清后不求仕进，专心从事音韵学研究，能诗文，与毛奇龄、毛际可齐名，时称"浙中三毛，文中三豪"。其中收明人杨慎〔落灯风〕，王世贞〔小诺皋〕〔怨朱弦〕，毛先舒自己所制作的15个自度曲，实收唐、宋、元词调374个，数量远远超过前人考察的总和。可见，清初词人在词体建设方面用力之勤。

《填词名解·略例》曰：

> 是编采缀，非徒一家然。本唐崔令钦、段安节、宋王灼、黄朝英，以至杨慎、都穆、何良俊、陈耀文、卓人月、徐士俊、沈际飞、郭绍孔诸填词家书，因藉为多。第诸家载记纷如，仍多抵牾，考义就班，谬加蠡测。且即所解词名，殆略过半，弘其寂启，所尤属望于博雅云。①

---

① 毛先舒《填词名解》，《词学全书》本。
② 毛先舒《填词名解》卷三，《词学全书》本。
③ 毛先舒《填词名解》卷四，《词学全书》本。

然毛先舒太过崇尚考据，以至于对有些词调的溯源有些不合情理，故《四库全书总目》批评之："掇拾古语，以牵合词调名义，始于杨慎《丹铅录》。先舒又从而衍之，附会支离，多不足据。"①其实，若仔细分析毛先舒的解释，大部分还是比较合理的，而四库馆臣的批评则有些过火。邹祗谟论曰：

《词品》云："唐词多缘题所赋，〔临江仙〕则言水仙，〔女冠子〕则述道情，〔河渎神〕则缘祠庙，〔巫山一段云〕则状巫峡，〔醉公子〕则咏公子醉也。"……愚按此论，杨固太泥，胡亦未尽通方也。大率古人由词而制调，故命名多属本意。后人因调而填词，故赋寄率离原辞。曰填、曰寄，通用可知。宋人如〔黄莺儿〕之咏莺，〔迎新春〕之咏春（柳耆卿），〔月下笛〕之咏笛（周美成），〔暗香〕〔疏影〕之咏梅（姜夔），〔粉蝶儿〕之咏蝶（毛滂）如此之类，其传者不胜屈指，然工拙之故，原不在是。近阮亭、金粟，与仆题余氏女子诸绣，如《浣纱图》，则用〔浣溪纱〕〔思越人〕〔西施〕等名；《高唐神女图》，则用〔巫山一段云〕〔高阳台〕〔阳台路〕等名；《洛神图》，则用〔解佩令〕〔伊川令〕〔南浦〕等名；《柳毅传书图》，则用〔望湘人〕〔传言玉女〕〔潇湘逢故人慢〕等名。其他集中所载，亦居什一。偶尔引用，巧不累雅。藉是名工，所谓窦中窥日，未见全照耳。②

〔菩萨蛮〕，西域妇髻也；〔苏幕遮〕，（高昌女子所戴油帽）西域妇帽也；〔尉迟杯〕，尉迟敬德饮酒，必用大杯也；〔兰陵王〕，每入阵必先歌其勇也；〔生查子〕，古槎字，张骞乘槎事也。③

卓珂月又云："〔多丽〕，张均妓名，善琵琶者也。""〔念奴娇〕，唐明皇宫人念奴也。"③

---

① 永瑢等《四库全书总目》，中华书局 1983 年版，第 1834 页。
② 邹祗谟《远志斋词衷》，《词话丛编》本，第 648—649 页。
③ 邹祗谟《远志斋词衷》，《词话丛编》本，第 647 页。

唐词多"缘题所赋"，调名与内容一致。这种词调本源比较明确，毛先舒从词调的本事出发来考证，应该说结论较为客观。当然，毛先舒的词调考证也有与杨慎很多相同的问题，毛先舒利用典故考察〔一枝花〕〔满江红〕等词调时：

> 唐天宝中，常州刺史荥阳公子应举，狎长安倡女李娃。娃后封汧国夫人，初名〔一枝花〕。①

> 唐《冥音录》载曲名《上江虹》，后转易二字得今名。②

掇拾古语，故造典故，并津津于此而不自觉，这样的考察，被人否定的风险度就更高了，而如〔声声慢〕的解释就更让读者感到莫名其妙了：

> 宋蒋捷赋《秋声》，俱用声字收韵，故名之。②

全面考证词调的渊源是对填词选调的一种重视。后来，填词选调成为作词首先要考虑的一项。由于词体本貌已然迷失，因此毛先舒、邹祗谟等人的考释在此时期的作用还是非常巨大的。对于已经衰落了几百年的词坛现状，毛先舒希望通过考证词调本事来确定"填词须选调"的理念，颇有价值。

毛先舒首次从格律的角度探讨词调的字数、句法、章法等，如他在《填词名解》中谈道："〔九张机〕，三十字""〔临江仙〕，第二体凡三十八字。""〔瑞鹧鸪〕一名〔鹧鸪词〕，又名〔舞春风〕，盖唐人七言律叶之声歌也。特起句第二字须作平声，不得如诗可平可仄。〔小秦王〕亦是七言绝句，然可随意平仄，与唐人作诗无异。""〔忆秦娥〕仄韵调也，而孙夫人以平声作之。〔声声慢〕平韵调也，而李易安以仄声作之。岂二调原皆可平可仄，抑二妇故欲见别呈奇，实非法也？然此二词更俱称绝唱，又何也？"③这都展现了毛先舒在编制《填词名解》时的一些思考。

---

① 毛先舒《填词名解》卷二，《词学全书》本。
② 毛先舒《填词名解》卷三，《词学全书》本。
③ 孙克强辑《词辨坻》，《词学》第 17 辑，华东师范大学出版 2006 年版，第 292 页。

万树在编纂《词律》时认为，前期词谱如《啸余谱》"于可平可仄俱逐字分注，分句处亦然，词章既遭割裂之病，览观亦有断续之嫌"①，出于词谱部分一切从简、明了的原则，在词谱部分没有对词调进行论述，但他亦知对词调进行简单介绍亦是必不可少的，因此，在目录部分加进了对词调的"简介"：

〔竹枝〕，十四字，又名〔巴渝辞〕。

又一体，十四字，仄韵。

又一体，二十八字。②

〔南歌子〕二十三字，"歌"或作"柯"，又名春宵曲。

又一体，二十六字，又名〔碧窗梦〕。

又一体，五十二字，双调，又名〔望秦川〕〔风蝶令〕。

又一体，五十二字，入声韵。②

有时还加上一些按语考证：

〔忆江南〕二十七字，又名〔梦江南〕〔望江南〕〔望江梅〕〔江南好〕〔梦江口〕〔归塞北〕〔春去也〕〔谢秋娘〕。

按梦窗〔水调歌头〕，亦名〔江南好〕，与此调无涉。②

〔南乡子〕二十七字，

又一体，二十八字，四句三字。

又一体，三十字，起三字两句。

又一体，五十六字，双调，全用平韵。

按《词统》云："前后起句用四字者，名〔减字南乡子〕。"查双调无此体，如指上二十七八字者为减字，则唐词有二十七八，而宋人始有五十字，不可反以唐调为减字也。③

---

① 万树《词律》，上海古籍出版社 1984 年版，第 16 页。
② 万树《词律》，上海古籍出版社 1984 年版，第 21 页。
③ 万树《词律》，上海古籍出版社 1984 年版，第 21—22 页。

总体而言，万树在词调考证方面不算突出，进步有限，但仍有不少考订颇为得意，如考证〔丑奴儿慢〕一调曰：

> 按此调因潘元质首句，又名〔愁春未醒〕。故梦窗"东风未起"一首，载于乙稿曰〔丑奴儿〕，载于丙稿曰〔愁春未醒〕，人见新名，即收入谱，不知因落去一字，遂致分句不清，认调亦错，且不识是平仄互叶者，今详辨于后。并录名家词，以备考证。又旧谱，载〔丑奴儿近〕一调，乃稼轩不全之篇，谬以集中相联之〔洞仙歌〕全阕，妄补其后，并为一体，尤为大误。①

考证〔桃园忆故人〕一调曰：

> 按此调又名〔虞美人影〕，与〔虞美人〕正调无涉，故不收〔虞美人〕后，与前〔贺圣朝影〕、后〔瑞鹤仙影〕同。或云："此调即〔胡捣练〕。"查〔胡捣练〕前后起句用平声，不起韵，与此用仄起韵者各异，自非一体，故仍各分列。②

考证〔扬州慢〕一调曰：

> 本谱与调之名同者，汇为一处，如〔长相思〕〔西江月〕等，体裁各别者是也。与调之相沿者亦汇之，如〔木兰花〕之减字、偷声，〔丑奴儿〕之摊破、促拍等，字句相因者是也。或曰："前于〔甘州子〕下，附〔甘州遍〕〔八声甘州〕等。此〔扬州慢〕与〔梦扬州〕亦同一州名，何以不相附耶？"余曰："〔甘州〕，古曲。乃当时边地之声。伊、梁、甘、石、渭氏皆有其音，故乐府有〔六州歌头〕。"此虽名曰某州，而其曲则不言本州之事，犹今俗行小曲，如吴江桐城之类也。故凡为甘州者，同出一源，自宜合序。若〔梦扬州〕则少游因忆扬州而作，〔扬州慢〕则白石因游扬州而作，

---

① 万树《词律》，上海古籍出版社1984年版，第26页。
② 万树《词律》，上海古籍出版社1984年版，第28页。

皆创为新调，即以词意名题，其所言即扬州之事，与〔甘州〕故不伴也。或曰："如此说则〔甘州〕可以杂咏扬州二调，将必咏扬州方可用乎？"余曰："〔甘州〕原有古曲，故作者用为杂咏，乃因其调而填之。〔扬州〕经二公创调，亦即是古曲，后人亦因其调而填之，用为杂咏其意，今欲此而相从则不可耳。"①

从中可以看出，万树在考订词调时，很少进行词调本事的溯源，而其实用目的明显，就是为今人填词服务。直至王奕清等人编制《钦定词谱》后，词调本事对词谱的价值才足够重视。王奕清等人在编制《钦定词谱》时，采用唐宋元明以来各种资料。从崔令钦的《教坊记》、段安节的《乐府杂录》、孙光宪的《北梦琐言》到王灼的《碧鸡漫志》、胡应麟的《唐音癸签》等，以及参考前期词谱、翻阅各种词集进行编纂，所引书目达数百种，考证翔实，论证有力，才取得了突出成绩。

---

① 万树《词律》，上海古籍出版社 1984 年版，第 39 页。

第五章 《词律》对词调字声语法的研究

　　与诗歌的平仄相比，词体的字声显得非常复杂。词体字声不仅分平仄，很多时候还分四声，四声还有一定的法则可以换用。词律还有其他争论，如词之虚字、领字等，这些都不同于近体诗。正是由于诸多不同，才决定了词不同于近体诗那样用非常规律的平仄格律以及对仗、用韵、拗救来表达，而有着其自身非常复杂的形态。加之词体源于燕乐，而且在早期以通俗音乐的形式传播演唱，词的乐谱与字声之间虽有一定的关系，但又未能形成一一对应的关系，这更加丰富了词体字声的理论知识。

第一节　总结字声规律

龙榆生先生在《论平仄四声》一文中曾说："乐有抑扬高下之节，声有平上去入之差，准此以谈，则四声与音律，虽为二事，然于歌谱散亡之后，由四声以推究各词调声韵组织上之所由殊，与夫声词配合之理，亦可得其仿佛。"①后来词乐失传，以致谱字、节奏无人能解，而这种复杂的形态，正是词学家们争论的前提。明清词学家在字声关系上进行了深入的研究，分析总结了许多有用的字声法则，取得了突出的成绩。

一、"入、上代平"论

关于字声的讨论，自宋代即以开始。最为著名的莫过于沈义父的《乐府指迷》，他谈道：

> 腔律岂必人人皆能按箫填谱，但看句中用去声字最为紧要。然后更将古知音人曲，一腔三两只参订，如都用去声，亦必用去声。其次如平声，却用得入声字替。上声字最不可用去声字替。不可以上去入，尽道是侧声，便用得，更须调停参订用之。古曲亦有拗音，盖被句法中字面所拘率，今歌者亦以为碍。②

其次如平声，却用得入声字替。②

尽道是侧声，便用得，更须调停参订用之。古曲亦有拗音，盖被句法中字面所拘率，今歌者亦以为碍。②

---

① 龙榆生《龙榆生词学论文集》，上海古籍出版社 2009 年版，第 158 页。
② 沈义父《乐府指迷》，《词话丛编》本，第 280 页。

蔡嵩云认真分析了沈义父关于"四声关系"的论述，认为沈义父在字声上有三原则，一是"去声字最紧要"，二是"平声可用入声字替"，三是"上声不能用入声字替"，并认为万树的《词律》在字声关系上的讨论实祖其说。

张炎在《词源》中在鉴赏其祖父之〔惜花春〕亦有论及：

> 又作〔惜花春〕《起早》云"锁窗深"，"深"字音不协，改为"幽"字，又不协，改为"明"字，歌之始协。此三字皆平声，胡为如是。盖五音有唇齿喉舌鼻，所以有轻清重浊之分，故平声字可为上入者此也。①

明代时期，尽管很多词人注意到词曲同为曲牌体的特征，但是，他们在制定词谱书籍时，不可挽回地采用了近体诗的格律形态，有些词谱甚至把属于词曲的特殊句法改为近体诗的节奏。诗化的倾向逐渐使词体丧失其本色，进而蜕变为诗体的一种。

但是，制作词谱首先要把握词体本色，恢复唐宋人填词的原貌，而绝不能简单地按照一己的意愿来修改。万树正是从这个角度出发，希望通过借鉴曲谱的体例与四声特征来编制《词律》的。在编制过程中，他运用了著名的"上、入可代平"的词律理论：

> 入之派入三声为曲言之也。然词曲一理，今词中之作平声者比比而是，比上作平者更多，难以条举。作者不可因其用入，是仄声而填作上去声也。且有以入叶上者，不可用去，以入叶去者，不可用上，亦须知之。以上二项皆确然可据，故谆复言之，不厌婆舌，勿云穿凿可也。②

他于卷一〔三台〕"又一体"注曰：

> 内用"不""阙""陌""百""踏""识""入"等字，乃以入作平；"九""子""水""草""晚""宝""惹""已"等字乃以上作平，皆须细心体

---

① 张炎《词源》，《词话丛编》本，第256页。
② 万树《词律》，上海古籍出版社1984年版，第16页。

认,此言尤为读词关键,不可不知。以入、以上作平处,不可用去声字,其说甚长,已于《发凡》悉之。"汉蜡传宫炬"向来俱刻"汉宫传蜡炬",疑与前稍异,后得粤中藏书家元刻本作"汉蜡传宫炬",为之爽然心快。①

再如万树于黄庭坚〔江城子〕又一体注曰:

> 此首韵脚全用"入声作平声"也。予谓词中字多以"入作平",人或未信,得此词足证予言之不谬,快绝快绝!盖入声作平,北音皆然,故予谓不通曲理不可言词也。至于入既作平,亦仍可作仄,但于口中调之,其音自见,其理自明。如此词"看不足""千不足",两"足"字原作仄,用音调未尝不谐叶耳。②

又如秦观〔金明池〕注曰:

> 余谓词中有"以上声作平声"用者,人多不信。如此词"两点"二字,凿然以"上作平"也。"云日淡"以下与"佳人唱"以下同"过三点"句,即后"才子倒"句比对。自明仲殊"天阔云高"一首,前段云"朱门掩莺声犹嫩",后段云"恹恹意终羞人问","莺声"二字即"两点"二字,应用平也。人不知此义,见此句连用五个仄声,便以为谁而自以为知者,又乱将去声字填入,则拗而不叶律矣!③

从上面的论述来看,万树应该是没有看到沈义父的《乐府指迷》与张炎的《词源》。最早引录《乐府指迷》的是元代陆辅之的《词旨》,陆辅之说:"沈伯时《乐府指迷》,多有好处,中间一两段,亦非词家语。"明代陈耀文编的《花草粹编》附刻的二十八条的《乐府指迷》提名沈义父著,朱彝尊《曝书亭集》卷第四十《群雅集序》谈到《群雅集》把《词源》与《乐府指迷》置于卷

---

① 万树《词律》,上海古籍出版社1984年版,第68页。
② 万树《词律》,上海古籍出版社1984年版,第93页。
③ 万树《词律》,上海古籍出版社1984年版,第439页。

首,并认为是"学者睹此,何异过涉大水之护舟梁焉"。①据文献,《群雅集》应为编撰《钦定词谱》的核心人物楼俨编制的词谱类著作。万树于1688年去世,朱彝尊于1709年去世,而楼俨则生于1669年。想必朱彝尊为楼俨编制《群雅集》写序时,万树已过世。

张炎《词源》被清人发现的情况亦大体如此。按张炎《词源》在元明时未见著录。〔明〕祁承爜撰《澹生堂藏书目》载:"《乐府指迷二卷》,张炎。"〔清〕倪灿《宋史艺文志补》载:"张炎,《乐府指迷二卷》。"《四库全书总目》卷二百集部五十三又载:"陈继儒《续祕笈》载此书,题曰:西秦张玉田。《续祕笈》所刻,以此书为上卷,而以陆辅之所续为下卷。"《续文献通考》卷一百九十八经籍考载:"张炎,《山中白云词八卷》《乐府指迷一卷》。"又载:"《词旨一卷》编修程晋芳家藏本。元陆辅之撰,辅之有《吴中旧事》已著录,是编陈继儒《续祕笈》中,以为《乐府指迷》之下卷。"可知,陈继儒收入《续秘笈》的本子是合《词源》与《词旨》为一书的两卷本《乐府指迷》。《澹生堂藏书目》所著录的本子亦应为《续秘笈》本。据《(雍正)浙江通志》卷二百五十三载:"《乐府指迷一卷》,《说郛》,张炎撰。"这个一卷本只见前面目录,后无原文,故不知其渊源流变。又据《四库全书总目》卷二百集部五十三载:"《乐府指迷一卷》,编修程晋芳家藏本。旧本题宋张炎撰。"此本为四库馆臣发现陈继儒下卷为陆辅之《词旨》后,把《词旨》分离出来,但仍称之为《乐府指迷》,附于《山中白云词》后。〔清〕丁仁撰《八千卷楼书目》卷二十集部《乐府指迷一卷》宋张炎撰,亦源于四库本。

《乐府指迷》与《词源》混乱标注的情况,直到阮元发现元人刻本而澄清。据〔清〕丁丙辑《善本书室藏书志》卷四十记载:"《词源二卷》精写本,自明陈继儒改窜炎书,并袭沈义父《乐府指迷》之名,刊入《续祕笈》中,遂失其真。仪徵阮元抚浙时得元人旧本。"阮元发现元人旧本,此本题名为《词源》,后附于揅经室外集,秦恩复于嘉庆庚午年(1810年)复刻该书。

---

① 朱彝尊《曝书亭集》卷第四十序《群雅集序》,四部丛刊本。

陈廷焯《白雨斋词话》卷七载:"玉田《词源二卷》。上卷精研声律,探本穷源,绘图立说。审音者执此以求古乐,不难矣。下卷自音谱以至杂论,选词不多,别具只眼,洵可为后学之津梁。陈眉公误以下卷为《乐府指迷》。云间姚培谦、张景星辑为《乐府指迷一卷》,而删其十之二三,盖仍眉公之误也。"故万树未能见到沈义父的《乐府指迷》与张炎的《词源》应该是肯定的。

万树通过对同一词调中大量词作字声的对比分析,重新发现了"入、上可以代平"的重要字声规律,是他对词体更加深入研究、总结的结果,对后来者更加深入研究词律理论作了榜样。这个发现得到了肯定,如杜文澜就对其大加褒奖,其论曰:

> 止庵先生论词高下各有所见,不能从同。其论用字则有当恪守者,如云:"韵上一字最要相发,或竟相贴,相其上下而调之,则铿锵谐畅矣。"又云:"红友极辨上去是已,上入亦宜辨。入可代去,上不可代去。入之作平者无论矣。其作上者可代平。作去者断不可以代平,平去是两端,上由平而之去,入由去而之平。"又云:"上声韵,韵上应用仄字者,去为妙。去入韵则上为妙。平声韵,韵上应用仄字者,去为妙,入次之。叠则聱牙,邻则无力。"(诗韵以一平敌上去入三声。词韵以一去敌平上入三声,此语前人已发之。余按古人之词,凡于极紧要处,从无用代声。其以入代平等字,多在不甚紧要处,偶一用之耳。此语似尚未经人道过。叠则聱牙,邻则无力,二语至精至当。钟瑞注)余谓此数说均极恳挚。惟入可代去一语,则不宜从。又凡应用去上应用去平,各调皆有定格,似亦不能概论也。(浅学者拈调填词,但知此叶平韵,此叶仄韵,不知仄韵中上去与入正自有辨。仄声之不辨,又何论阴平、阳平之分耶。钟瑞注)①

"以上入代平"字声规律不断运用,在清代的词学研究中起到了示范作用。当然,这个字声规律也不可泛滥用之,万树已强调"予谓词中字多以入作

---

① 杜文澜《憩园词话》,《词话丛编》本,第 2853 页。

平""余谓词中有以上声作平声用者",只是言唐宋词中有这种情况,而非绝对。故后来审律严格的词学家亦辩证看待之,如陈锐论曰:

> 词家以入作平,固是宋人成例,句苟可不作,岂不更好。若必不得已时,要以读去谐和方可。
>
> 清真〔兰陵王〕词"一剪风快、月榭携手"二句,"一"字、"月"字,疑是以入作平。《词律》未经注出。按宋人赋此调者于二字多用平声。后人填此调,莫如照填入声为当,勿泛填上去也。①

"以入代平"固是宋人成例,但今人填词,则不需要套用这个字声理论,而应该少用慎用,不能泛填上去,以免"东施效颦"。

二、"去声字论"

万树在制定《词律》时不仅大量运用了"入上可以代平"的词律理论,而且还发现了著名的"去声字论"。严格来说,在词体中提出"去声字论"最早的并不是万树,而是南宋时的沈义父。沈义父在其词话《乐府指迷》中谈道:

> 腔律岂必人人皆能按箫填谱,但看句中用去声字最为紧要。然后更将古知音人曲,一腔三两只参订,如都用去声,亦必用去声。②

明人陈耀文把《乐府指迷》附刻入《花草萃编》,此说得以延续,而万树再三申说去声的独特性及重要性。《词律·发凡》曰:

> 更有一要诀,曰:名词转折跌荡处多用去声。何也?三声之中,上去二者可以作平,去则独异,故余尝窃谓:论声虽以一平对三仄,论歌则当以去对平上入也。当用去者,非去则激不起,用入且不可,断断勿用平上也。③

---

① 蒋兆兰《词说》,《词话丛编》本,第4639页。
② 沈义父《乐府指迷》,《词话丛编》本,第280页。
③ 万树《词律》,上海古籍出版社1984年版,第15页。

或曰入声派入三声。吾闻之《中原韵·务头》矣，上之作平何居？余曰：《中州韵》不有者也作平乎？上之为音轻柔而退逊，故近于平，今言词则难信，姑以曲喻之。北曲〔清江引〕末一字可平，亦可上，如《西厢》之下场"头那答儿发付我"，"我"字上声；〔香美娘〕处"分破花木瓜"，"瓜"字平声；〔天下乐〕"泛浮查到日月边"，"边"字平声；"安排着憔悴死"，"死"字上声。如此等甚多，用上皆可代平，却用不得去声字，但试于口吻间讽诵，自觉上声之和协，而去声之突兀也。今旁注平之可仄者，因不便琐细，止注可仄，高明之家自能审酌用之。至有本宜平声而古词偶用上者，似近于拗，此乃借以代平，无害于腔，故注中多为疏明。如何籀〔宴清都〕前结用"那更天远山远水远人远"，书舟亦效此用四"好"字，盖"远""好"皆上声，故可代平，其句字本宜如美成所作"庾信愁多，江淹恨极"，须赋"多"字、"淹"字，宜用平声，此以二"远"字代之，填入去声不得。谱图读作"上六下四"，认"远"字仄声，总注"可仄"，是使人上去随用，差极矣！此类尤夥，不能遍引阅者着眼。①

去声字是宋词声韵突出的特点之一。万树指出，一平对三仄，是诗歌的通用平仄规律，而词在声韵上的显著特点则是一去对平、上、入的格局。万树在《词律》正文中大量运用了"去声字例"，如其在柳永的〔卜算子慢〕一词中谈道：

江枫渐老，汀蕙半凋，满目败红衰翠。楚和登临，正是暮秋天气，引疏砧，断续残阳里。对晚景，伤怀念远，新愁旧恨相继。脉脉人千里。念两处风情，万重烟水。雨歇天高，望断翠峰十二。尽无言，谁会凭高意？纵写得，离肠万种，乃归云谁寄？

"半"字"恨"字定格，去声。……"渐老""对晚""念远""念两""纵

---

① 万树《词律》，上海古籍出版社1984年版，第15—16页。

写""万种"等用六个去声,妙绝。①

强调柳词在入声字上的用心,又如注张元干〔柳梢青〕曰:

按此调后第二句"残阳乱鸦"四字平平仄平,其仄字宜用去声,乃为起调。观古名篇无不如是。②

注杨无咎〔惜黄花慢〕曰:

"坠"字"泛"字去声,不可平。

注吴文英同调"又一体"曰:

梦窗词七宝楼台,拆下不成片段。然其用字精审处,严确可爱,……其所用"正""试""夜""望""背""渐""翠""念""瘦""舊""系""凤""怅""送""醉""载""素""梦""翠""怨""料"诸去声字两篇皆相合。律吕之学,必有不可假借如此。③

注李滨〔八六子〕曰:

两结"半"字"自"字,去声,甚妙。④

注吴文英〔尾犯〕曰:

"腻"字、两个"共"字"乍"字"旋"字"雁"字俱去声,各家皆然。此系用字要紧处,勿为谱注所误。⑤

万树还把"去声字例"发扬为"去上字例",如注陆游〔谢池春〕曰:

---

① 万树《词律》,上海古籍出版社 1984 年版,第 120—121 页。
② 万树《词律》,上海古籍出版社 1984 年版,第 151 页。
③ 万树《词律》,上海古籍出版社 1984 年版,第 249 页。
④ 万树《词律》,上海古籍出版社 1984 年版,第 297 页。
⑤ 万树《词律》,上海古籍出版社 1984 年版,第 316 页。

放翁词精警无敌，如此词用诸去声字，可爱"醉倒""欠早"，去上尤妙。①

注晏几道〔清商怨〕曰：

　　"尚浅""梦远""暗剪""自短"，皆去上，妙，妙！②

注晏殊同调曰：

　　"处满""泪眼""悔展""塞管"亦皆去上，可知元献家风，亦可知词眼定格矣！②

注蒋捷〔木兰花慢〕曰：

　　"片响""万点"用去上，甚为发调。③

注刘过之〔辘轳金井〕曰：

　　"夜悄""路杳"俱去上声，妙绝。此二字不惟不可用平去，亦不可用去去。④

注周密〔一枝春〕曰：

　　草窗为顾曲周郎，其所用"乍数""唤起""尚剪""夜暖""试与""媚粉"等去上字俱宜恪遵。⑤

注秦观〔梦扬州〕曰：

---

① 万树《词律》，上海古籍出版社1984年版，第236页。
② 万树《词律》，上海古籍出版社1984年版，第116页。
③ 万树《词律》，上海古籍出版社1984年版，第186页。
④ 万树《词律》，上海古籍出版社1984年版，第310页。
⑤ 万树《词律》，上海古籍出版社1984年版，第318—319页。

"燕子""䌽酒"俱用去上，妙绝。"未"字"因"字用去声，是定格。盖上面用去上，下面用平，此字非去声不足以振起。①

田同之在《西圃词说》中继续申说"上去可以代平"与"去声"的特点：

古人名词中转折跌宕处，多用去声。盖三声之中，上入二者，可以作平，去则独异。故论声虽以一平对三仄，论歌则当以去对平上入也。其中当用去者，非去则激不起。用入且不可，断断乎勿用平上也。②

近人吴梅《词学通论》称扬万树所论"名词转折跌荡处多用去声，此语深得倚声三昧"③，并举姜夔〔扬州慢〕为例：

淮左名都，竹西佳处，解鞍少驻初程。过春风十里，尽荠麦青青。自胡马窥江去后，废池乔木，犹厌言兵。渐黄昏、清角吹寒，都在空城。杜郎俊赏，算而今、重到须惊。纵豆蔻词工，青楼梦好，难赋深情。二十四桥仍在，波心荡、冷月无声。念桥边红药，年年知为谁生？

吴梅谈道："凡协韵后转折处，皆用去声，此首最为明显。他如〔长亭怨慢〕之'树若有情时、望高城不见、第一是早早归来、算空有并刀'，〔淡黄柳〕之'看尽鹅黄嫩绿、怕梨花落尽成秋色'，其领头处无一不用去声字，无他，以发调故也。"④白石此词于协韵后转折处用去声字，果然为"最为明显"之例。词中对去声字十分重视，因为去声字在演唱时所表现出来的是听觉效果——"去声分明哀远道"⑤。用去声起唱既便于咬字清晰，且能由低而高，而且能回环往复，适当延长唱腔。夏承焘指出"早在晏殊、柳永的作品中就渐辨去声，此后作者如清真、白石、梦窗、玉田辈更于去声字的使用上特别

---

① 万树《词律》，上海古籍出版社 1984 年版，第 326 页。
② 田同之《西圃词说》，《词话丛编》本，第 1468 页。
③ 吴梅《词学通论》，复旦大学出版社 2006 年版，第 9 页。
④ 吴梅《词学通论》，复旦大学出版社 2006 年版，第 10 页。
⑤ 释真空《玉钥匙歌诀》，《康熙字典》附录，商务印书馆 2001 年版。

讲究。"①

杜文澜在承扬了万树理论的同时，进一步论述四声的特征，并加以阐释：

> 平上入三声，间有可以互代。惟去声则独用。其声激厉劲远，转折跌荡，全系乎此，故领调亦必用之。又宋人所用去上声，与现行官韵颇有异同。如"酒""静""水""杜""似"等是上声字，宋人可作去声用，易致误认。更有素娴四声，而各习方音，间有上去互误者，是宜随时考正也。②

> 词调中宜平宜仄，及可仄可平，《词谱》《词律》均已旁注详明，自可遵守。惟仄声中有分别，万红友《词律》但于各调附注去声之妙，尚未知用去上有定律也。今之歌曲工尺，于上声字则由高而低，去声字则由低而高，即是此理。词用去上，取其一扬一抑，得顿挫之音。凡属慢词，必有用去上处，小令亦间有之，是须留意省察。第取宋人名词同调数阕互观之，如数词同用去上，即是定律。闲尝体认，凡上下句有韵，而中一句四字亦协韵者，必用去上，如〔齐天乐〕前后段皆有之。又后结用两仄声住，而非入声韵者，亦必用去上。盖词之韵即曲之拍，三句连协，中为短拍，非抑扬不能起调。末拍为曲终，以去上作煞，则诵之自悠然有余韵矣。虽宋词未必全如是，而名词则无不如是。作者宜从其同，勿沿其误。③

上、入可以代平和去声字论，可以说是万树在编制词谱时在字声上两个伟大运用，通过这两个理论，万树校正了很多词调的字声问题。四库馆臣论曰："树则谓'上声、入声有时可以代平，而名词转折跌宕处多用去声。'"④杜文澜亦论曰：

> 近人能恪守万红友《词律》，已不可多得。至深追南北宋矩矱者，尤难

---

① 夏承焘《唐宋词字声之演变》，《唐宋词论丛》，《夏承焘集》第二册，第53页。
② 杜文澜《憩园词话》，《词话丛编》本，第2855页。
③ 杜文澜《憩园词话》，《词话丛编》本，第2854页。
④ 永瑢等《四库全书总目》，中华书局1983年版，第1827页。

其人。实庵《太史集》中，无不推敲尽致。如〔醉太平〕小令韵上一字宜全用去声，句云："浇愁醉乡。埋愁睡乡。愁人已是凄凉。况零鸿碎螿。缸花正芳。炉熏暗香。等闲一样昏黄。到天涯夜长。"有人谓首二字宜藏暗韵，在宋词中亦仅见，不必从也。又〔花犯〕长调，应用去上声最严。实庵久病初起，盆梅正芳，词云："琐窗深，芳姿弄晚，盈盈谢罗绮。自然姝丽。疑暗蝉瑶台，姑射仙袂。画屏袖薄娇同倚。香尘随步起。似慰我，药炉茶鼎，春来刚病里。烟斜雾横夜黄昏，双栖稳、帘外青禽知未。江路冷，东风远，一枝谁寄。相携手、岁寒伴侣，官鬟拥、无言明月底。但怪得、笛声楼上，销魂人去矣。"此调以周美成、王碧山及和片玉诸作细校，凡用去上十二处，无不相合，始知用心之专。①

况周颐更是运用此理论校勘词作：

梦窗词，〔扫花游〕《赠芸隐》云："暖逼书床，带草春摇翠露。"〔江神子〕《赋洛北碧沼小庵》云："不放啼红流水透宫沟。""逼"字、"透"字，宋本并作"通"，注"去声"。作"逼"、作"透"，皆后人臆改，不知古音故也。明杨铁崖《东维子集》《五月八日纪游，三十六天洞灵洞诗》云："牛车望气待著书，螺女行厨时进供。胡麻留饭阮郎来，林屋刺船毛父通。王生石髓堕手坚，吴客求珠空耳缝。"此诗凡十六韵，皆"送""宋"韵。"通"字可作去声，此亦一证。②

沈祥龙认为上去须辨：

沈伯时谓"上去不宜相替"，故万氏词律于仄声辨上去最严。其曰："上声舒徐和软，其腔低。去声激厉劲远，其腔高。"此说本诸明沈璟"去声当高唱，上声当低唱"也。词必用上去者，如白石"哀音似诉"句之似诉字。必

---

① 杜文澜《憩园词话》，《词话丛编》本，第2874页。
② 况周颐《蕙风词话》，《词话丛编》本，第4503页。

用去上者，如西窗"又吹暗雨"句之"暗雨"字。①

陈匪石《声执》亦谈道："万树未见《乐府指迷》，而辨别四声，暗合沈义父之说。"②这两个理论为后来的词籍校勘提供了特殊的思想与方法，也为词集的整理提供了诸多帮助。

第二节 句法研究

近体诗的句式比较简单，它是以七言或五言构成的句子，而句子内部的节奏一般是两字一顿，多为"（二）二二一"句式，偶尔有三二式、"二一二""二三二"等句式。变化较少，难度不高，从沈约所创之"永明体"开始，随着诗人吟诵的日渐习惯，作诗的节奏已日渐成为诗歌的程式、范式。相对于诗律，词的句式要繁复得多，从字数来说，从一字到十余字，长短不齐，故词又称作"长短句"。而其节奏，更是繁复多样，从语法角度来看，三言有一二、二一式，四言有一三、二二、三一、一二一式，五言有一四、二三、二二一、一二一、三二式，六言有三三、二二二、一五式等……；而从乐律节奏来说，则表现得更为复杂。很多时候，乐律节奏与语法节奏往往还表现出不合拍的特点。这些繁复的句式与节奏，构成了词体的一个重要特征，即使今天来看，仍然能感觉到唐宋词的韵律、节奏之丰富多样。

一、万树之前词学家对词之句法的探析

词的句法直接涉及词体是按照乐拍停顿还是按照语法停顿的问题，所以句法一直是词体最复杂的问题之一。在明清人看来，若按照乐拍停顿，就应该以创制词调的第一个人的作品来划分句法，只有这样，才符合词体本来面貌，但

---

① 沈祥龙《论词随笔》，《词话丛编》本，第4061页。
② 陈匪石《声执》卷上，《宋词举》三种，江苏古籍出版社2002年版，第168页。

是，他们面临的问题更加突出，因为唐宋词人的很多作品并没有严格的句法，多一字少一字的情况非常突出。于是，到了明人编制格律谱书籍时，就更多地从语法角度来划分句读了。万树亦是采用语法角度的做法来划分句读，但是，由于万树当时所见到的词集文献有限，许多先前选本中的错讹，他亦采用到《词律》中，故其句读亦时见错误。关于句法的问题在南宋时词学家们已经开始关注，如沈义父谈道：

> 凡作词，当以清真为主。盖清真最为知音，且无一点市井气。下字运意，皆有法度，往往自唐宋诸贤诗句中来，而不用经史中生硬字面，此所以为冠绝也。①

> 康伯可、柳耆卿音律甚协，句法亦多有好处。然未免有鄙俗语。②

> 遇两句可作对，便须对。短句须剪裁齐整。遇长句须放婉曲，不可生硬。③

"短句须剪裁齐整""长句须放婉曲"，这皆是从汉语的句法来谈论词体本身的特色，张炎亦有相似论述：

> 句法中有字面，盖词中一个生硬字用不得。须是深加煅炼，字字敲打得响，歌诵妥溜，方为本色语。如贺方回、吴梦窗，皆善于炼字面，多于温庭筠、李长吉诗中来。字面亦词中之起眼处，不可不留意也。④

> 词与诗不同，词之句语，有二字、三字、四字，至六字、七、八字者，若堆叠实字，读且不通，况付之"雪儿"乎。合用虚字呼唤，单字如"正""但""任""甚"之类，两字如"莫是""还又""那堪"之类，三字如"更能消""最无端""又却是"之类，此等虚字，却要用之得其所。若使尽用虚

---

① 沈义父《乐府指迷》，《词话丛编》本，第 277 页。
② 沈义父《乐府指迷》，《词话丛编》本，第 278 页。
③ 沈义父《乐府指迷》，《词话丛编》本，第 280 页。
④ 张炎《词源》，《词话丛编》本，第 259 页。

字,句语又俗,虽不质实,恐不无掩卷之诮。①

到了明代,周瑛、张綖在制定词谱时开始从文本的角度关注词的句法问题,然其中错误仍然较多。由于词的唱法与语意句法并不是完全合拍,因此,有些词谱为了严守所谓"唱法"而妄断句法的现象还是很多的。《太和正音谱》每句间加空格来断句,而周瑛《词学筌蹄》则以符号"。"断句,并在图谱后面标识"＊"句,如〔瑞龙吟〕调注"右谱一章二十八句",然这种标识只是简单断句。到了张綖的《诗余谱图》,则标识得较为细致。张綖首先于谱下标识句数字数,如卷一第一首〔上西楼〕标识"前段四句三韵十八字",然后在每句之下标识"首句六字平韵起""二句三字平叶""三句六字""四句三字平叶",标识精细了很多,便于填词者对照比较运用,然而,明代词谱对句法的标识总体比较简单,并未标识句法的变化问题。几乎不辨句法,一方面受曲谱影响,同时采用诗句尤其是近体诗的句法乃至平仄,致使词人们在填词时不注意词自身的句法问题,在词的结构划分上疏于功夫。

到了清代,词学家们对词调句法的谈论日渐增多。如毛先舒则首次从格律的角度探讨词调的字数、句法、章法等,"〔瑞鹧鸪〕,一名〔鹧鸪词〕,又名〔舞春风〕,盖唐人七言律叶之声歌也。特起句第二字须作平声,不得如诗可平可仄。〔小秦王〕亦是七言绝句,然可随意平仄,与唐人作诗无异。"毛先舒考订〔瑞鹧鸪〕一调,首先指出其"同调异名"两个词调〔鹧鸪词〕〔舞春风〕,接着一针见血地指出〔瑞鹧鸪〕大概就是唐代的七言律诗,但是不同于"第二字须作平声,不得如诗可平可仄"。在这里,毛先舒可能说错了,从律诗的特点来说"一三五不论,二四六分明",每句的第二字平仄都是固定的,而不是可平可仄,而毛先舒认为〔瑞鹧鸪〕是唐代七言律诗的"声歌",认为诗词歌唱是一样的观点,是错误的。这体现了毛先舒在编制《填词名解》时的一些独立的思考,对推进词体研究的进步有很大的帮助作用。再如沈雄《柳塘词话》

---

① 张炎《词源》,《词话丛编》本,第259页。

论五七言句法:

> 五字句起结自有定法,如〔木兰花慢〕首句,"拆桐花烂熳",三奠子首句,"怅韶华流转",第一字必用虚字,一如衬字,谓之空头句,不是一句五言诗可填也。如〔醉太平〕结句"写春风数声",〔好事近〕结句"悟身非凡客",可类推矣。如七字句在中句,亦有定法。如〔风中柳〕中句"怕伤郎,又还休道",〔春从天上来〕中句"人憔悴,不似丹青"。句中上三字须用读断,谓之折腰句,不是一句七言诗可填也。若据《图谱》,仅以黑白分之,《啸余谱》以平仄协之,而不辨句法,愈见舛错矣。①

五言有一四句、一二二句,七言有三四句法,都是词体的特殊句法。由于这些句法直接关乎词的歌唱效果,因此若不加注意地按照诗句的节奏填写,无疑会破坏词的歌唱效果。正如邹祗谟所论:"甚至错乱句读,增减字数,而强缀标目,妄分韵脚。"又如〔千年调〕〔六州歌头〕〔阳关引〕〔帝台春〕之类,句数率皆淆乱。②沈雄亦精彩的论述道:

> 《柳塘词话》曰:俞彦云,词全以调为主,调全以字之音为主。音有平仄,大有必不可移者,间有可移者。仄有上去入,大有可移者,间有必不可移者。任意出入,失其由来,有棘喉涩舌之病。余则先整其词句平仄之粘,务遵彼宫调阴阳之律。纵奇才博洽,僻字尖新,有不得称为当行者。此余从音律家学之传。虽曲更严于词,词或宽于诗,有不能任意为之者。《柳塘词话》曰:五字句起结自有定法,如〔木兰花慢〕首句,"拆桐花烂熳",三奠子首句,"怅韶华流转",第一字必用虚字,一如衬字,谓之空头句,不是一句五言诗可填也。如〔醉太平〕结句,"写春风数声",〔好事近〕结句,"悟身非凡客",可类推矣。如七字句在中句,亦有定法。如〔风中柳〕中句,"怕伤郎,又还休道",〔春从天上来〕中句,"人憔悴,不似丹

---

① 沈雄《古今词话》,《词话丛编》本,第840页。
② 邹祗谟《远志斋词衷》,《词话丛编》本,第643页。

青。"句中上三字须用读断，谓之折腰句，不是一句七言诗可填也。若据图谱，仅以黑白分之，《啸余谱》以平仄协之，而不辨句法，愈见舛错矣。①

再如清初先著较多地分析了词调的句法：

〔水龙吟〕末后十三字，多作五四四，此作七六，有何不可。近见论谱者于"细看来不是"及"杨花点点"下分句，以就五、四、四之印板死格，遂令坡公绝妙好词不成文理。起句入魔，"非花"矣而又"似"，不成句也。"抛家傍路"四字欠雅。"缀"字趁韵，不稳。"晓来"以下，真是化工神品。②

〔玲珑四犯〕姜夔"叠鼓夜寒"：字句与前数调异而名同。张炎"流水人家"诸作异姜词，当别是一调。其余句法参差，多不一律，衬字亦随意可使。彼固执言词者，都无是处。③

〔琐窗寒〕张炎"乱雨敲春"：此春雨也，熨贴流转乃尔。前结十三字，皆单字领下十二字。作五四四句法，此破作七六句，未尝不可讽咏，恐执谱者必废是词矣。④

〔高阳台〕蒋捷"宛转怜香"：前后结三字句，或韵或不韵。后段起句，或七字或六字。六字者用韵，七字多不韵。若执一而论，将何去何从。意者宫调不当凌杂，而字句或可参差。今既已不被管弦，徒就字句以绳，词虽自诧有独得之解，吾未敢以为合也。⑤

〔解语花〕周密"晴丝罥蝶"：前段"得"字韵七字句，美成作上三下四，草窗作上四下三。后段"的"字韵九字句，美成作上五下四，草窗作上四下五。结句"立"字韵，美成破作三句，则三、四、五，草窗作两句，则

---

① 沈雄《古今词话》，《词话丛编》本，第839页。
② 先著《词洁辑评》，《词话丛编》本，第1365页。
③ 先著《词洁发凡》，《词话丛编》本，第1360页。
④ 先著《词洁发凡》，《词话丛编》本，第1361页。
⑤ 先著《词洁发凡》，《词话丛编》本，第1362页。

七字、五字。此类不可胜举。虚心折衷自见,无用俗说之纷纷也。张炎〔行歌趁月〕,玉田此调,与美成一一吻合。前段"蕊枝娇小"后段"旧愁空香"与美成,"桂华流瓦""钿车罗帕",似皆是用韵。前后人亦有确定不移者。但在今日,惟主词工,不得遂因此而废彼耳。①

先著敏锐发现词的歌唱节奏与语法节奏不同,进而通过比较认为这种现象非常正常,而且分析得颇为精彩,为后来者与句法上的开拓开了个好头。

二、依照语法、语义结构分句

万树更加深入分析词的句法问题,纠正了前人词谱中的很多错误。万树发现"分句之误,更仆难宣,既未审文本之理路语气,又不校本调之前后短长,又不取他家对证,随读随分,任意断句,更或音字讹而不觉,或因脱落而不疑,不唯律调全乖,兼致文理大谬"。②

万树于词作句读划分用力甚勤,其中多有创获。然错误互见,数量亦是不少。词之分句是词体的一大难题。因为词最早是用来歌唱的,若按照节拍来划分,则词乐已经丧失;若按照词的语法结构划分,仔细对照同一个词调下的唐宋词作,有些词作并未有严格意义上的语言节奏。由于清代以前的古籍文献没有标点符号,因此难度也就显得格外突出。万树谈道:

> 分句之误,更仆难宣。既未审本文之理路、语气,又不校本调之前后短长,又不取他家对证,随读随分,任意断句。更或因字讹而不觉,或因脱落而不疑。不惟律调全乖,兼致文理大谬。坡公〔水龙吟〕"细看来、不是杨花,点点是离人泪",原于"是"字、"点"字住句。昧昧者读一七两三,因疑两体,且有照此填之者,极为可笑。升庵谓:"'淮海念多情,但有当时皓月,照人依旧',以词调拍眼言,当以'但有当时'作一拍,'皓月照'

---

① 先著《词洁发凡》,《词话丛编》本,第1362页。
② 万树《词律》,上海古籍出版社1984年版,第12页。

作一拍,'人依旧'作一拍,盖欲强同于前尾之三字二句也。"其说乖谬,若竟未谙也。沈天羽谓:"太拘拘此,是误处",岂得谓之拘拘而已。①

万氏采用的是语法结构的划分方法,这对于已经成为一种文学体裁的词体具有重大意义,不仅方便了填词者的填词,更突显了词体的文学色彩,对于阅读者来说,也是一种审美的满足。万树继续论述道:

乃今时词流尚有守杨说者,吾不知词调拍眼今已无传,升庵何从考订乎?时流又谓"断句皆有定数,词人语意所到时有参差,如〔瑞鹤仙〕第四句'冰轮桂花满溢'"。此论更奇,"满"字是叶韵,自有此调,此句皆五字,岂可忽作六字乎?如此句读论词,真为怪绝!今遇此等,俱加驳正。虽深获罪于前谱,实欲辨示于将来。不知顾避之嫌,甘蹈穿凿之谤。②

经过比对,万氏最终采用了依语法结构对句子进行划分的方法,其注李煜〔相见欢〕曰:

"寂寞"至"清秋""别是"至"心头"皆是九字句,语气亦可于第四字略断。③

可以说,以汉语语法结构而不是音乐节奏划分,是万树有意识地进行了词体的改造,这无疑对词体的重建有重大意义,而在校勘过程中大胆假设而小心求证的治学态度,更让人敬佩。

三、新建"豆"的用法

词在唐宋时期虽深受近体诗影响,但词体毕竟不同于近体诗,尤其在句法节奏方面,诗歌节奏一般分为二二一(五言)和二二二一(七言),而词体中

---

① 万树《词律》,上海古籍出版社 1984 年版,第 12—13 页。
② 万树《词律》,上海古籍出版社 1984 年版,第 13 页。
③ 万树《词律》,上海古籍出版社 1984 年版,第 95 页。

却出现了许多特殊的句法。万树论述道：

> 词中惟五言、七言句最易淆乱。七言有上四下三如唐诗一句者，若〔鹧鸪天〕"小窗愁黛淡秋山"，〔玉楼春〕"棹沉云去情千里"之类；有上三下四者，若〔唐多令〕"燕辞归客尚淹留"，〔爪茉莉〕"金风动冷清清地"之类，易于误认诸家所选，明词往往失调。故今于上四下三者不住，其上三下四者皆注"豆"字于第三字旁，使人易晓无误。整句为"句"，半句为"读"，"读"音"豆"，故借书"豆"字。其外有六字八字，语气折下者亦用"豆"字注之。五言有上二下三如诗句者，若〔一落索〕"暑气昏池馆"，〔锦堂春〕"肠断欲栖鸦"之类；有一字领句而下则四字者，如〔桂华明〕"遇广寒宫女"，〔燕归梁〕"记一笑千金"之类，尤易误，填而字旁又不便注豆，此则多辨于注中，作者须以类推之。盖尝见时贤有于〔齐天乐〕尾用"遇广寒宫女"句法者，因总是五字句，不留心而率填之，不惟上一下四不合，而"广"字仄，"宫"字平，遂误同〔好事近〕尾矣。又四字句中有二字相连者，如〔水龙吟〕尾句之类，与上下各二者不同，亦表于注中，向因谱图皆概注，几字句无所分辨，作者不觉，因而致误。①

正因为填词者直接模仿近体诗的语言节奏，从而造成了词的语言节奏混乱的状况。万树为了使填词者避免词句法节奏的错误，遂设立了"豆"这一停顿符号，相当于现在标点符号中的顿号。这个符号的出现，很大程度上纠正了前人不注重词体特殊语言节奏而使用诗体节奏的做法。如其注周邦彦〔意难忘〕曰：

> 词中七言有上四下三者，有上三下四者。各谱总作七字句，往往误认误填。而图中黑白圈尤为眩目，故本谱于七言如如句者不注，于上三下四者注豆字于第三字旁，庶不致混乱也。若五字句有上二下三，如五言诗者，亦有

---

① 万树《词律》，上海古籍出版社1984年版，第13页。

以一字领句而二三两字相联者,尤多误认,但又不可注豆,学者当自详之。如此词"琤剧饮淋浪""待说与何妨"是也。若误作五言诗句,则大谬矣! 此类甚多,偶记于此。①

对五言句不进行标注,而只标注七言以上者,目的是避免太多于炫目,而对于五言句,万树让学者"自详之"。这种审慎的态度,自然是会引起共鸣的。万树建构的"豆"字标识很快引起了注意,于是有人扩而展之,在超过七言的长句中多有注解。如注吴文英〔秋思耗〕一调记载别人的用"豆"情况:

或云:自"润侵"至"春深"与后"丁东"至"东阳"相同,"动罗箧"以下十二字于"商"字分豆,怕一曲以下十二字,于"终"字分豆。然总之十二字一气平仄不差,分豆语句不拘也。或谓"客"字亦是叶韵,"灯前无梦"四字句与前"落花香泛"同,"到得"二字句叶韵,"路隔"亦二字句叶韵,"重云雁北"四字句叶韵,俱用去入二声,正此调促拍凄紧之处。此说甚新,然不敢从,姑采其说于此。②

填词者直接模仿近体诗的语言节奏,从而造成了词的语言节奏混乱的状况。"豆"这一标点符号的设立,大大增加了词中句法节奏的科学性,故《四库全书总目》赞扬道:

其最入微者,一为旧谱不分句读,往往据平仄混填词,则谓"七字有上三下四句,如〔唐多令〕'燕辞归客尚淹留'之类,五字有上一下四句,如〔桂华明〕'遇广寒仙女'之类,四字有横担之句,如〔风流子〕'倚栏杆处''上琴台去'之类。"③

---

① 万树《词律》,上海古籍出版社 1984 年版,第 311 页。
② 万树《词律》,上海古籍出版社 1984 年版,第 442 页。
③ 永瑢等《四库全书总目》,中华书局 1983 年版,第 1827 页。

万树的做法主要是为了解决词的文本意义上的句读问题，对于完全蜕变为文学体裁的词来说是值得称道的。

四、利用韵脚分句

万树还通过对比同调词的韵脚情况，对例词进行分句处理，如其校牛峤〔酒泉子〕"又一体"：

> 旧谱谓此词于"长"字起韵，误。凡词无一段内不相叶者，盖因作谱者用前调句法，读以"雪飘香，江草绿"为对，故"绿"字不可叶"发"字，而一段无叶韵矣。不知此与前异，"雪飘香"三字乃足上语气，谓花发而飘香也。其下"江草绿，柳丝长"乃自为对语，而"长"字正叶"香"字耳。或谓"望"字是平声叶"长"字，未审是否。①

校牛峤〔女冠子〕一调曰：

> 首二句仄协，下皆平。按《啸余谱》选刻韦庄词，前段云"四月十七，正是去年今日，别君时忍泪佯低面，含羞半敛眉"。首句乃以七字起韵，次句以"日"字叶，之下"时"字换平韵也。谱中不解，注首句四字，次句九字，而以"时"字为起韵，一注而失两韵。句字错，调亦随错，大可喷饭。至诗余辨体，自谓考证明白矣，而但知于今日断句，仍谓"时"字起韵，不犹然大盲乎？自唐以来，作此调者不知凡几，如此小体尚不能辨，而自以为辨体耶？韦作"四月十七"，"月"字仄，又一首"昨夜夜半"，"夜"字亦仄，想不拘然，不必从。②

注康与之〔女冠子〕"又一体"曰：

> 《图谱》于"暑"字不注叶，大谬。①

---

① 万树《词律》，上海古籍出版社1984年版，第104页。
② 万树《词律》，上海古籍出版社1984年版，第111页。

因为韵脚关系句数,而句数又关系到音乐节拍。若少一个"暑"字,则有可能造成节拍的错乱。注张先〔卜算子慢〕"又一体"曰:

比柳作多"相盼""难遣"四字。《图谱》读"更掩翠帘"为一句,"回面相盼"为一句,且注"回面"云:"可用仄平。"怪绝怪绝。又有伦父读作"相盼",惜者不知"面"字与后段"满"字是六字句叶韵。"盼"与"遣"亦二字句叶韵者也,无知妄读何哉?"欢游"下十字,据后段及柳词,应于"学"字分句,人谓欢游也。"学"不可断句,不知此本十字句,歌者原不于"学"字歇拍,正不妨备住。即如〔水龙吟〕之结误读坡词,而谓另一体者相类,甚矣拘墟者之未可与权也。诸仄字皆宜玩,而"去""翠""泪"等去声妙妙,观前柳词可知。①

注晏几道〔两同心〕曰:

只换头一句异,前余同此。词用诗韵十三"元",故用"源"字起韵,不知此字入词,实与余音不叶。今人皆知分用,不宜效之矣。②

注周邦彦〔荔枝香近〕曰:

"卷"字应是叶韵,但千里和词通本,皆字字模仿,此调亦平仄不异。而于"无端"以下作"莺啼燕语交加,是处池馆,春遍风外,认得笙歌近远","馆"字不用平声,而"遍"字不和"卷"字,未审何故。或疑"卷"字原非叶韵,则自"舄履"起二十八字,直至"远"字方叶韵,必无是理也。③

注辛弃疾〔千年调〕曰:

只后起一句换头,余同。"事"字"日"字俱仄,稼轩又一首后用"赐汝

---

① 万树《词律》,上海古籍出版社1984年版,第120—121页。
② 万树《词律》,上海古籍出版社1984年版,第246页。
③ 万树《词律》,上海古籍出版社1984年版,第257页。

苍壁"亦同，但前用"叫开阊阖"，或偶无，或不拘，未敢臆断。然作者依此用仄为是。"寒与热"下三句，每句三字，后结亦同。《图谱》分此九字前作三六、后作六三，又"笑"字失注叶韵，且注可平，误矣，而《啸余》之奇更可大粲，"更对鸱彝"作四字句，"笑寒与热"作四字句，"总随人甘国老"作六字句，后段结"看他们得人"作五字句，"怜秦吉了"作四字句，"吉"字注可平，岂非怪事？盖"甘国老"是甘草也，用以配后"秦吉了"鸟名，作结巧绝，作谱者不知耳。其"随"字注作可平，"意中"竟以"人甘"二字连读矣。①

注晁补之〔过涧歇〕一调曰：

《草堂》旧刻及各选俱载柳七"淮楚旷望极"一首，久而传讹，于后段落去二字。《啸余》乃因而作谱硬注字句，《图谱》因之，遂为千古贻误。今以无咎词为据，并录柳作于后以证讹脱之说。

并以柳永词补注曰：

首句两字起韵，次句三字，"千里"句六字，"尽日"句六字，晁词明明可证也。而《谱注》云"首句七字，以'里'字为起韵"。是一注而破乱三句，失一"楚"字韵，反妄添一"里"字韵，岂不大误？且此阕是"鱼虞"韵，岂首句便借"支"字韵乎？而"淮"字注可仄，"避"字可平，"夜深"注可平仄，必欲改尽此调而后已矣。后段"九衢"以下与前词"草堂"以下，字字相同。则"九衢"之上该有十一字，今落去二字，止存九字，因而不可句豆。据愚揣之，必"奔"字与"名"字下各落一字，或是"奔驰利名路"耳。故下便接"九衢冒暑"等语。于理为当，而谱乃硬注"此际争可"便为一句，"恁奔"至"尘里"为一句，岂不大误？又自以"恁奔利名"为拗，因注此四字平仄皆可，反用岂不误而又误？盖以"里"字为卟"，即首句"里"字起韵之说。柳

---

① 万树《词律》，上海古籍出版社1984年版，第263页。

七纵有俳俗之谤,岂意至五六百年后又以不识韵之罪加之乎?况"恁奔"是何言语?夫旧刻传讹,非后人之过,但阙疑则可。若强不知以为知,则自误不可,况以误人乎?①

注晁补之〔八六子〕"又一体"曰:

此学杜者,但"重阳"句叶韵,杜则仄声。"渐老"二句各六字,应是正格。余故谓杜刻讹分作者,自依秦晁及前载杨李,此二句竟作偶语可也。"暗自想"下九字可同,各家上五下四,然依杜作上三下六,亦可。而其下则较杜及秦为明整矣。余自幼读《草堂》秦词,即深讶之"怎奈何"以下三十一字方以"晴"字叶韵,疑有脱误。继读杜词其三十一字方叶处,亦与秦同,至于"闲扃"处分段,乃必无之理。故余确谓杜词传讹,而秦亦未必确然。盖前结与后尾杜俱用平平去平去平,秦则少"龙烟"二字,是亦或不全也。继又读晁词,疑团方释,一者于"萍"字用平叶,可见非三十一字方叶者。较秦之"香减"、杜之"羞整"仄声者,明白易晓。二者用"难相见"三字为短句,启下六字相对两句,较秦之"那堪"杜之"愁重"止用两字者尤明。盖六字句上,以三字领之则易读易填,以二字领之则难读难填,自然之理也。总论之,此调首句三字起运,次二句或上四下六或上六下四,不拘,四句五句以一字为领下,各六字。杜"蕉"字"梦"字先平后仄,晁从之。秦"后"字"时"字先仄候平,李从之。亦随人所择。既有李词可证,则前结如秦四字亦不妨。至换头以下,则从晁为妥,高明以为何如?②

注吕渭老〔江城子慢〕一调曰:

与〔江城〕本调全异。按此调字句《图谱》随意注之,今细察改正。盖词调前后每有相同处。今按"近寒食"至"飞远碧"三十字,与后段"甚端

---

① 万树《词律》,上海古籍出版社1984年版,第274—275页。
② 万树《词律》,上海古籍出版社1984年版,第297页。

的"至"摇翠璧"三十字平仄吻合也。而谱于"近寒食"字不注叶韵,后之"甚端的"又注叶韵。"蜂蝶乱"作三字句,后之"看看是"又连下作九字句,是因不知前后相同之说,固无足怪。只"食"字一韵失叶,岂不误人?至第三句"滴"字叶韵,其上第二句应在"霁"字为豆,岂可不知?而乃以"花径霁晚碧"为叶韵,大误!盖"花"字即上"新枝"字意也。"霁"字即上"日"字意也。而"晚"字又应上"斜"字,谓"径草碧色,花枝红色",红滴则泛于碧上矣,是岂得以"碧"字作叶韵乎?且"泛红滴"亦不成语。况后有"飞远碧"句,岂一词叶两"碧"字乎?蔡松年亦有此体,起云"紫云点枫叶,崖树小婆娑、岁寒节"可证。岂"娑"字亦可叶叶字耶?末句乃九字,亦不可于"妆"字注断。蔡词于"甚端的"处,《万选》刻作"种种陈迹"误多一字,想"种种"二字,乃总字之讹耳。①

前期词谱虽然已经开始重视词的句法问题,并在图谱中用"句""叶"加以标注,但在分句过程中,前期词谱还是存在校对不严格、分句经常出现错误的情况,万树通过详细对比,纠正了很多错误。这种严谨的态度值得肯定。

第三节 章法研究

从分段的角度来说,词体一般划分出现错误的概率较小,因为词体一般为单片、双片之体,偶有三片、四片之体。字数极少的词调,一般为单片之体,如〔调笑令〕〔忆王孙〕〔如梦令〕〔忆江南〕等;而如〔浪淘沙〕〔清平乐〕〔蝶恋花〕〔沁园春〕〔虞美人〕〔定风波〕〔渔家傲〕〔苏幕遮〕〔鹤冲天〕〔万年枝〕〔喜迁莺〕〔燕归梁〕等为双片之体,三片之体如〔瑞龙吟〕〔绕佛阁〕〔玉蝴蝶〕〔兰陵王〕〔宝鼎现〕〔戚氏〕。四片之体目前仅存一个,即〔莺啼序〕等。总体来说,单片之体较少,且多源于唐代;而双片

---

① 万树《词律》,上海古籍出版社1984年版,第95页。

之体最多，可以说双片之体为词学主流；三片和四片之体又较少。

周瑛在制作《词学筌蹄》时，已经把章法考虑了进来，他在制谱过程中，用空格进行分片，如卷一第一首即〔瑞龙吟〕，采用周邦彦"章台路"一词制谱，此词调为三片之体，图谱中每片之间空一个字格标识，而周词每片之间用"○"标识。而如〔绕佛阁〕〔西河〕〔玉蝴蝶〕〔多丽〕〔哨遍〕等三片之词调则标为两片之体，周瑛失考之处，正是一门学问在开创之初容易出现的问题，也为后来者提供了无限探讨的空间。但用这种空格来标识分片的方法得到了后来者的肯定，直到现在，我们在整理词集过程中，依然采用是法，可见其存在的合理价值。

之后的万树在制作《词律》之时，大大推进了词的分片研究。从分段的角度来说，一般出现错误的概率较小，因为词体一般为单片和双片之体，偶有三片和四片之体，但是，前期词谱仍然有分段的错误。万树在《词律·发凡》中谈道：

> 分段之误，不全因作谱之人，盖自抄刻传讹，久而相袭，但既作谱，宜加裁定耳。如虞山毛氏刻诸家词，《词综》称其有功于词家，固已，但未及精订。如《片玉集》有方千里可证，而不取一校对。间有附识，亦皆弗确然。毛氏非以作谱，不可深加非议。若图谱照旧抄誊，实多草率，则责备有所难辞矣。各家惟柳词最为舛错，而分段处往往以换头句赘属前尾，兹俱考证辨晰，总以断归于理为主，如"笛家"以后起二字句连合前段，致前尾失去一叶韵字，且连上作八字读，而作者遂分为两四字句矣，岂不误哉！〔长亭怨慢〕亦然。今俱裁正。若词隐〔三台〕一调，从来分作两段，愚独断为三叠。如此类则大改旧观，于体制不无微益，识者自有明鉴。①

万树首先指出了《毛氏所刻诸家词》《词综》虽有功于词学，但是校订不精，偶有错误，而以前的词谱则"照旧抄誊"，致填词者亦无善本可依，各

---

① 万树《词律》，上海古籍出版社1984年版，第12页。

家中，柳永词的错误最多，万树指出以前的柳永词集分段误处，断词隐〔三台〕为三片，剖析切当，校订之功，可谓精彩。万树首先在《词律·发凡》中说道：

> 分段之误，不全因作谱之人，盖自抄刻传讹，久而相袭。但既欲作谱，宜加裁定耳。如虞山《毛氏刻诸家词》《词综》称其有功于词家，固已，但未及精订。如《片玉词》有方千里可证，而不取一校对。间有附识，亦皆弗确然。毛氏非以作谱，不可深加非议。若谱图照旧抄誊，实多草率，则责备有所难辞矣。各家惟柳词最为舛错，而分段处往往以换头句赘属前尾，兹俱考证辨晰，总以断归于理为主，如"笛家"以后起二字句连合前段，致前尾失去一叶韵字，且连上作八字读，而作者遂分为两四字句矣，岂不误哉！〔长亭怨慢〕亦然。今俱裁正。若词隐〔三台〕一调，从来分作两段，愚独断为三叠。如此类则大改旧观，于体制不无微益，识者自有明鉴。①

万树对此发现颇为得意，他又在目录中对〔三台〕提及：

> 按此调，向来俱作两段。今细加校订，分作三叠，详玩自明。①

在《词律》卷一〔三台〕词调后，万树又不厌其烦地把自己的这次发现进行了详细的解说：

> 从来旧刻，此篇俱作双调，于"双双游女"分段。余独断之，改为三叠，人莫不疑且怪者。余为解之曰："首段'见'字以下'梨花''海棠'两句各六字相对，次段'乍'字以下'莺儿''燕子'两句各六字相对，三段'正'字以下'轻寒''半阴'两句各六字相对。字句明整，对仗工严，而'见''乍''正'三字皆以一去声虚字领起，句末三字皆仄而'夜''断''漏'俱用去声，岂非三段吻合乎？'内苑春'八字句，'御沟涨'七字句，与中段近，'绿水'八字，'斗草聚'七字，后段

---

① 万树《词律》，上海古籍出版社1984年版，第21页。

'禁火天'八字,'岁华到'七字同也,而'内''近''禁'皆去声,'苑''绿''火'亦皆用仄,……岂非三段吻合乎?"①

万树对分段错误进行了较为深入的研究,对分段之误的原因进行了论述:"分段之误,不全因作谱之人,盖自抄刻传讹久而相袭。"②并在实际操作中进行了深入的辨析,如其注柳永〔笛家〕曰:

> 按此调他无可考,惟屯田此一篇耳。旧刻以"别久"二字属在前段之末,余力断之曰:凡两字句,多用于换头之首,或用于一段之中,未有前半已完而赘加两字者,况上说"离人对景"而感旧矣。又加"别久"二字,真为蛇足。若作"感旧别久",语气不成文,四字叠仄,音韵亦不和协,且"旧"字明明用韵。显而易见,前尾"触目"句六字,后尾"一晌"句亦六字,端端正正,两结相同。而人竟不察,沿习讹谬,可叹也,然于"旧"字用韵,而加两字于下,犹为不妨,乃将"感旧别久"四字合成一串,选声连上作八字句,时人因有作"转叹离索"者,岂不截鹤添凫哉!且因此句读错,并将上"触目尽成"四字岸然作一句,而为"无奈闲愁"矣,异哉!又按凡长调词起结前后互异,而中幅每每相同。此词恐有颠倒,今以臆见附此:盖"别久帝城当日"是换头起语,其下当移入"未省"至"花柳"十四字,而以"兰堂"四句对前"水嬉"四句,"岂知"八字对前"是处"八字,"前事难重偶"对前"往往携纤手","空遗恨"以下两三字,一六字对前"遣离人"以下三句,句法字法相同,岂不恰当?盖谓因别久而追思当日在帝城之时,宴处即听弦管,醉里必寻花柳,从未有忘此二事者,故上加"未省"二字。未省者,不解如此也。下即以"兰堂"四句实注彼时欢会之胜,而下以"岂知"二字接之,言不料如今若此寂寥也,如此则意顺调协矣。嗟嗟!安得起屯田于遮须国芙蓉城而证其说乎?总之,旧集中惟《乐章》最多差讹脱落,难于稽覆,然后人

① 万树《词律》,上海古籍出版社 1984 年版,第 67 页。
② 万树《词律》,上海古籍出版社 1984 年版,第 12 页。

亦宜将旧词详审妥确，而后填之，宁得躁率而自谓作家耶？如此词，论改易前后处，人或以古调传久，不便议改。若"别久"二字，则断断不可系之于前尾，"旧"字断断不可不叶韵。任人间詈我狂妄，哂我穿凿，而余必硁硁守是鄙说矣。①

再如注鹿虔扆〔上行杯〕"又一体"调曰：

或谓"前一首当以后段起句属于前尾为是"。一则凡词无半截内不自相叶韵者。今"草草"至"万里"各自为韵，无此体也。以下四字合之则叶矣，其下半自另起一韵耳。二则"无辞一醉"正以足上语气言当远别一醉，不可辞。文义贯串，上段言情，下段言景。若以此句领下半则赘矣。后调"金船"句亦当属上段，亦是临行劝酒之意，下段则言愁思也。若冠此四字于下段，亦不相接。余曰："此论最明，但恐人疑前长后短。以余断之，只是单调小调，原不宜分作两段也，合之为妥。"若谱图并两处后起"醉"字"捧"字俱失注用韵，则尤错矣。至谓"金""船"可仄，"浪"可平，"如"可仄，更误。②

万树还进一步深入研究了所谓的双拽头现象，如注柳永〔安公子〕一调曰：

惟耆卿有此词，他无可证。按此调当作三叠，"长川"至"如染""驱驱"至"情献"，字句相同，宜分作两段，所谓双拽头。③

又如注吴文英〔塞翁吟〕一调曰：

按此调应分三叠。自起至"薰风"为第一段，"千桃"至"深丛"为第二段，盖"千桃"句七字换头，"还认"句即同"移棹"句，"弄晓色"两句即同

---

① 万树《词律》，上海古籍出版社1984年版，第440页。
② 万树《词律》，上海古籍出版社1984年版，第98—99页。
③ 万树《词律》，上海古籍出版社1984年版，第275页。

"算终是"两句,"旋撑"入句,即"同染不尽"句,平仄一字无异,即如〔瑞龙吟〕所谓双拽头也。其第三叠则另为长短句,与前绝不相类矣。①

注姜夔〔秋宵吟〕曰:

此词应分三叠。第一段于"催晓"住,盖引"凉飔"以下,与首段全同,亦双拽头之为耳。此尧章自度曲,平仄皆宜遵之。幸《谱》不收,不然,此结必注改七言诗句法矣。②

以语法节奏、语义进行分段,亦是万树一大发明,有利于填词者进行模仿。四库馆臣们接受了万树对分段错误的校勘方法,如他们在《乐章集提要》中谈道:

宋词之传于今者,惟此集最为残阙。晋此刻亦殊少勘正,讹不胜乙。其分调之显然舛误者,如〔笛家〕"别久"二字,〔小镇西〕"久离阙"三字,〔小镇西犯〕"路辽绕"三字,〔临江仙〕"萧条"二字,皆系后段换头。今乃截作前段结句。……万树作《词律》,尝驳正之,今并从其说。其必不可通者,则疑以传疑,姑仍其旧焉。③

此本为毛晋所刻,亦为四卷,而其总目又注原本十二卷。殆即就信州本而合并之欤?其集旧多讹异。如二卷内〔丑奴儿近〕一阕,前半是本调,残阙不全。自"飞流万壑"以下,则全首系〔洞仙歌〕。盖因〔洞仙歌〕五阕即在此调之后,旧本遂误割第一首以补前词之阙,而五阕之〔洞仙歌〕遂止存其四,近万树《词律》中辨之甚明。④

依律校对分段之误,不仅对后人填词非常重要,而且对于词学家对词体的

---

① 万树《词律》,上海古籍出版社 1984 年版,第 309 页。
② 万树《词律》,上海古籍出版社 1984 年版,第 355 页。
③ 永瑢等《四库全书总目·乐章集提要》,中华书局 1983 年版,第 1807 页。
④ 永瑢等《四库全书总目·稼轩词提要》,中华书局 1983 年版,第 1817 页。

研究，尤其是词乐研究更为重要。词乐中的换头、筋斗之说，与前后片之间的转换有直接关系，若不能准确划分段落，则难以把握这些词乐术语的内涵，也就难以窥透词体的本来面貌了。

第四节 词调研究

词调是词体的重要组成部分。它规定着词的音乐调式，同时，对词的章法、句法、句数、字数、字声皆有着严密的规定，因此，词学家们都非常关注词调，他们对词调本事进行考证，对词调异名进行辨析，取得了不错的成绩。

一、反对乱改词调名

词调即词的腔调。与诗歌不同，词体源于新型之"燕乐"，是先曲而后声，词调对词的片数、句数乃至字数有着相对严密的规定，所谓"调有定篇，篇有定句，句有定字，字有定声"，关系着词体的成立，是词人填词之依据，因此，词学家对词调非常重视，万树也不例外。万树对大量词调进行了订正，如其考订〔江城子〕一调曰：

> 题本名〔江城子〕，"城"或作"神"。至别名〔水晶帘〕者，乃后人因词中有此三字，故巧取立名，因使人易混易讹，最为可厌。今人好奇者，皆厌常喜新，多从之，致误，不少如此调。《图谱》作〔水晶帘〕第一、第二等体，竟忘却〔江城子〕本来矣。其他尚多，皆去旧易新，甚属无谓。至于〔上西平〕之即〔金人捧露盘〕，〔一罗金〕之即〔蝶恋花〕等，则原因不识，而两收之。《啸余》之病亦坐此。愚谓："不识而两收之，犹可本知，而故改之，则不可也。"此类甚多，聊记其槩于此。①

---

① 万树《词律》，上海古籍出版社 1984 年版，第 92 页。

〔江城子〕别名〔水晶帘〕，是因为"后人因词中有此三字，故巧取立名"。万树坚决反对这样的做法，因使人"易混易讹"，最为可厌。这样的情况很多，万树不厌其烦地辨析，如其注〔春光好〕"又一体"曰：

> 按此曲一名〔愁倚栏令〕，不知谁人又名之曰〔鹤冲天〕。夫〔喜迁莺〕之所以名〔鹤冲天〕者，因韦庄词尾三字也，与此〔春光好〕何与，好换调名者之可厌极矣。《图谱》收〔春光好〕，又收〔愁倚栏令〕，误。①

注辛弃疾〔霜天晓角〕曰：

> 两结六字句，定体也。自《啸余》于"亭"字下误落一"树"字，《图谱》等因之注作五字句。毋论将词注差，但即"长亭今如此"五字如何解法？盖此句本用"枯树"赋"树犹如此"一语也。乃不知而妄注，何哉？而《图谱》又改调名作〔月当听〕，吾不知〔霜天晓角〕四字有何不佳？而必改之也。况东篱寓名"月当窗"，非"听"字，且〔月当听〕自有正调。②

注毛文锡〔后庭花〕曰：

> 毛词三首，其第一首次句用"后庭花发"，正合题名。而各刻多改"后庭"作"瑞庭"，可笑！〔后庭花〕乃陈后主曲，"瑞庭"何所取义乎？③

考证〔金人捧露盘〕调曰：

> 此调因有别名，故各书多复收之。而《图谱》乃收至三体，既收〔金人捧露盘〕与〔上西平〕，又收一元人词〔上南平〕，调奇绝。盖《啸余》于两结原读作一七字、一四字，故《图谱》亦以〔杏花天〕三字属上句，而《啸余》所收之词于"天"字用仄，《图谱》所收之词于"天"字用平，且偶

---

① 万树《词律》，上海古籍出版社 1984 年版，第 101 页。
② 万树《词律》，上海古籍出版社 1984 年版，第 117 页。
③ 万树《词律》，上海古籍出版社 1984 年版，第 122 页。

于通篇韵合，故以为另一体而列之。又其后段于"尽呼起"至绣心肠云"洗五州、妖气关山，已平全蜀，风行何用一泥丸"，是于"州"字豆，"山"字叶，"蜀"字句，"丸"字叶者，《图谱》误认"洗五州妖气"为一句，"关山已平"为一句，"全蜀风行"为一句，"何用一泥丸"为一句，则此词比前词，原未尝有异，而读者差到底，故遂另列一体耳，岂非奇绝乎？①

从上面的例子可以看出，万树是坚决反对乱改调名的。他认为乱改调名大大加重了填词者的负担，而且无用。另外，万树还对大家认为理所应当的词调进行深入考订，如其注康与之〔江城梅花引〕一调曰：

> 此词相传为前半用〔江城子〕，后半用〔梅花引〕，故合名〔江城梅花引〕。盖取"江城五月落梅花"句也。但前半自首至"花又恼"，确然为〔江城子〕，而后全不似〔梅花引〕，至过变以下，则并与两调俱不相合，止惟有至"憔悴损"十六字同耳。未知以为〔梅花引〕是何故也？竹山"荆溪阻雪"一首，遵此而作，足知此调无误，但无可定定"梅花"二字耳。又按〔梅花引〕如"客衣单客衣单千里断魂空歌行路难"与〔江城子〕第二、三、四句平仄声响原相似，或腔有可通未可知也。此词又误刻《书舟词》，中题曰〔摊破江神子〕，然则此调只应名为〔摊破江城子〕可耳。因相沿已久，不便议改。《竹山集》于此调又竟作〔梅花引〕，益与五十七字之〔梅花引〕相混。故今以此附于〔江城子〕之后，而〔梅花引〕仍另列云。②

通过对比，万树发现〔江城梅花引〕一调人们所认为的"后半用〔梅花引〕"，却"全不似〔梅花引〕，至过变以下，则并与两调俱不相合"。因为文献有限，万树提出反对意见后，也不能定论，于是将其附于〔江城子〕之后。他还在注陆游〔江月晃重山〕一调深入分析了"犯调"之由来，曰：

---

① 万树《词律》，上海古籍出版社1984年版，第271页。
② 万树《词律》，上海古籍出版社1984年版，第93页。

用〔西江月〕〔小重山〕串合，故名〔江月晃重山〕。此后世曲中用犯之嚆矢也。词中题名"犯"字者，有二义：一则犯调如以宫犯商、角之类，梦窗云十二宫住字不同，惟道调与双调俱上字住，可犯是也。一则犯他词句法，若〔玲珑四犯〕〔八犯玉交枝〕等所犯，竟不止一词，但未将所犯何调著于题名，故无可考。如〔四犯剪梅花〕下注小字则易明。此体明用两调名串合，更为易晓耳。此调因〔西江月〕在前，〔小重山〕在后，故收于〔西江月〕后，犹〔江城梅花引〕收于〔江城子〕后也。"碧云""鸳鸯"二句两调，俱有此七言。或云〔西江月〕止四句，〔小重山六句〕必各采其半。余曰：总之，此句平仄相同，不必太泥也。近日《图谱》收〔踏莎美人调〕，而以梁汾之"新犯"实之，亦自和协。且作新犯，差胜于自度。然今人不谙当时宫调，未便擅创。此类甚多，余皆不敢收入。按梦窗所云：道调、双调俱"上"字住，可犯此"上"字，非平上去入之"上"，乃今弦管家所谓"六工尺上"之"上"也。此不可不知。①

犯调有两种：一则犯调如以宫犯商、角之类，是指音乐调式之间进行"犯调"；一则犯他词句法，若〔玲珑四犯〕〔八犯玉交枝〕等所犯。万树一片痴心，在词调研究方面实现了长足进步，尤其考证〔丑奴儿近〕一调最见功力，万树考证此调发生于乙丑岁长夏之时，其曰：

《啸余》及《图谱》又收〔丑奴儿近〕一调。今查系全误，特照旧图谱刻录之，并校正于后，览者当为一噱焉。②

此词自来分作三段，其字一百四十六，从《稼轩旧集》《汲古阁》板皆同。其后《啸余谱》及《填词图谱》等书，因从而分其字句，论其平仄，为图为注于其下，盖欲以此谱诏天下后世之学词者，故学者亦从而信之守之，俱谓〔丑奴儿近〕有此一格，相与模仿填之矣。稍有识者起而驳

---

① 万树《词律》，上海古籍出版社 1984 年版，第 161 页。
② 万树《词律》，上海古籍出版社 1984 年版，第 125 页。

之曰:"'洒'字是韵,'手'字是借韵,何以不注叶？'洒'字即叶上,'秀''手''旧'等韵,何以不注更韵？且所注八字、九字,亦皆不确。"又有识高者,趋而辨之曰:"谱于'秀'字注'更仄韵',大非。此词到底本是一韵,因稼轩用韵常有出入。如〔六幺〕,合以'觉''学'叶'折''鸭'之类,乃此老误处。此词是以'秀柳'叶韵'画',后人不可依谱更韵,但改正通篇用一个韵即可耳。"二说如此,谓留心风雅者矣。而仆所来尝疑之,谓此词必非仅字句之差、叶韵之谬而已。如"又是一飞流万壑"句,稼轩必不至如是不通,且用韵或一二假借,亦必无前后分异若此者。年来总思忽略,未及校正,近因有订谱之役,再四绸绎讽咏,忽焉得之。盖其所谓第一段者,实〔丑奴儿〕之前段也。盖"画"之下用"家"字,正此调平仄互用处,而旧谱不识。词中两个"一霎"字,俱作平声,"一霎儿价",即潘词之"清和天气","者"与俗"这"字同。"过者一霎"即潘之"梅子黄时",是首段自起至末一字不差也。其所谓第二段者,则前半仍是〔丑奴儿〕,而后半则非〔丑奴儿〕矣。"午睡"以下十二字,原是本调,分作三句,"洒"字是叶韵者,其下则此调残缺不全。"野鸟飞来"又是一七个字,即潘之"携手红窗描绣画"七个字,而"野"字之上缺一字,"又是一"之下,竟全遗失矣。至"飞流万壑"以下及所谓第三段者,则系完全一首〔洞仙歌〕,前段"依旧"止,后段"人生"起也。细细校对,无一字不合,"只叹青衫帽"之"衫"字下,落一"短"字耳。以〔洞仙歌〕全首,强借为〔丑奴儿〕之尾,岂非大怪事乎？又细加考之,稼轩原集,〔丑奴儿近〕之后,即载〔洞仙歌〕五阕。当时不知因何遗失〔丑奴儿〕后半,竟将〔洞仙歌〕一阕错补其后,故集中遂以〔丑奴儿〕作一百四十六字,而后〔洞仙歌〕止存四阕矣。读者未尝熟玩〔洞仙歌〕句法,安能觉齿吻间有此声响乎？且见谱图之中,凿然注明,更无疑惑,遂认定〔丑奴儿〕另有一此体。然则谱者之不详审,其过尚轻,而向来刻词者之过较重,至作谱作图为定格,以误后人者,其开罪于古今后世,岂爱书可容未减哉！仆本笨伯,向来任意雌黄,其为后世所怒詈，自揣不免，然此等处，辄自以寓于词学，颇有微功耳。①

兴奋之余，他"不觉跃起，大呼狂笑"，而同人杜文澜惊问原因，万树告诉他之后，杜文澜"揪髯击节"曰：

此词自稼轩迄今五百七十余年，至今日始得洗出一副干净面孔，真大快事！②

两人因此"呼童子酌西国葡萄酿，相与大醉"②，真可谓精彩至极。又如其注李甲〔过秦楼〕一调曰：

按此调因又名〔惜余春慢〕，又名〔苏武慢〕，又名〔选冠子〕，故纷纭最甚，难以订正。今将此篇列于前幅，因用平韵，与后词各异，而词尾有〔过秦楼〕三字，恐此调之名因此而起，故以首列也，余说详见后篇。

在周邦彦词"又一体"论曰：

后起比前段多三字，后结比前段少二字。按此词《旧草堂》收之，题曰〔过秦楼〕，而以鲁逸仲一百十三字者另载题曰〔惜余春慢〕。但鲁词比此只后结多二字，其余无字不同。岂如此长调但因二字而另为一调乎？故沈天羽辩之："两词俱刻作〔惜余春慢〕。"此言是已，然论之犹未详也。今考方千里和周词，末句一本作"浓似飞红万点"，则与此篇相同。一本作"浓于空里乱红千点"，则为一百十三字，与鲁词同矣。是知千里虽和周词，亦即可名曰〔惜余春〕。而〔过秦楼〕与〔惜余春〕为一调无疑矣。且此词又名〔苏武慢〕，于"人静"下十四字，句法与此不同，而各处俱注即〔过秦楼〕，未必确然。若谓即〔过秦楼〕，则友古之〔苏武慢〕一百十一字与周词，同放翁、嫩窟之〔苏武慢〕一百十三字与鲁词同。至如虞邵庵之〔苏武

---

① 万树《词律》，上海古籍出版社 1984 年版，第 126 页。
② 万树《词律》，上海古籍出版社 1984 年版，第 127 页。

慢〕一首一百十一字、一首一百十三字，是〔苏武慢〕可多二字，可少二字。正与〔过秦楼〕〔惜余春〕相合，更无疑矣。又〔苏武慢〕亦名〔选冠子〕，而杨补之、张景修之〔选冠子〕皆一百十三字，与〔惜余春〕字数正同，乃比后所载吕渭老之〔选冠子〕，竟多至六字，是可知此调字本多寡不同，不可以一百十一字者必属之〔过秦楼〕，一百十三字者必属之〔惜余春〕也。或曰《草堂》旧本分两调，必有所据。子何得后起而纷更之？余曰：天下事之讹错者，虽古人定论，亦须驳正，不然何贵于读书尚论乎？如君言则〔春霁〕〔秋霁〕二调，一字无异，《草堂》列作二体，而并存之。今亦将因其古本而阿谀遵奉之耶？又如〔庆春泽〕之即〔高阳台〕，〔解连环〕之即〔望梅〕，其不能辨者亦多矣。锡鬯谓《草堂》选词，可谓无目者也。选词尚无目，论调又岂能有目哉！《啸余谱》照《草堂》分收两调，图谱改之，不收〔苏武慢〕，而以一百十一字者为〔惜余春〕，以一百十三字者为〔惜余春慢〕，更为奇创，未知何据矣。今总断之曰：李甲词当名〔过秦楼〕，以其止有一百九字而平声迥异，且有此三字在末也。周鲁等词当名曰〔惜余春慢〕，吕词止一百七字当名曰〔苏武慢〕。蔡同于周，陆同于鲁，则各附之。至〔选冠子〕之名，则竟以别号置之，庶几归于画一耳！然合而言之，大约原总一调，故类集于此。①

通过大量比对校正，万树区分了〔过秦楼〕〔惜余春〕〔苏武慢〕〔惜余春慢〕〔选冠子〕五个词调之间的关系。又如其注姜夔〔疏影〕一调曰：

余前于〔暗香〕录梦窗所作此调，梦窗亦有因有残缺，故仍载白石原篇。"枝上同宿"以下与后"飞近蛾绿"以下俱同，但"无言自倚"四字与"早与安排"四字异。观梦窗此句，后用"香满玉楼琼阙"，而前亦用"凌晓东风吹裂"，则知"无言自倚"四字，亦不妨与"早与安排"相同，故敢于字旁注之。此虽白石自制腔，然梦窗与白石交最深，自当知其律吕也。又查玉田

---

① 万树《词律》，上海古籍出版社1984年版，第423—424页。

于"翠禽小小"作"满地碎阴"平仄亦异，玉田词亦金科玉律者，则此句亦必可用仄仄仄平，故亦于旁注之。其余平仄，皆于本词前后相同处为注耳。他如梦窗于"翠"字作"横"，"上"字作"花"，"但"字作"全"，"正"字作"漪"。玉田于"客"字作"枝"，"化"字作"应"，平声，"已"字作"空"，而"客"字莫字，"不惯""不"字"一"字俱或作平，不拘，但未敢注。"北"字，自孙光宪已与"促"字同叶，宋人用于"屋沃"韵。内者尤多，非白石之误也。①

此调本姜词为祖，《图谱》收邓剡词，其平仄与姜相合。乃以前结"想佩环"二句分作三句，一五字、两四字，而后则仍作上七下六，可谓乱点兵矣。至《啸余》不收〔暗香〕，而收〔疏影〕，又将"疏"字误认"棘"字，所载即邓剡词，岂不更昏谬乎？①

按白石为石湖制〔暗香〕〔疏影〕二曲，自后作者寥寥。不知何人改作〔红情〕〔绿意〕，今人见〔红情〕〔绿意〕之名，新巧可喜，遂从而填之，竟莫能察其即是〔暗香〕〔疏影〕矣。毛氏解题谓〔红情〕起于柳耆卿，盖未细考。朱锡鬯《红豆》词固绝妙，而只就〔红情〕填之，亦不及辨其为〔暗香〕也。〔绿意〕见于《乐府雅词》无名氏咏荷者，人亦莫知其是〔疏影〕。可见词调纷纭错乱，不可胜考。余虽深思详勘，大费心力，而其间恩错正恐多端，惟冀大雅君子闵其劳而谅其公，遇有乖谬处为条，举而教正之。幸甚幸甚！不然人将谓此狂夫于各家旧谱妄肆讥弹而已，所编述动成罅漏，则其罪有不可胜数者矣。今恐人不见信，姑录〔绿意〕一阕于右，以便稽览。②

录完〔绿意〕一词后，万树接着论曰：

〔疏影〕本一百十字，此于"怨歌"上落去一字耳。以此两词相对，岂

---

① 万树《词律》，上海古籍出版社1984年版，第426页。
② 万树《词律》，上海古籍出版社1984年版，第426页。

非同调乎？而〔红情〕之即〔暗香〕更不必言矣。按此词是"咏荷花"，原本作"荷花"，误。又按彭元逊有〔解佩环〕一词，亦即此调。或因姜词有"想珮环"三字，因变此名，今录附后，校对自明。①

又于彭远逊〔解佩环〕注曰：

> 此词各刻亦于"遗珮"上落一字，其实即〔疏影〕也。盖前词"怨歌"句与后段"喜净看"同。此词"遗珮"句与前段"更何须"同，俱不可作六字也。至《图谱》以有"白鸥淡月"为一句，"微波寄语"为一句，遂与前段各异，而文理亦不通矣。②

〔红情〕〔绿意〕二调为张炎最早依照姜夔〔暗香〕〔疏影〕调式而作。万树通过字声、句法大量篇幅进行对比后，终于廓清了〔红情〕〔绿意〕〔暗香〕〔疏影〕〔解佩环〕五个词调之间的具体关系，成绩尤令人注目。

二、"同名异调"与"又一体"方法的架构

"同名异调"是词体中的一个重要现象。唐宋过渡之后，很多唐时所用的词牌到了宋代仍然使用，但是，不管从字数、句数、还是句法、章法方面判断，相当多的词调都发生了很大变化，与原词调几乎更无关系。

到了明清，词学家们在制作词谱过程中，相当深入地辨析了这个词学现象。明代词谱如周瑛《词学筌蹄》、张綎《诗余图谱》皆只列一体，而到了清初的程明善，在《啸馀谱》中开始设立"第一体""第二体"的标识。其中很多"第二体"就是因为"同名异调"现象，这无论是从编辑词谱文献的数量还是对词体的认知上，都是一个很大的进步。但同时，由于很多词调只是因为个别字数以及平仄的差异，词谱制作者们就多列一体的标识，并不意味着这些都是"同名异调"现象，如邹祗谟论张綎《诗余图谱》曰：

---

① 万树《词律》，上海古籍出版社1984年版，第426—427页。
② 万树《词律》，上海古籍出版社1984年版，第427页。

> 张光州南湖《诗余图谱》，于词学失传之日，创为谱系，有筚路蓝缕之功。《虞山诗选》云："南湖少从王西楼游，刻意填词，必求合某宫某调，某调第几声，其声出入第几犯，抗坠圆美，必求合作。"则此言似属溢论。大约南湖所载，俱系习见诸体，一按字数多寡韵脚平仄，而于音律之学，尚隔一尘。试观柳永《乐章集》中，有同一体而分大石歇指诸调，按之平仄，亦复无别。此理近人原无见解，亦如公"甬戈"所言徐六担板耳。①

他认为词按平仄划分是有问题的，并举柳永的词来说明同一词调收入不同宫调并不一定造成平仄不同，而怀疑"同调异名"并不是造成同一词调不同字数、格律的唯一原因，同时，他提出在制谱过程中使用"同调异名"的解决办法：

> 俞少卿云："郎仁宝瑛，谓填词名同而文有多寡，音有平仄各异者甚多，悉无书可证。"然三人占则从二人，取多者证之可矣。所引康伯可之〔应天长〕、叶少蕴之〔念奴娇〕，俱有两首，不独文稍异，而多寡悬殊，则传流钞录之误也。《乐章集》中尤多。其他往往平仄，小异者亦多。吾向谓间亦有可移者，此类是也。又云："有二句合作一句，一句分作二句者，字数不差，妙在歌者上下纵横所协。"此自确论，但子瞻填长调，多用此法，他人即不尔。至于《花间集》同一调名，而人各一体，如〔荷叶杯〕〔诉衷情〕之类，至〔河传〕〔酒泉子〕等尤甚。当时何不另创一名耶，殊不可晓。愚按此等处，近谱俱无定例，作词者既用某体，即于本题注明亦可。②

针对花间词人"同一调名而人各一体"的客观状况，万树提出"作词者既用某体，即于本题注明亦可"的解决办法，而这种思路，在《词律》《钦定词谱》中得到了采用，这些都是非常具有建设性的意见。

---

① 邹祗谟《远志斋词衷》，《词话丛编》本，第 658 页。
② 邹祗谟《远志斋词衷》，《词话丛编》本，第 644 页。

设置第一体、第二体，目的就是解决词的"同调异体"，可能想通过"一""二"来确定调式的正、奇，但是，由于当时词学刚刚开始复兴，词集文献还未得到全面整理，而词人所处的时代还未得到全面考证，故试图分"正""奇"的方法还是行不通的，只能被后来者抓住把柄。之后，这种方法得到了赖以邠、毛先舒等人的承继，但这种分类法又有不足：

> 旧谱之最无义理者，是"第一体""第二体"等排次。既不论作者之先后，又不拘字数之多寡，强作雁行。若不可逾越者，而所分之体，乖谬殊甚，尤不足取。

> 更有继《啸余》而作者，逸其全刻，撮其注语，尤为糊突。若近日图谱，如〔归自谣〕止有第二而无第一，〔山花子〕〔鹤冲天〕有一无二，〔贺圣朝〕有一、三无二，〔女冠子〕有一、二、四、五而无三，〔临江仙〕有一、四、五、六、七而无二、三，至如〔酒泉子〕以五列六后，又八体四十四字，九、十、十一、十二体皆四十三字，故以八居十二之后。夫既以八体之字较多，则当改正为十二，而以九升为八，十升为九矣，乃因旧定次序，不敢超越。故论字则以弟先兄，论行则少不逾长，得毋两相背谬乎？此俱遵《啸余》，而忘其为无理者也。①

"第一体""第二体"的分类方法并不能准确表达词谱排列的标准，而徐师曾、程明善则被万树批驳得体无完肤：

> 夫某调则某调矣，何必表其为第几。自唐及五代十国、宋、金、元，时远人多，谁为之考其等第，而确不可移乎？①

万树论述道：

> 词有调异名同者，其辨有二，则如〔长相思〕〔西江月〕之类，篇之长短迥异，而名则相同。故即以相比，载于一处。他若〔甘州〕后之附〔甘

---

① 万树《词律·发凡》，上海古籍出版社1984年版，第9页。

州子〕〔甘州遍〕,〔木兰花〕后之附〔减字〕〔偷声〕,亦俱以类相从。盖汇为一区,可以披卷了然,而无重名误认,前后翻检之劳也。一则如〔相见欢〕〔锦堂春〕俱别名〔乌夜啼〕,〔浪淘沙〕〔谢池春〕俱别名〔卖花声〕之类,则皆各仍正名而削去雷同者,俾归划一。又如〔新雁过妆楼〕别名〔八宝妆〕,而另有〔八宝妆〕正调,〔菩萨蛮〕别名〔子夜歌〕,而另有〔子夜歌〕正调,〔一落索〕别名〔上林春〕,而另有〔上林春〕正调,〔眉妩〕别名〔百宜娇〕,而另有〔百宜娇〕正调,〔绣带子〕别名〔好女儿〕,而另有〔好女儿〕正调之类,则另列其正调。而于前调兼名者,注明此不在前项,附载"又一体"之例。盖"又一体"者(〔长相思〕等),其体虽全殊,而无他名可别,故令之兼各者(〔新雁过妆楼〕等)。其本调自可名,不得占彼调之名,故判之。①

万树指出词的"同名异调"有两种情况。一种是"篇之长短迥异,而名则相同",这种情况不列为"又一体",而把它们附载于一处,这样既方便观览,又能有效地指出同名异调的差别,便于填词者选择采用。而另一种如"〔新雁过妆楼〕别名〔八宝妆〕,而另有〔八宝妆〕正调"之类,则"另列其正调而于前调兼名者,注明此不在前项,附载又一体之例"。同时,万树还指出词调中的两种特殊情况:

> 又如〔忆故人〕之化为〔烛影摇红〕,虽先后悬殊,而源流有本,故必相从,列于一处,然不得以〔烛影〕新名而废其原题也。又如〔江月晃重山〕〔江城梅花引〕之类二调合成者,则以附于前半所用〔西江月〕〔江城子〕之后。至于〔四犯剪梅花〕则犯者四调,而所犯第一调之〔解连环〕便与本调不合,颇为可疑,故另列于九十四字之次,而不随各调以上数项,皆另为一例。②

---

① 万树《词律》,上海古籍出版社1984年版,第11—12页。
② 万树《词律》,上海古籍出版社1984年版,第12页。

一种如原调为〔桃园忆故人〕，而后人却依〔桃园忆故人〕新创词调〔烛影摇红〕，这两调的字数、句数、句法相差悬殊，但是，如果据史料〔烛影摇红〕直接承自〔桃园忆故人〕，那么两调名都收录。一种是词中的犯调问题。犯调是词曲的一个重要现象，是由两个或两个以上的词调的一部分共同组成一个新词调的做法，其演唱原理即是几个词调必须同属一个宫调，即住字须相同。若住字不同，此曲则无法演唱。由于万树不甚通词的音律，因此在这个问题上，他直接视之为案头的文字，并"〔江月晃重山〕〔江城梅花引〕之类二调合成者，则以附于前半所用〔西江月〕，〔江城子〕之后。"而如变化非常大的〔四犯剪梅花〕，"而所犯第一调之〔解连环〕便与本调不合，颇为可疑，故另列于九十四字之次"，其论不可不谓之精密。

万树还根据句法不同进行分句，如注陆游〔珍珠帘〕"又一体"一调曰：

"彼此知名"四字，"才见便论心素"六字，比前二词两句五字者不同。或以为误。渭南又一首亦云："掠地穿帘，知是竟归何处"，是知另有此体也。其后段首句两字叶韵，次句四字叶韵，亦与前六字用平者不同。其又一首亦云"自古儒冠多误"。《图谱》前收〔珍珠帘〕，后又收〔真珠帘〕，不知"珍"即"真"，本是一调也。而后起二字句亦失注叶韵。①

在同名异调中，还有一种特殊情况，即如注陆游〔谢池春〕曰：

按此调又名〔卖花声〕，因浪淘沙亦名〔卖花声〕，故本谱各归其正名，不列〔卖花声〕之目。②

又如注李煜〔相见欢〕曰：

各家惟友古后起两句不叶韵，梦窗一首云"一颗颗，一星星，是秋情"，"星"字叶平韵，竟似〔诉衷情〕换头矣。因句字同，不另录。按此

---

① 万树《词律》，上海古籍出版社1984年版，第342页。
② 万树《词律》，上海古籍出版社1984年版，第236页。

调本唐腔，薛昭蕴一首正名〔相见欢〕，宋人则名为〔乌夜啼〕，而〔锦堂春〕亦名〔乌夜啼〕，因致传讹不少。①

万树则直接舍弃。万树的做法，在很大程度上适应了新时代诗化的词的创作要求。虽然在清代前期以《词律》为填词范本者不多，但从清代中期开始，随着词律研究的日渐深入与日趋严密，《词律》的范本作用日渐彰显。四库馆臣完全肯定了万树的做法：

> 又旧谱于一调而长短不同者，皆定为第一、第二体。树则谓"调有异同，体无先后，所列次第，既不以时代为差，何由知孰为第几？故但以字数多寡为序，而不名目"。皆精确不刊。②

故万树树立了"又一体"的分类方法：

> 本谱但以调之字少者居前，后亦以字数列书"又一体"。

"又一体"的标注方法有效地解决了同调异体的问题，为"同调异体"的标注展开了思路。从《词律》到《钦定词谱》，词调数量只增长了200有余，而"又一体"却达到了2300多体，增加1000多体。秦巘《词系》收调达到了1029个，收体2200个（表5.1）③，超过了万树《词律》收调数量369个，体数1020个，也超过了《钦定词谱》166个，这个数量，达到了词谱著作的最高峰。

---

① 万树《词律》，上海古籍出版社1984年版，第95页。
② 永瑢等《四库全书总目》，中华书局1983年版，第1827页。
③ 据江合友《明清词谱史》统计之数据，第212页。

表5.1 明清主要词谱所收调（体）表

词谱名称	作者	所收调数	所收体数	新增调数	新增体数
《词学筌蹄》	周瑛	176	176	—	—
《诗余图谱》	张綖	150	150	—	—
《啸余谱》	程明善	330	450	180	300
《诗余图谱》	谢天瑞	343	343	193	193
《填词图谱》	赖以邠	545	682	395	532
《词律》	万树	660	1180	510	1030
《钦定词谱》	王奕清等	826	2306	676	2156
《校勘词律》	徐本立、杜文澜补遗	875	1725	725	1575
《词系》	秦巘	1029	2200	879	2050

固然，由于词谱编制者的制谱思想不尽相同，选调宽严不一，造成了数量的不同。故时代为先者，可能所收词调数量比后来者稍多，而如《钦定词谱》列调826个，列体2306个，《词系》列调数量增至1029个，列体反而少了100多个，但是这个数据基本体现了词谱所收词调数量的变化，也体现了明清词学家在词集整理乃至词调辨析过程中孜孜不倦的精神。

最为重要的是，万树所设立的"又一体"的体例反过来深深影响了曲谱的制作。这也是词曲史上一个非常有意思的现象：一直以来，词谱受制于曲谱体例而发展，词谱先行者首先是受到朱权的《太和正音谱》的启发而开始制作词谱的，而到了万树，"又一体"的推行反过来得到了之后的曲谱如《新编南词定律》《九宫大成南北词宫谱》《纳书楹曲谱》等书的采纳。

三、同调异名

"同调异名"现象在宋代已经出现。宋人在创制新词牌时,就有人用前人词调为调,仅变换词调而成一个新词牌,如苏轼创制〔浪淘沙〕《大江东去》,由于苏轼本人的人格魅力,以及此词的巨大影响,因此其弟子以及崇拜者即采用这首小词中的词语而为〔大江东〕〔大江乘〕〔酹江月〕等十余个词牌;姜夔创制自度曲〔暗香〕〔疏影〕两词调后,张炎模仿而创制〔红情〕〔绿意〕两个词牌,史料中记载清晰,毋容置疑。到了清代,诸多词学家注意到这个现象,并在制作词谱中加以标注,如万树在《词律》中对此不遗余力地进行了辨析与标注:

> 词有调同名异者,如〔木兰花〕与〔玉楼春〕之类,唐人即有此异名,至宋人则多取词中字名篇,如〔贺新郎〕名〔乳燕飞〕,〔水龙吟〕名〔小楼连苑〕之类。张宗瑞《绮泽新语》一帙皆然,然其题下自注"寓本调之名也"。后人厌常喜新,更换转多至庞杂朦混,不可体认。所贵作谱者合而酌之,标其正名,削其巧饰,乃可遵守。而今之传谱有二失焉,《啸余》则不知而误,复收〔望江南〕外又收〔忆江南〕,〔蝶恋花〕外又收〔一罗金〕,〔金人捧露盘〕外又收〔上西平〕之类,不可枚举。甚至有一调收至四五者。更如〔大江东〕之误作〔大江乘〕,〔燕春台〕〔燕台春〕颠倒一字,而两体共载一词,讹谬极矣。《图谱》则既袭旧传之误,而又徇时尚之偏,遂有明知是某调而故改新名者,如〔捣练子〕改〔深院月〕,〔卜算子〕改〔百尺楼〕,〔生查子〕改〔美少年〕之类尤多,不可枚举,至若〔临江仙〕不依旧列第三体,而换做〔庭院深深〕,复注云:"即〔临江仙〕三体。"是明知而故改也。①

> 又如〔喜迁莺〕,因韦庄词语,又名〔鹤冲天〕,而后人并长调之〔喜迁莺〕,亦曰〔鹤冲天〕矣。〔中兴乐〕因牛希济词语又名〔湿罗衣〕,而

---

① 万树《词律》,上海古籍出版社1984年版,第10页。

后人并字少之。〔中兴乐〕亦名〔湿罗衣〕，《图谱》且倒作〔罗衣湿〕矣。总因好尚新奇，矜多炫博，遇一殊名亟收入帙，如升庵以〔念奴娇〕为〔赛天香〕，〔六丑〕为〔个侬〕，《图谱》皆复收之，而即以杨词为式。盖其序所云"宋调不可得，则取汁唐及元明"是也。夫唐宋元既不可得，是古无此调，则亦已矣，何必欲载之耶？且〔念奴娇〕极为眼前熟调，而读〔赛天香〕竟不辨耶。〔个侬〕即用〔六丑〕美成原韵，而两调连刻，亦竟未辨耶？①

　　至于自昔传讹，若〔高阳台〕即〔庆春泽〕，〔望梅〕即〔解连环〕之类，相沿已久，莫为厘正。今皆精研归并，有注所不能详者，则将原篇用小字载于其左，以便校勘，如〔雨中花〕即〔夜行船〕，〔玉人歌〕即〔探芳信〕之类。有大段相同而一二字稍异者，则不拘字数，即以附于本调之后，可一览而揣其异同，是则仍以大字书之，如〔探芳新〕于〔探春〕，〔过秦楼〕于〔惜余春〕之类。又如〔红情〕〔绿意〕，其名甚佳，而再四玩味，即〔暗香〕〔疏影〕也，此等皆旧所未辨者。

"同调异名"问题涉及两种情况，一种是有传承关系的同调异名，如上面提到的苏轼作〔念奴娇〕〔大江东去〕之后，后人根据其词中的语言与词意又创制了〔大江东去〕〔大江乘〕〔酹江月〕等十余个词牌。这种同调异名，因为有明显的传承关系。

另一种情况则是，明清人在制定格律谱的过程中，发现两个词牌的字数、平仄格律似乎相同，遂认为这两个词调是"同调异名"。这种情况需作进一步研究，当然，两个名字不同的词调可以用完全相同的旋律来演唱，这种情况在今天的流行歌曲中依然存在，同时，也存在看似格律相同，但乐律不同的词调。明清人单纯从格律比对相同的角度来划分两个词调为"同调异名"，恐怕很难让人信服。明清人之所以会把第二种情况亦归为"同调异名"，其前提是"词

---

① 万树《词律》，上海古籍出版社1984年版，第10—11页。

曲一理"，由于曲体完成了声腔化，因此格律完全相同的两首曲子完全可以用一个旋律来演唱。但是词体没有完成声腔化，词曲仍有很大不同，所以明清人在制谱过程中把很多没有词调传承关系，而仅是格律相同者归为一个词调的行为，是不符合词体本色的，但是，由于词乐已经丧失，明清人通过格律谱归并词调，完全视词为一种案头文学的方法大大减省了词调标注的图谱，有利于词体的规范与传播。在《词律》中，万树直接把所谓"异名"的词调标注在目录里面：

> 本谱于异名者，皆识之题下，且明列于目录中，使览者易于核检。①

此做法方便了填词者进行查阅，大大节省了千辛万苦寻找一个词调需要的时间，有利于词人进行创作，正如万树论道：

> 或曰："石帚赋〔湘月〕词，自注即〔念奴娇〕鬲指声。则体同名异，或亦各有其故子，何概欲比而同之。"余曰：于今宫调失传，作者但依腔填句，即如〔湘月〕有石帚之注，今亦不必另收，盖人欲填〔湘月〕，即仍是填〔念奴娇〕，无庸立此名也。又如晁无咎〔消息〕一调，注云："自过腔即越调〔永遇乐〕。"是虽换宫调即可换名，而今人不知其理耳，况其他异名皆作者巧立或后人摘字，又与〔湘月〕〔消息〕不同声音之道，必不终湮有知音者出，能考定宫调，而曹分部署之，方可明辨其理于天下后世，此则余生无所憾。于周柳诸公无详示之遗书，而时时望天子生子期、公瑾也。①

万树还在正文中进行了大量考证，如考证〔丑奴儿慢〕调曰：

> 按此词，因首句四字，后人遂名曰〔愁春未醒〕，梦窗稿"东风未起"一篇是也。图谱不知即〔丑奴儿慢〕，故另立一〔愁春未醒〕之调，且断句差错殊甚，踵讹袭谬，致时人之喜填新名者，多受其累矣。总之作谱者，全未费一丝心力，半黍眼光，不审调，不订韵，不较本篇之前后，不较他作之

---

① 万树《词律》，上海古籍出版社 1984 年版，第 11 页。

异同，随意断句，遂日是足以为程式矣，岂不怪哉！今细加勘定，先录吴词与左。①

万树在正文中一般还会论及异名的词调，然而，由于其制作《词律》时偏居岭南，手中所掌握的文献有限，因此后人多有补充者，最为闻名的非江顺诒莫属。江顺诒在《词学集成》中详细排列了存在"同调异名"现象的词调：

> 词有同调异名，昔人分为二体，概可从删。如〔捣练子〕杜、晏二体，即〔望江楼〕。〔荆州亭〕，即〔清平乐〕。〔眉峰碧〕，即〔卜算子〕。〔月中行〕，即〔月宫春〕。〔惜分飞〕，即〔惜双双〕。〔桂华明〕，即〔四犯令〕。〔清川引〕，即〔凉州令〕。〔杏花天〕，即〔于中好〕。〔番枪子〕〔辘轳金井〕，即〔四犯剪梅花〕。〔月下笛〕，即〔琐窗寒〕。〔八犯玉交枝〕，即〔八宝妆〕。又原书一体而后人误分，如仇远之〔荐金蕉〕，即〔虞美人〕之半。刘壎之〔醉思仙〕，即〔醉太平〕。王之道之〔折丹桂〕，即〔一落索〕。赵鼎之〔醉桃源〕，即〔桃源忆故人〕。米友仁之〔醉春风〕，即〔醉花阴〕。费原之〔惜余妍〕，即〔露华〕。欧庆嗣之〔庆千秋〕，即〔汉宫春〕。奚汉之〔雪月交辉〕，即〔醉蓬莱〕。张虚靖之〔雪夜渔舟〕，即〔绣停针〕。晁端礼之〔恋春芳慢〕，即〔万年欢〕。赵孟頫之〔月中仙〕，即〔月中桂〕。罗志仁之〔菩萨蛮引〕，即〔解连环〕。〔诒〕案：欲辨词体，定词律，必先自考同调异名始。又《词律》目已拈出者，录如左：〔十六字令〕，即〔苍梧谣〕。〔南歌子〕，即〔南柯子〕，又即〔春宵曲〕。〔双调〕，即〔望秦川〕，又即〔风蝶令〕。〔三台〕，即〔翠华引〕，又即〔开元乐〕。〔忆江南〕，即〔梦江南〕〔望江南〕〔江南好〕，又即〔谢秋娘〕。其〔望江南〕〔梦江口〕〔归塞北〕〔春去也〕等名，则人不甚知矣。〔深院月〕，即〔捣练子〕。〔阳关曲〕，即〔小秦王〕。〔卖花声〕〔过龙门〕〔曲入冥〕，即

---

① 万树《词律》，上海古籍出版社1984年版，第124页。

〔浪淘沙〕。〔忆君王〕〔豆叶黄〕〔栏干万里心〕,即〔忆王孙〕。〔宫中调笑〕〔转应曲〕〔三台令〕,即〔调笑令〕。〔忆仙姿〕〔宴桃源〕,即〔如梦令〕。〔一丝风〕〔桃花水〕,即〔诉衷情〕。〔内家娇〕,即〔风流子〕。〔红娘子〕〔灼灼花〕,即〔小桃红〕。〔水晶帘〕,即〔江城子〕。〔乌夜啼〕〔上西楼〕〔西楼子〕〔月上瓜洲〕〔秋夜月〕〔忆真妃〕,即〔相见欢〕。〔双红豆〕〔忆多娇〕〔吴山青〕,即〔长相思〕。〔醉思凡〕〔四字令〕,即〔醉太平〕。〔愁倚栏令〕,即〔春江好〕。〔一痕沙〕〔宴西园〕,即〔昭君怨〕。〔泾罗衣〕,即〔中兴乐〕。〔南浦月〕〔沙头月〕〔点樱桃〕,即〔点绛唇〕。〔月当窗〕,即〔霜天晓〕。〔百尺楼〕,即〔卜算子〕。〔罗敷媚〕〔罗敷艳歌〕〔采桑子〕,即〔丑奴儿〕。〔青杏儿〕〔似娘儿〕,即〔促拍丑奴儿慢〕。〔子夜静〕〔重叠金〕,即〔菩萨蛮〕。〔钓船笛〕,即〔好事近〕。〔好女儿〕,即〔绣带儿〕。〔玉连环〕〔洛阳春〕〔上林春〕,即〔一落索〕。〔花自落〕〔垂杨碧〕,即〔谒金门〕。〔喜冲天〕,即〔喜迁莺〕。〔秦楼月〕〔碧云深〕〔玉交枝〕,即〔忆秦娥〕。〔江亭怨〕,即〔荆州亭〕。〔忆罗月〕,即〔清平乐〕。〔醉桃源〕〔碧桃春〕,即〔阮郎归〕。〔乌夜啼〕,即〔锦堂春〕。〔虞美人歌〕〔胡捣练〕,即〔桃源忆故人〕。〔秋波媚〕,即〔眼儿媚〕。〔早春怨〕,即〔柳梢青〕。〔小阑干〕,即〔少年游〕。〔步虚词〕〔白苹香〕,即〔西江月〕。〔明月棹孤舟〕〔夜行船〕,即〔雨中花〕。〔春晓曲〕〔玉楼春〕〔惜春容〕,即〔木兰花〕。〔玉珑璁〕〔折红英〕,即〔钗头凤〕。〔思佳客〕〔于中好〕,即〔鹧鸪天〕。〔舞春风〕,即〔瑞鹧鸪〕。〔醉落魄〕,即〔一斛珠〕。〔一罗金〕〔黄金缕〕〔明月生南浦〕〔凤栖梧〕〔鹊踏枝〕〔卷珠帘〕〔鱼水同欢〕,即〔蝶恋花〕。〔南楼令〕,即〔唐多令〕。〔孤雁儿〕,即〔玉街行〕。〔月底修箫谱〕,即〔祝英台近〕。〔上西平〕〔西平曲〕〔上南平〕,即〔金人捧露盘〕。〔上阳春〕,即〔蓦山溪〕。〔瑞鹤仙影〕,即〔凄凉犯〕。〔锁阳台〕〔满庭霜〕,即〔满庭芳〕。〔碧芙蓉〕,即

〔尾犯〕。〔绿腰〕,即〔玉漏迟〕。〔花犯念奴〕,即〔水调歌头〕。〔红情〕,即〔暗香〕。〔绿意〕,即〔疏影〕。〔催雪〕,即〔无闷〕。〔瑶台聚八仙〕〔八宝妆〕,即〔秋雁过妆楼〕。〔百字令〕〔百字谣〕〔大江东去〕〔酹江月〕〔大江西上曲〕〔壶中天〕〔淮甸春〕〔无俗念〕〔湘月〕,即〔念奴娇〕。惟〔湘月〕另一调,万氏误。〔疏帘淡月〕,即〔桂枝香〕。〔小楼连苑〕〔庄椿岁〕〔龙吟曲〕〔海天阔处〕,即〔水龙吟〕。〔凤楼吟〕〔芳草〕,即〔凤箫吟〕。〔台城路〕〔五福降中天〕〔如此江山〕,即〔齐天乐〕。〔柳色黄〕,即〔石州慢〕。〔四代好〕,即〔宴清都〕。〔菖蒲绿〕,即〔归朝欢〕。〔西湖〕,即〔西河〕。〔春霁〕,即〔秋霁〕。〔望梅〕〔杏梁燕〕〔玉连环〕,即〔解连环〕。〔扁舟寻旧约〕,即〔飞雪满群山〕。〔惜余春慢〕〔苏武慢〕〔选冠子〕,即〔过秦楼〕。〔寿星明〕,即〔沁园春〕。〔金缕曲〕〔貂裘换酒〕〔乳燕飞〕〔凤敲竹〕,即〔贺新郎〕。〔安庆摸〕〔买陂塘〕〔陂塘柳〕,即〔摸鱼儿〕。〔画屏秋色〕,即〔秋思耗〕。〔绿头鸭〕,即〔多丽〕。〔个侬〕,即〔六丑〕。[1]

列调近一百个,为后人制作词谱过程中避免重复多列词调提供了很大帮助作用。之后的秦巘,在制作《词系》时,更是细致地考察了"同调异名"的现象,取得了不俗的成绩。

---

[1] 江顺诒《词学集成》,《词话丛编》本,第 3234—3236 页。

第六章 《词律》的词学主张

通过对唐宋词格律情况的规整，剖析之前词谱的得失，取其精华去其糟粕，经过长时间的思考与设计，万树将《词律》编纂成功。《词律》透露出深刻的词律思想。万树摒弃了前人制作词谱空疏的毛病，主张严守唐宋词作的格律情况，力主"词无衬字"，坚持把诗、曲二体从词中剔除出来。他的分析中肯、深刻，取得了令人瞩目的成就。

第一节　填词须严守唐宋词格律、句法

填词须严守唐宋词格律、句法，是万树作《词律》最为核心的观点。万树的这种坚持，大大深化了人们对词体的认知，提升了词体研究的总体水平。

一、填词须严守唐宋词格律

在字声与演唱之间建立联系，并形成声腔化，是曲牌体在音乐史上的一大贡献。最早用字声来详论音律的是唐朝的元稹。元稹在给《乐府古题》写序时谈道：

> 操、引、谣、讴、歌、曲、词、调八名，起于郊祭军宾、吉凶苦乐之际。在音律者，因声以度词，审调以节唱，句度长短之数，声韵平上之差，莫不由之准度。①

由于操、引、谣、讴、歌、曲、词、调等曲种皆是先乐后词，"因声以度词，审调以节唱"，因此句数、字数皆有一定之规律，而王灼亦谈到时人对字声的疑问。据沈义父《乐府指迷》论曰：

> 腔律岂必人人皆能按箫填谱，但看句中用去声字最为紧要，然后更将古知音人曲，一腔三两只参订，如都用去声，亦必用去声。其次如平声，却用得入声字替。上声字最不可用去声字替。不可以上去入，尽道是侧声，便用得，更须调停参订用之。古曲亦有拗音，盖被句法中字面所拘牵，今歌者亦以为碍。②

---

① 王灼《碧鸡漫志》引，《词话丛编》本，第 81 页。
② 沈义父《乐府指迷》，《词话丛编》本，第 280 页。

> 初赋词，且先将熟腔易唱者填了，却逐一点勘，替去生硬及平侧不顺之字。久久自熟，便觉拗者少，全在推敲吟嚼之功也。①

可见，随着知识分子的热情参与，词之音律与格律之间日渐建立起一套比较成熟的相对应关系。到了元人周德清的《中原音韵》，其中非常详细地论述了曲体的字声与音律的关系，如其论"末句"云：

> 诗头曲尾是也。如得好句，其句意尽，可为末句。前辈已有"某调末句是平煞，某调末句是上煞，某调末句是去煞"。照依后项用之，填平仄者，平者平声，仄者上去声也。后云"上"者，必要上，"去"者，必要去，"上去"者，必要上去，"去上上"者，必要"去上上"，"仄仄"者，"上去""去上"皆可，"上上""去去"若得回避尤妙，若是造句且熟，亦无害。②

他列举了66首曲子末句的四声格律情况，例如〔庆宣和〕末句用"去上"，而〔山坡羊〕〔四块玉〕则须用"平去平"②。针对前人所作的曲子的格律情况进行点评，共点评36首小令与一套散曲，如他批评〔清江引〕《九日》：

> 萧萧五株门外柳。屈指重阳又。霜清紫蟹肥，露冷黄花瘦。白衣不来琴当酒。
>
> 评曰："柳""酒"二字上声，极是，切不可作平声。曾有人用"拍拍满怀都是春"，语固俊矣，然歌为"都是蠢"，甚遭讥诮。若用之于〔搅筝琶〕，以四字承之，有何不可。第三句切不可作仄仄平平，属下着。③

最早的曲谱书籍《太和正音谱》即用四声来表达的，这是词曲家为了方便不甚通乐者填曲而建立的一套字声与音律对等的关系。这种传统直接影响了明清词学家的词谱制作。既然词曲一理，那么词谱制作也应该和曲谱一样用字声

---

① 沈义父《乐府指迷》，《词话丛编》本，第284页。
② 周德清《中原音韵》，《中国古典戏曲论著集成》本，第237页。
③ 周德清《中原音韵》，《中国古典戏曲论著集成》本，第239页。

表达，早期的词谱《词学筌蹄》《诗余图谱》即如此，只是当时采用的都是平仄而非四声。随着对词、曲认识的日渐深刻，词学界日渐不满于仅使用单纯平仄标示的词谱。万树正是其中的代表，他论道：

> 平仄固有定律矣，然平止一途，仄兼上去入三种，不可遇仄而以三声概填，盖一调之中可概者十之六七，不可概者十之三四，须斟酌而后下字，方得无疵。……夫一调有一调之风度、声响，若上去互易，则调不振起，便成落腔。尾句尤为吃紧，如〔永遇乐〕之"尚能饭否"，〔瑞鹤仙〕之"又成瘦损"，"尚"又必仄，"能""成"必平，"饭""瘦"必去，"否""损"必上。如此，然后发调末二字，若用平、上或平、去或去去上，上上去皆为不合。①

> 元人周德清论曲有煞句定格，梦窗论词亦云某调用何音煞，虽其言未详，而其理可悟。余尝见有作南曲者，于〔千秋岁〕第十二句五字语用去声住句，使歌者激起，打不下三板。因知上去之分，判若黑白，其不可假借处，关系一调，不得草草。古名词之妙全在于此，若总置不顾而顺便填之，则作词有何难处，而必推知音者哉？且照古词填之，亦非甚苦难，但熟吟之久，则口吻间自有此调声响，其拗字必格格不相入，而意中亦不想及此不入调之字矣。譬之南曲，极熟烂，如〔黄莺儿〕中两四字句用平平仄平，作者口中意中必无仄仄平平矣。安用费心耶？所谓上去亦然，盖上声舒徐和软，其腔低，去声激厉劲远，其腔高，相配用之，方能抑扬有致。大抵两上两去，在当所避，而篇中所载古人用字之法，务依仿而从之。则自能应节，即起周郎听之，亦当蒙印可也。②

唐宋词作为当时的流行声乐，其主要功能是用来娱情佐欢的，而从平仄四声的发音情况来看，单一通过平仄反而不能适应词体的演唱，因此，万树坚决把词的格律以平仄为主，而特殊位置强化四声的地方，则坚决用四声表达。

---

① 万树《词律》，上海古籍出版社 1984 年版，第 14—15 页。
② 万树《词律》，上海古籍出版社 1984 年版，第 15 页。

这在很大程度上远比把词看成诗来理解要深刻得多。其注方千里〔丹凤吟〕一调曰：

> 读词非仅采其菁华，须观其格律之严整和协处，然人见其严整便以为拗句，不知其拗句正其和协处。但多吟咏数遍，自觉其妙，而不见其拗矣。字之平仄，人知辨之。不知仄处上去入亦须严订，如千里和清真平上去入无一字相异者，此其所以为佳，所以为难；若徒论平仄，则对客挥毫，小有才者亦优为之矣。①

万树正是从这个角度出发，希望通过借鉴曲谱的体例与中和平仄与四声标注特征来编制《词律》。在编制过程中，他发明了著名的"上、入可代平"和"去声字例"的字声理论：

> 入声派入三声为曲言之也。然词曲一理，今词中之作平声者比比，是比上作平者更多，难以条举。作者不可因其用入，是仄声而填作上声也，且有以入叶上者，不可用去，以入叶去者，不可用上，亦须知之。以上二项皆确然可据，故谆复言之，不厌婆舌，勿云穿凿也。②

他于卷一〔三台〕"又一体"注曰：

> 内用"不""阙""陌""百""路""识""入"等字，乃以入作平；"九""子""水""草""晚""宝""惹""已"等字乃以上作平，皆须细心体认，此言尤为读词关键，不可不知。以入、以上作平处，不可用去声字，其说甚长，已于《发凡》悉之。"汉蜡传宫炬"向来俱刻"汉宫传蜡炬"，疑与前稍异，后得粤中藏书家元刻本作"汉蜡传宫炬"，为之爽然心快。③

万树在制定《词律》时，不仅发现了"上入可以代平"的词律理论，而且还

---

① 万树《词律》，上海古籍出版社1984年版，第432页。
② 万树《词律》，上海古籍出版社1984年版，第16页。
③ 万树《词律》，上海古籍出版社1984年版，第68页。

发现了著名的"去声字论"。《词律·发凡》曰：

> 更有一要诀，曰："名词转折跌荡处多用去声"。何也？三声之中，上去二者可以作平，去则独异，故余尝窃谓：论声虽以一平对三仄，论歌则当以去对平上入也。当用去者，非去则激不起，用入且不可，断断勿用平上也。①

> 或曰入声派入三声。吾闻之《中原韵·务头》矣，上之作平何居？余曰：《中州韵》不有者也作平乎？上之为音轻柔而退逊，故近于平，今言词则难信，姑以曲喻之。北曲〔清江引〕末一字可平，亦可上，如《西厢》之下场"头那答儿发付我"，"我"字上声；〔香美娘〕处"分破花木瓜"，"瓜"字平声；〔天下乐〕"泛浮查到日月边"，"边"字平声；"安排着憔悴死"，"死"字上声。如此等甚多，用上皆可代平，却用不得去声字，但试于口吻间讽诵，自觉上声之和协，而去声之究突兀也。今旁注平之可仄者，因不便琐细，止注可仄，高明之家自能审酌用之。至有本宜平声而古词偶用上声者，似近于拗，此乃借以代平，无害于腔，故注中多为疏朗。如何籀〔宴清都〕前结用"那更天远山远水远人远"，书舟亦效此用四"好"字，盖"远""好"皆上声，故可代平，其句字本宜如美成所作"庚信愁多，江淹恨极"，须赋"多"字、"淹"字，宜用平声，此以二"远"字代之，填入去声不得。谱图读作"上六下四"，认"远"字仄声，总注"可仄"，是使人上去随用，差极矣！此类尤夥，不能遍引阅者着眼。②

"去声字"是宋词声韵突出的特点之一。万树指出"一平对三仄"是诗歌的通用平仄规律，而词在声韵上的明显特点则是"一去对平、上、入"的格局，因此成就了《词律》在词谱史上崇高的地位。

---

① 万树《词律》，上海古籍出版社1984年版，第15页。
② 万树《词律》，上海古籍出版社1984年版，第15—16页。

二、词亦有拗句

"拗句"本来是近体诗中的概念,自沈约把"四声八病"的规则运用于诗歌之后,诗歌的一些创作规则日渐成熟。诗人们为了解决创作过程中的一些突破格律的现象,提出了"拗句"的原理,而明清的词学家在整理词谱时,发现有些词作的句法问题与格律问题亦和诗歌的拗句有一定的相似性,万树在《词律·自叙》中言:

> 夫今之所疑拗句者,乃当日所为谐音协律者也;今之所改顺句者,乃当日所为捩喉扭嗓者也,但观《清真》一集,方氏和章无一字而相违,更四声之尽合。如可议改,则美成何其暗劣,而不能制为婉顺之腔?千里何其昏庸,而不能换一妥便之字?其他数百年间之才流韵士,何以识见皆出今人之下万万哉?①

万树在校对周邦彦的词时发现,很多的格律情况与诗律的节奏不同,但方千里之和词又"无一字而相违,更四声之尽合",故,万树认为,周邦彦之句是"以拗句为婉顺"之腔的,即词体中的拗句现象。接着在卷一〔浪淘沙慢〕(周邦彦)注曰:

> 精绽悠扬,真千秋绝调。其用去声字尤不可及。观竹山和词,通篇四声一字不殊,岂非词调有定格耶?故可平可仄俱不敢填。②

万树批评时人在编制词谱时私意修改前人词作的做法。这些人完全从近体诗的格律来校勘词律,并"改拗为顺,取其谐耳顺口"。《词律·发凡》曰:

> 今所注"可平可仄",皆取此调之他作较证,有通用者,然后注之;或无他作,而本调前后段相合者,则亦注之,否则不敢以私意擅为议改。或曰改拗为顺,取其谐耳顺口。君何必如此拘执,余曰:"苟取顺便,何必用

---

① 万树《词律·自叙》,上海古籍出版社 1984 年版,第 6—7 页。
② 万树《词律》,上海古籍出版社 1984 年版,第 76 页。

谱，何必用旧名乎？故不作词则已，既欲作词，必无杜撰之理，如美成造腔，其拗处乃其顺处，所用平仄，岂慢然为之耶？倘是慢然为之者，何其第二首亦复如前，岂亦皆慢然为之至再至三耶？方千里系美成同时，所和四声，无一字异者，岂方亦慢然为之耶？后复有吴梦窗所作，亦无一字异者，岂吴亦慢然为之耶？更历观诸名家，莫不绳尺森然者，其一二有所改变，或系另体，或系传讹，或系败笔，亦当取而折衷，归于至当。乌可每首俱为窜易乎？"本谱因遵古之意甚严，救弊之心颇切。于时行之谱痛加纠驳，言则不无过直义。则窃谓至公幸览者，平心以酌之，其或见闻未广，褒弹有错；则望加以批削，垂为典范。总之，前贤著谱之心与今日订谱之心皆欲绍述古音，启示来学，同此至公大雅之一道，非所有私而创为曲说，以兹讥诙也，谅之谅之。①

词的拗句与诗的拗句有无不同？虽然近体诗形成了一套完整的格律规则，但是词是用来歌唱的，故词的拗句与诗的不同。万树指出，词中的拗句主要拗的是字，而不是简单地从格律的角度来看待；而且万树还指出，词中的拗句现象是词体更为特殊的现象，绝不能简单地修改成所谓的"顺句"。万树谈道：

> 自沈吴兴分四声以来，凡用韵乐府无不调平仄者。至唐律以后，浸淫而为词，尤以谐声为主，倘平仄失调则不可入调。周、柳、万俟等之制腔为谱，皆按宫调，故协于歌喉，播诸弦管，以迄白石、梦窗辈，各有所创，未有不悉音理而可造格律者。今虽音理失传，而词格具在，学者但宜依仿旧作，字字恪遵，庶不失其中矩矱，旧谱不知此理，将古词逐字臆断，平谓可仄，仄谓可平。夫一调之中，岂无数字可以互用，然必无通篇皆随意通融之理。谱见略有拗处即改顺适，五七言句必成诗语，并于万万不可移动者，亦一例注改，如〔摸鱼儿〕〔贺新郎〕〔绮罗香〕尾三字，欲改作平平仄，〔兰陵王〕尾六字改入平声之类，无调不加妄注，有一首而改其半者，有一

---

① 万树《词律》，上海古籍出版社1984年版，第14页。

句而全改者，于其原词判然相反，尚得为本调乎？①

万树在《词律》中大量举证了词有拗句的现象，并进一步强化不能随意更改的原则，如其注魏承班〔生查子〕一调曰：

> 按韩偓词前第三句"那知本未眠"，后第四句"和烟坠金穗"，此乃初创之体，故只如五言古诗。至五代而宋，渐加纪律，故或亦依此。魏体而前后首句第二字用平者为多，虽间有一二拗句者，然名流则如出一轨也。②

注毛文锡〔后庭花〕曰：

> 此词用闭口韵，甚严，后人则与"元""寒""删""先"出入太觉泛滥，不及唐人矣。"竞""腻""秀""笑"皆去声，妙甚，当学之！又一首"时刻"作"争不教人长相见"句甚拗，愚为恐是"争教人不长相见"，或"教人争不长相见"之误也。③

注方千里〔红林檎近〕一调曰：

> 起四句，后起二句竟是五言古诗，甚拗，结一句亦拗，但此系美成按腔制体，有"冬初""雪景"二首平仄相同，千里和之亦一字不异。是知调格应是如此，不可任意更改。不然，美成既苦守不变，千里又苦相模仿，何其迂拙大逊今人之巧便乎？于此可悟《词律》之严、愚之迂拙，见哂于今人，而或见谅于古人处，亦可稍自白已。乃《图谱》误一字不改拗为顺，不知皆改顺为拗矣。每见今之名流云："作词但要炼字尖新，炼句妥俊，读之谐耳，即为甚工。必费心力，求合于古，毋乃愚而无益余。"词若然，则随意做成长短句便是词矣，何必更名为某调某调耶？未有名为某某调而平仄字句故与

---

① 万树《词律》，上海古籍出版社1984年版，第14页。
② 万树《词律》，上海古籍出版社1984年版，第109页。
③ 万树《词律》，上海古籍出版社1984年版，第122页。

相乖之理，如五七言古诗，而强名曰律，岂理也哉？[1]

注吴文英〔塞垣春〕"又一体"曰：

客曰："'囊尘香'三平拗。"余曰：其上"邮亭一相"之"一"字，周词"寂寥寒灯"之"寂"字，方词"独游花阴"之"独"字，互玩之，皆以"入作平"，是上句已叠用四平，下句叠三平何足为异？必其调之音响如此耳。[2]

注吴文英〔拜星月慢〕一调曰：

作此调者甚少，今按《片玉》"夜色催更"一首于"暂赏至曇洗云似觉琼枝玉树相倚暖日明霞光烂"，其本集原是十四字，《啸余》及《词谱》《词综》诸书俱去"相倚"二字。论其顺拗，则去此二字便于读，便于填然。查梦窗此篇及周草窗"腻叶阴清"一首，俱作十四字，惟《词综》载元人彭泰翁一首云"怕似流莺历历惹得玉销琼碎"止十二字，但彭词后于"荡蓝烟"句少一字，必系残缺，且其尾句云"月明天似水，用五言诗句法"，与本调不合，不足以为程式，则其十二字者愈不足据矣。盖美成词意以"似觉"二字领起下二句"仿佛相对言相遇之人，如琼玉之润，如日霞之光"，故言"似觉"也。梦窗亦以"暂赏"二字领起，"樽俎"正与"曇洗"相对，"洗"亦是酒器，故言"暂赏"也。"相倚"二字正用"蒹葭倚玉"故事，今若去此二字，则此篇亦可去"樽俎"二字矣。岂得谓全调哉！至草窗词云："想人在、絮幕香帘凝望，误认几许、烟樯风幔，想人在……"即此叹。[3]

注方千里〔丹凤吟〕一调曰：

读词非仅采其菁华，须观其格律之严整和协处。然人见其严整便以为拗

---

[1] 万树《词律》，上海古籍出版社1984年版，第274页。
[2] 万树《词律》，上海古籍出版社1984年版，第327页。
[3] 万树《词律》，上海古籍出版社1984年版，第406页。

句，不知其拗句正其和协处。但多吟咏数遍，自觉其妙，而不见其拗矣。①

四库馆臣评曰："一为旧谱五七字之句所注可平可仄多改为诗句。树则谓'古词抑扬顿挫多在拗字'，其论尤前人所未发。"②其中，指出了万树对词中拗句研究的重要贡献。后来的田同之亦谈道：

> 词中有顺句，复有拗句，人莫不疑拗而改顺矣。殊不知今之所疑拗句，乃当日所谓谐声协律者也。今之所改顺句，乃当日所谓捩喉扭嗓者也。但观《清真》一集，方氏和章，无一字相违者。如可改易，彼美成、千里辈，岂不能制为婉顺之腔，换一妥便之字乎。且词谓之填，如坑穴在前，以物实之而恰满，倘必易字，则枘凿背矣，又安能强纳之而使安哉。③

万树认为，词中的拗句现象是一种特殊的发音状态，不能改成婉顺之腔。郭麐继续阐扬词中的拗句现象：

> 词有拗调，如〔寿楼春〕之类。有拗句，如〔沁园春〕之第三句，〔金缕曲〕之第四、第七句，〔忆旧游〕之末句。比比甚多，要须浑然脱口，若不可不用此平仄者，方为作手。若炼句未能极工，无宁取成语之合者以副之，斯不觉其聱牙耳。④

词人对词中拗句的认识日渐深刻，民国时期的夏承焘、龙榆生等先生对其进行了深刻的论述，而如今，对词中拗句的研究非常薄弱，若沿着万树、田同之、郭麐、龙榆生、夏承焘等人的研究继续深入下去，则无疑对研究词律乃至词体建设意义非凡。

---

① 万树《词律》，上海古籍出版社 1984 年版，第 432 页。
② 永瑢等《四库全书总目》，中华书局 1983 年版，第 1827 页。
③ 田同之《西圃词说》，《词话丛编》本，第 1470 页。
④ 郭麐《灵芬馆词话》，《词话丛编》本，第 1523 页。

第二节　反对明清人之自度曲

在对待明清人新制词调的问题上，词学家一直未形成统一的观点。有些词选、词谱文献坚决不收明以后新创制的词调，而有些则兼收明清自度曲。

毛先舒在《填词名解》中，兼收了明人杨慎创制的〔落灯风〕、王世贞创制的〔小诺皋〕〔怨朱弦〕三个词调，而于《填词名解》最后《新填词名解附》列自己新创词调十五个，尤为后人诟病。万树批评曰："按律之学未精，自度之腔乃出，虽云自我作古，实则英雄欺人。"①这种观念表现在《词律》中，即不收明以后之新词调。万树反复申说道：

其篇则取之唐宋，兼及金元，而不收明朝自度。①

本朝自度之腔，于字则论其平仄，兼分上去。而每详以入作平、以上作平之说。此虽独出乎一人之臆见，未必有符于四海之时流。②

故肇自李唐者，本为创始之音，即有佶屈难调，总当仍其旧惯。②

能深明词理，方可制腔。若明人则于律吕无所授受，其所自度，窃恐未能协律。②

或云："今日无复歌词，斯世谁知协律，惟贵有文有采，博时誉于铿锵，何堪亦步亦趋？……何不自制新腔，殊名另号，安用袭称古调，阳奉阴违？"③

万树认为，明人不懂词乐乐理，只求有文采，博时誉，无甚价值。在编制《词律》过程中，万树亦反复审详之，如其注牛希济〔中兴乐〕"又一体"曰：

《词统》选沈自炳词，于"醉梦还稀"作"孤灯漏长"，"春云空有"作

---

① 万树《词律》，上海古籍出版社1984年版，第6页。
② 万树《词律》，上海古籍出版社1984年版，第7页。
③ 万树《词律》，上海古籍出版社1984年版，第8页。

"梦入花庭"俱误。《选声》因而收之，沈，明人，原于词道不工，何可取以为谱哉？①

注陆游〔江月晃注重山〕一调曰：

> 近日《图谱》收〔踏莎美人调〕，而以梁汾之新犯实之，亦自和协。且作新犯，差胜于自度。然今人不谙当时宫调，未便擅创。此类甚多，余皆不敢收入。按梦窗所云：道调双调俱上字住，可犯此上字，非平上去入之上，乃今弦管家所谓"六工尺上"之"上"也。此不可不知。②

注吕渭老〔惜分钗〕一调曰：

> 明人高深甫作"桃花路"一首，于"柳丝"句作"一见"，"魂惊几回顾宝钗"句作"无限芳心春到惹"，平仄全拗。《词统》选之已为无识，《图谱》所列〔惜分钗〕即收此词，尤为可笑。夫作谱以为人程式，必求名作之无疵者方堪摹仿，奈何取此谬句以示人耶？至其篇中语句之陋，更不必言。而"声"字"千"字俱用仄声，"草色""试问"两句误用平平仄仄，俱无足取。③

注苏轼〔念奴娇〕一调曰：

> 《图谱》又收〔赛天香〕调，采杨升庵词为式，仍是〔念奴娇〕，无论重出失考，即明人自度曲。原未协律，如〔凤洲〕〔小诺皋〕等亦不可入谱也。④

再三批评明清人自度曲的结果，就是在清代形成了一股批判的潮流，如杜文澜在《憩园词话》批评道：

---

① 万树《词律》，上海古籍出版社 1984 年版，第 113 页。
② 万树《词律》，上海古籍出版社 1984 年版，第 161 页。
③ 万树《词律》，上海古籍出版社 1984 年版，第 203 页。
④ 万树《词律》，上海古籍出版社 1984 年版，第 362 页。

万红友作《词律》，不收明人自度腔，极为卓识。《词谱》列调已多至八百二十有六，加以《东泽绮语》，喜以旧调改立新名，更觉不可究诘。明人知音者少，率意命名，遂无底止。昔金冬心先生有《自度曲》一卷，《序》云："予之所作，自为己律。家有明童数辈，皆擅歌喉。每曲成，付之宫商，哀丝色竹，未尝乖于五音而不合度也。"余谓既无宫调足据，又无工尺可循，恐不免英雄欺人，不敢引以为据。①

其实，在明代，词的歌唱还没有完全丧失。万树《词律·自叙》中也曾谈道：

> 概自曲调既兴，诗余遂废。纵览《草堂》之遗帙，谁知大晟之元音，然而时界金元人工声律，迹其编著，尚有典型。明兴之初，余风未泯，青丘之体裁幽秀，文成之丰格高华，矩矱犹存，风流可想。②

明清人创制新词调固然有其自妄自尊大之嫌，但是，由于词的歌唱形态并没有完全消失，因此词人创制新词调也应该是一种正常现象。《钦定词谱》《词槃》和《词系》都兼收明清人词调，即是从这个方面考虑的结果。

第三节　力主词无"衬字"现象

在词、曲同为曲牌体音乐体制的基本认识下，明清有些词曲家认为衬字是曲体的特征之一，而一些人则认为词与曲一样，亦有衬字现象。现在的研究者在这个问题的认识上仍未达成一致。总之，不管是主张词有衬字，还是坚持词无衬字，都是因为没能从根源上解决衬字内涵而造成的。笔者系统梳理各种有关衬字的记载与解释，并进而探讨衬字发生的前提和内涵，词和曲学家之间的

---

① 杜文澜《憩园词话》，《词话丛编》本，第 2852 页。
② 万树《词律》，上海古籍出版社 1984 年版，第 7 页。

争论以及争论发生的原因。

一、衬字的内涵

最早提出"衬字"概念的是周德清,他在《中原音韵·序》中谈道:"有板行逢双不对,衬字尤多,文律俱谬,而指时贤作者。"①又在《中原音韵·作词十法》"用字"一法中指出:"用字,切不可用……衬垫字"并解释道:

> 套数中可摘为乐府者能几?每调多则无十二三句,每句七字而止,却用衬字加倍,则刺眼矣。倘有人作出协音俊语,无此等病,我不及矣,紧戒勿言,妄乱板行。〔塞鸿秋〕末句本七字,有云:"今日个病恹恹刚写下两个相思字",却十四字矣,此何等句法,而又托名于时贤,没兴遭此诮谤,无为雪冤者,已辨于序。②

周德清在这里只是说衬字比原调多出一倍,并没有其他的暗示语言说明衬字究竟有没有特殊含义。虽然他提到"衬字多"会造成"文律俱谬"的不良效果,但并没有指出衬字与声律之间的内在关系。而曲体在后来的发展过程中,的确形成了非常固定的"调有定篇,篇有定句,句有定字"的声腔传统,故后来的很多研究者从周德清的论述立论出发,认为衬字是"一个词曲术语,是指曲牌正字以外所增加的字"。③即定格之外的字都是衬字。周德清继续以马致远《离亭宴》论述道:

> 此词乃东篱马致远先生所作也。此方是乐府不重韵、无衬字、韵险语俊。谚曰百中无一,余曰万中无一。看他用"蝶""穴""杰""别""竭""绝"字,是入声作平声,"阙""说""铁""雪""拙""缺""贴""歇""彻""血""节"字是入声作上

---

① 周德清《中原音韵》,《中国古典戏曲论著集成》本,第一册,第 175 页。
② 周德清《中原音韵》,《中国古典戏曲论著集成》本,第一册,第 234 页。
③ 《中国曲学大辞典》,浙江教育出版社 1997 年版,第 695 页。

声,"灭""月""叶"是入声作去声,无一字不妥,后辈学法。①

周德清认为,优秀的乐府应该是"格调高、音律好、衬字无、平仄稳"②的作品。元曲有衬字已是不争的事实,但周德清提出无衬字是乐府(曲)学法之一。可见,周德清在当时还是比较清醒地认识到曲多衬字的,以致"刺眼",影响到曲子本身的特质。

而给《中原音韵》写序的罗宗信也谈到了衬字:

> 北方诸俊新声一作,古未有之,实治世之音也。后之不得其传,不遵其律,衬垫字多于本文,开合韵与之同押,平仄不一,句法亦粗。②

罗宗信首先抬高北方新声的教化功能,即"治世之音",同时,指出衬垫字多于本文造成有乖音律的弊端。他指出了衬字产生的乐种,即北方诸俊新声,那么,北方新声相对于宋词来说发生了什么变化?为什么罗宗信认为衬字是北方新声的现象?

又据王骥德《曲律》论衬字云:

> 古诗余无衬字,衬字自南、北二曲始。北曲配弦索,虽繁声稍多,不妨引带。南曲取按拍板,板眼紧慢有数,衬字太多,抢带不及,则调中正字,反不分明。大凡对口曲,不能不用衬字;各大曲及散套,只是不用为佳。细调板缓,多用二三字尚不妨;紧调板急,若用多字,便躲闪不迭。③

在此,一方面,王骥德说出了词无衬字,而衬字自南北曲始,与罗宗信的认识是一致的;另一方面,说明了衬字产生的乐理基础,"板眼紧慢有数""细调板缓""紧调板急",即板眼节奏下才可言衬字,"板眼为节奏"的新乐制体系是其论述衬字的前提。为此,必须弄清北部新声的音乐特点以及词曲的音乐体

---

① 周德清《中原音韵》,《中国古典戏曲论著集成》本,第一册,第234—235页。
② 周德清《中原音韵》,《中国古典戏曲论著集成》本,第一册,第177页。
③ 王骥德《曲律》,《中国古典戏曲论著集成》本,第四册,第125页。

制的变化，弄清词曲之间的真正不同，以及这种不同嬗变的过程。

相对于传统的诗赞体，词曲在唐宋元作为音乐史上一种新兴的音乐，属于曲牌体，即由燕乐为基础而固定的词牌或曲牌，是先有乐而后配词的。虽然元明很多人已经在强调词、曲之间的不同，但直到清代编写四库全书之时，研究者仍然把词曲列为一类，就是因为词曲的音乐体制是相同的。

其实，虽然词曲先乐后词的体制没有发生变化，但词曲之间的一些音乐因素还是发生了变化。从唐宋的词体文献中已经知道，词的节拍是"依曲拍为句"的，中唐刘禹锡于其所作〔忆江南〕小序中曰："依〔忆江南〕曲拍为句"①。五代王定保《唐摭言》卷六：

> 韩文公、皇甫湜贞元中名价籍甚，亦一代之龙门也。奇章公（指牛僧孺）始来自江黄间，置书囊于国东门，携所业，先诣二公卜进退。偶属二公，从容皆谒之，各袖一轴面赞。其首篇《说乐》，韩（愈）始见题而掩卷问之曰："且以拍板为什么？"僧孺曰："乐句。"二公因大称赏之。②

南宋沈义父亦论述道："词腔谓之均，均即韵也。"③《词源》卷下《拍眼》条亦论曲拍：

> 法曲、大曲、慢曲之次，引、近辅之，皆定拍眼。盖一曲有一曲之谱，一均有一均之拍。若停声待拍，方合乐曲之节，所以众部乐中用拍板，名曰"齐乐"，又曰"乐句"，即此论也。④

元戚辅之《佩楚轩客谈》又记赵孟頫言："歌曲八字一拍，当云乐节，非句也，今乐不用拍板，以鼓为节。"⑤这种"以句为拍"的歌唱形式，只划定均拍

---

① 刘禹锡《刘宾客文集》，《四部丛刊》本。
② 王定保《唐摭言》，中华书局1960年版，第63页。
③ 沈义父《乐府指迷》，《词话丛编》本，第283页。
④ 张炎《词源》，《词话丛编》本，第257页。
⑤ 戚辅之《佩楚轩客谈》，《说部丛书》本。

小节，而小节里面的小节奏，则有一定的灵活性。从唐五代时期的词来看，民间词每调字数以及每句字数参差不一的情况更是明显。到了宋代，同调同名而字句参差变化的现象仍不少。张炎《讴曲旨要》中亦有"字少声多难过去"①的记载，这是宋词比较常见的现象，而如蒋捷词《应天长》一阕则注云："次清真韵"。其前半阕"转翠笼池阁"句止五字，而考周邦彦词作"正是夜堂无月"实六字句；后半阕"漫有戏龙盘"句亦五字，而考周词"又见汉宫传烛"实亦六字。这种现象在次韵词中屡屡出现，因此，绝对不能简单地以后刊版本衍脱来解释了。正如吴熊和先生所论："以词配曲，有时声多字少，有时字多声少，歌词与乐段之间存在着某种弹性，允许有一定的自由。"②只要是韵处无误，即可视为次韵。

相对于宋词的音乐，元曲的音乐变化则表现在两个方面，一方面，是从音乐表现来看，元曲完成了声腔化；另一方面，是从音乐节奏来说，"以句为拍"的俗字谱转变为以板眼节奏的工尺谱。"腔"是"依字音读之声调乐化而形成之旋律片段"，声腔即"按字读语音、声韵而形成的唱。"③曲子声腔化的历史很早，但其演变历程非常漫长，而其完成更是到了元曲成熟之时。唐元稹在给《乐府古题》写序时谈道：

> 操、引、谣、讴、歌、曲、词、调八名，起于郊祭军宾、吉凶苦乐之际。在音律者，因声以度词，审调以节唱，句度长短之数，声韵平上之差，莫不由之准度，而又在琴瑟者为操、引，采民甿者为讴、谣，各曲度者，总谓之歌、曲、词、调。斯皆由乐以定词，非选词以配乐也。④

操、引、谣、讴、歌、曲、词、调是由乐而定词的。这种先乐后词而且一首音乐可重复填词的演唱形式，势必逐渐形成固定的声腔。唐至北宋，由于

---

① 张炎《词源》，《词话丛编》本，第254页。
② 吴熊和《唐宋词通论》，浙江古籍出版社1989年版，第64页。
③ 《中国曲学大辞典》，浙江教育出版社1997年版，第679页。
④ 王灼《碧鸡漫志》引，《词话丛编》本，第78页。

词体刚刚兴起，其新鲜的特色还未消失，声腔化还不明显。后来，周邦彦等人利用大晟乐府的官话系统加快了词的声腔化、程式化。有些词人由于不甚通音律，而词的声腔化又为词体的声律系统与字声系统建立了紧密的联系，于是他们奉周邦彦词为圭臬，严格按照周词的字声格律填词，如方千里《和清真词》、杨泽民《和周词》和陈允平《西麓继周词》，几至字声无一差别者。到了南宋，更是"今音节皆有辖束，而一字一拍，不敢辄增损"。① 沈义父亦言：

> 腔律岂必人人皆能按箫填谱，但看句中用去声字最为紧要，然后更将古知音人曲，一腔三两只参订，如都用去声，亦必用去声。其次如平声，却用得入声字替。上声字最不可用去声字替。不可以上去入，尽道是侧声，便用得，更须调停参订用之。古曲亦有拗音，盖被句法中字面所拘牵，今歌者亦以为碍。②

描述的正是不甚通音律者对填词方法的一种认识。张炎《词源·讴曲旨要》中亦论道："腔平字侧莫参商，先须道字后还腔。"③词的声腔化的趋势也越来越明显了。故沈义父针对前辈词中的多字现象提出了自己的见解：

> 古曲谱多有异同，至一腔有两三字多少者，或句法长短不等者，盖被教师改换。亦有嘌唱一家，多添了字。吾辈只当以古雅为主，如有嘌唱之腔不必作，且必以清真及诸家目前好腔为先可也。④

虽然当时词的字声与声律之间已经有了相当密切的联系，但精通音律者仍能较为灵活地填词。字数与平仄仍能伸缩自如，如南宋守律甚严的吴文英字句亦见参差、平仄四声变化无端，其〔莺啼序〕三首即是如此。只要这种声乐没有改变"以句为乐拍"的节奏形式，那么词的字数与演唱时的音节之间就会

---

① 王灼《碧鸡漫志》，《词话丛编》本，第80页。
② 沈义父《乐府指迷》，《词话丛编》本，第280页。
③ 张炎《词源》，《词话丛编》本，第254页。
④ 沈义父《乐府指迷》，《词话丛编》本，第283页。

保留较强的灵活性，也就不会实现完全意义上的声腔化，而姜夔十七首旁谱中的〔暗香〕〔疏影〕虽为两个词调，但其四声规律基本相符，只是〔疏影〕比〔暗香〕多十来个字而已，按照句拍排列如下：

去平入入　　去上平去上　　平平入　　去上入平　　入上平上平入
旧时月色，算几番照我，梅边吹笛。唤起玉人，不管清寒与攀摘。
平去上平去上　　去入上平平入　　去上入去上平　　平上入平入
何逊而今渐老，都忘却春风词笔。但怪得竹外疏花，香冷入瑶席。\\
平入　　去入入　　去入上去平　　去上入入　　平平平去上入
江国，正寂寂。叹寄与路遥，夜雪初积。翠尊易泣。红萼无言耿相忆。
平去入平上入　　平去去平平入　　去入入平去上　　上平去入
长记曾携手处，千树压西湖寒碧。又片片吹尽也，几时见得。

平平入入　　去去平上上　　平上平入　　入平平平　　入上平平
苔枝缀玉，有翠禽小小，枝上同宿。客里相逢，篱角黄昏，
平平去上平入　　平平入去平平平入　　上去平平去平平
无言自倚修竹。昭君不惯胡沙远，但暗忆江南江北。想佩环月夜归来，
去入上平平入　　平去去平去入　　去平去去入　　平去平平去
化作此花幽独。\\犹记深宫旧事，那人正睡里，飞近蛾绿。
入去平平　　入去平平　　上去平平平入　　平平入平平入　　去去去入平去入
莫似春风，不管盈盈，早与安排金屋。还教一片随波去，又却怨玉龙哀曲。
上平平平去入　　去入上平平入
等恁时重觅幽香，已入小窗横幅。

　　二者不仅句拍皆为10句，而且两首的四声情况亦是惊人的相同，若用沈义父、万树等人发见的"去声字"论、"入上可代平"论等词律理论来梳理二者的四声情况，则二者几乎并无异同。若将这种情况放到元曲中，则曲家们完全用一个曲调来演唱，但事实是，二者的词乐记载却非常不同，这个客观存在的实例印证了词体最终没能完成声腔化。清人在编写词谱时发现唐宋词很难确定正格，甚至不得不列"第二体""另一体"，乃至同一词调多达十几甚至二十几体，原因亦在于此。

　　声腔化意味着演唱词曲的程式化、固定化，而"以句为拍"的节奏比较灵活，这种节奏形式渐渐不能满足声腔化的需要。如果要解决二者的矛盾，那么必须改变"以句为拍"的节奏———种更能适应日益声腔化的音乐节奏——工尺谱的板眼节奏应运而生。

　　工尺谱究竟是从何时、何地、何种乐种开始的？由于文献有限，不能推溯到其发生之时，但有一点是可以确认的，即它在元曲中已经被全面采用。据明

李开先《词谑》载：

> 予家酒会，词客咸集。就中袁西野长于北词，而短于南；吕东野长于南词，而短于北；刘修亭无目，板眼最正，东野或有所失。予戏之曰："西野不知南，东野不知北。修亭有板无眼，东野有眼无板。"座客无不鼓掌大笑。①

而王骥德《曲律》曰：

> 唐〔霓裳羽衣曲〕，初散声六遍无拍，至中序始有拍，今引曲无板，过曲始有板，盖遗其法。②

南曲上承宋词。明代前期的李开先说东野有眼无板，王骥德又称："南曲中的引曲无板"，这说明了李开先之时南曲仍然采用的是"以句为拍"的节奏形式。李开先批评袁东野短于南，但没有批评他不懂板，恰恰说明了北曲已经采用以板眼为节奏的工尺谱。

元曲声腔化很彻底，原因即在采用了以板眼为节奏的工尺谱。周德清论曰：

> 诗头曲尾是也。如得好句，其句意尽，可为末句。前辈已有"某调末句是平煞，某调末句是上煞，某调末句是去煞"。照依后项用之。天平仄者，平者平声，仄者上、去声，后云上者，必要上，去者，必要去，上去者，必要上去，去上，必要去上，仄仄者，上去、去上皆可——上上、去去，若得回避尤妙，若是造句且熟，亦无害。③

周德清还列举了66首曲子末句的格律变化，针对前人所作的曲子的格律情况进行点评，共点评36首小令与一套散曲，如他批评〔清江引〕《九日》曰：

---

① 李开先《词谑》，《中国古典戏曲论著集成》本，第三册，第354页。
② 王骥德《曲律》，《中国古典戏曲论著集成》本，第四册，第118页。
③ 周德清《中原音韵》，《中国古典戏曲论著集成》本，第二册，第237页。

萧萧五株门外柳，屈指重阳又。霜清紫蟹肥，露冷黄花瘦，白衣不来琴当酒。

评曰："柳""酒"二字上声，极是，切不可作平声。曾有人用"拍拍满怀都是春"，语固俊矣，然歌为"都是蠢"，甚遭讥诮。若用之于〔搅筝琶〕，以四字承之，有何不可。第三句切不可作仄仄平平，属下着。①

采用以板眼为节奏的工尺谱，非常容易确定曲格的第几字下板，确定板的位置应该以何种字声搭配来实现。声腔化要求填词达到"字有定声"境地，而板眼却能限制到每字为板、每字为眼，而每板为何声，方便了声腔化的实现。曲的声腔化与以板眼为节奏的工尺谱之间关系如此融洽，以致它们之间形成互相依赖的关系。当以板眼为节奏的工尺谱适应了声腔化的需要，完整意义上的声腔化就实现了，而从现存的曲谱书籍来看，除了像《南词定律》《九宫大成南北词宫谱》《纳书楹曲谱》等标准的工尺谱曲谱书籍之外，曲谱中还存在两种标示形式：一种是只标四声的曲谱，如《太和正音谱》《九宫正始》《广辑词隐先生增订南九宫词谱》等；另一种则是只标板眼节奏而不标工尺字谱，如《新定十二律京腔谱》《寒山堂曲谱》和《北词广证谱》。乐工们看到这样的谱子，亦能直接演唱，说明声腔化的作用之大。故明清的词曲家用四声格律谱来表达曲体的音律时，几乎没有丝毫障碍。

曲在声腔化后，固定的腔调在演唱过程中有稳固唱法的作用，但同时，声腔的固定又意味着一个曲牌中的板眼节奏的固定，固定的唱法也意味着僵化倾向，正如沈际飞所言："文意偶有不联畅，用一二字衬之，密按音节虚实间，正文自在，如南北剧'这'字、'那'字、'正'字、'个'字、'却'字之类。"②多次重复演唱一种腔调会让观众审美疲劳，歌曲不再美听。稳定的声腔反而影响到演唱的效果。清人王德晖、徐沉微谈道："古诗余无衬字，曲之有衬

① 周德清《中原音韵》，《中国古典戏曲论著集成》本，第二册，第239页。
② 卓人月编《古今词统》，明崇祯刻本。

字,犹语助也。"①亦如刘熙载所论:"曲于句中多用衬字,固然喧宾夺主,然亦有自昔相传用衬字处,不用则反不灵活。"②于是一些曲家在正格之外加入一两个甚至十几个、几十个字,即所谓的"衬字"由此产生。衬字的内涵也就凸现出来了,即曲在演唱时超出原来声腔而多出来的字(声),这在以板眼为节奏的工尺谱中是能表现并表达的,而词用句拍,句内的字数仍能较为自由地变化,词的声腔化就难以真正实现,只能是一些不甚通音律者学习前辈好曲的一种理想罢了。辨明了这点,"词无衬字"的结论也就确定了,所以,与其说衬字是一种语言现象,不如说是一种音乐现象。

既然衬字是北曲声腔化后多出腔调的字(声),那么衬字会不会增加原曲的节拍呢?周德清谈道:

> 每调多则无十二三句,每句七字而止,却用衬字加倍,则刺眼矣。倘有人作出协音俊语,无此等病,我不及矣,紧戒勿言。妄乱板行,〔塞鸿秋〕末句本七字,有云:"今日个病恹恹刚写下两个相思字",却十四字矣,此何等句法,而又托名于时贤,没兴遭此诮谤,无为雪冤者,已辨于序。③

按照周德清的原意,衬字本来是不能增加节拍的,但事实上,周德清又看到时人"衬字加倍,则刺眼矣",并且已经是"妄乱板行",这说明曲体的声腔化并没有限制住北曲的板数。一些艺人已经打破了最初形成的程式化声腔,适当地增加了节拍。当然很多人反对衬字增加拍数的行为,除了周德清的尖锐批评外,还有王骥德,他甚至把过多使用衬字的现象视为"恶曲",他说:"世间恶曲,必拖泥带水,难辨正腔,文人自寡此等病也。"④毛晋在《六十种曲·西楼记》〔集鸳花〕注曰:"歌之所重。大要在识谱;不识谱,不能明腔;不明腔,不能落板。往往以衬字混入正音。换头误为犯调。颠倒曲名。参差无

---

① 王德晖、徐沅澄《顾误录》,《中国古典戏曲论著集成》本,第九册,第70页。
② 刘熙载《艺概·曲概》,《中国古典戏曲论著集成》本,第九册,第119页。
③ 周德清《中原音韵》,《中国古典戏曲论著集成》本,第234—235页。
④ 王骥德《曲律》,《中国古典戏曲论著集成》本,第四册,第126页。

定。"①王德晖、徐沅澄也谈道："俗谱不能辨别,将衬字亦下实板,致主客不分,体格错乱,句法参差,后人认作实字,袭谬承讹,伊于胡底。"②

但若用逆向思维来看,则固然这种改变不合传统的唱法,但却切切实实地丰富了元曲的表现能力。当翻阅元曲文献尤其是杂剧时,可以发现真正无衬字或衬字少的作品反而占少数,道理即在于此,正如即空观主人《西厢记·凡例》论曰："元之老作家,益喜多用衬字,且偏于衬字中著神、作俊语。"③亦如陈洪绶《娇红记·絮鞋》〔红衲袄〕批道："曲妙在善用衬字,此等曲衬字甚多,然何可减一字。"④这些表明了演唱者不满于声腔化的僵化、程式化而做出的改变。如明初的朱权在制定《太和正音谱》时虽标出衬字,但也只是标出了非常少的衬字,而且标出的衬字都位于句首,句中的衬字并不标出。试举一例:

〔水仙子〕,郑德辉《倩女幽魂》第四折
据着俺老母情。他则待袄庙火刮刮匝匝烈焰生。将水面上鸳鸯,忒楞楞腾生分开交颈。竦剌剌沙鞴雕鞍撒了锁鞯。厮浪浪汤偷香处喝号提铃。支楞楞争弦断了不续碧玉筝。吉丁丁珰精砖上摔碎菱花镜。扑通通冬井应坠银瓶。⑤

这支曲子只标出了"据者俺""他则待"六个衬字。其实,"将""上""刮刮匝匝""忒楞楞腾生""竦剌剌鞯""了""厮浪浪汤"等皆为衬字。这种不标出所有衬字尤其是不标出句中的衬字的做法,表明衬字已经被当成曲子节奏的一部分了,由此,衬字也就增加了原来曲子的节拍。

---

① 毛晋《六十种曲》,中华书局1996年版,第八册,第21页。
② 王德晖、徐沅澄《顾误录》,《中国古典戏曲论著集成》本,第九册,第70页。
③ 凌濛初《西厢记·凡例》,《中国古典戏曲序跋汇编》,第678页。
④ 孟称舜《娇红记》,《古本戏曲丛刊》二集。
⑤ 朱权《太和正音谱》,《续修四库全书》本,第1747册,第512—513页。

因此，有关衬字的认识形成了两派，一派认为必须按照曲子原来的板数、板式来演唱，而衬字不能占用节拍，故较为正统的周德清、王骥德等人针对衬字错乱板行的行为提出了自己的批评意见。而另一派则更注重实际操作中的演唱效果，把一些衬字也直接作为节拍处理。这种做法打破了定格的板数，增加了原来曲子的板数，正如沈龙绥在《弦索辨讹·凡例》提到的处理北曲的方式："惟弦索板，则添减不常，久未遵谱。年来业经几换，继此应难划一，故集中概不定板，以循常套也。"①

二、南曲中的衬字

龙榆生先生在《词曲概论》中谈道：

> 北宋初期，契丹族和党项族先后在东北和西北建立了辽和西夏王朝与宋王朝一直站在对立的地位。后来女真族（金）和蒙古族递占中国北部。由于长期的民族矛盾，汉民族的固有文化，在向北交流上受到了阻碍，于是北方的民间艺人又不断创作新的歌曲。这一部分新声，又和唐末、五代原来流传在北方的旧曲结合起来，加以灵活运用，就构成了北曲系统。南宋词的余波和温州一带的地方戏结合起来，又构成南曲系统。②

南曲由词乐发展而来，这已是学界共识。那么，王骥德为什么信言南曲有衬字呢？南曲中究竟有无衬字？南曲的乐制又在词乐丧失后发生了怎样的变化？它又是怎样发生的？只有解决了这几个问题，南曲有无衬字的问题才能真正解决。

在词、曲同为曲牌体的前提下，明清以来的曲学家们更多的是关注南北曲之间的不同，如有人从曲体风格出发来谈二者的不同：

> 凡曲，北字多而调促，促处见筋；南字少而调缓，缓处见眼。北辞情

---

① 沈龙绥《弦索辨讹》，《中国古典戏曲论著集成》本，第五册，第24页。
② 龙榆生《词曲概论》，北京出版社2003年版，第14页。

少而声情多，南声情少而辞情多。北力在弦，南力在板。北宜和歌，南宜独奏。北气易粗，南气易弱。此其吾论曲三昧语。①

南北二调，天若限之。北之沉雄，南之柔婉，可画地而知也。北人工篇章，南人工句字。工篇章，故以气骨胜；工句字，故以色泽胜。②

北曲以遒劲为主，南曲以婉转为主，各有不同。③

有人从两者所采用的乐器与音乐体制不同来论述：

北之歌也，必和比弦索，曲不入律，则与弦索相戾，故作北曲者，每凛凛遵其型范，至今不废。南曲无关宫调，只按之一拍足矣。故作者多孟浪之词，至混淆错乱，不可救药。不知南曲不可被管弦，实与北曲一律，而奈何离之？④

至于北曲之弦索，南曲之鼓板，犹方圆之必资于规矩，其归重一也。故唱北曲而精于〔果骨朵〕〔村里迓鼓〕〔胡十八〕，南曲而精于〔二郎神〕〔香遍满〕〔集贤宾〕〔莺啼序〕，如打破两种禅关，余皆迎刃而解矣。③

北宋以前唱词的伴奏乐器属弦索类，以琵琶为主；南宋唱词的伴奏乐器则以管色为主。由于伴奏乐器的不同，所以声情有缓急，文字有疏密。⑤

有人亦从两者之间的语音方言来论述：

且周之韵，故为北词设也；今之南曲，则益有不可从者。盖南曲自有南方之音，从其地也。如遵其所为者且叶者，而歌"龙"为"驴东"切，歌"玉"为"御"，歌"绿"为"虑"，歌"宅"为"柴"，歌"落"为"潦"，歌"握"为"杳"，听者不啻群起而唾矣。④

---

① 王世贞《曲藻》，《中国古典戏曲论著集成》本，第四册，第 27 页。
② 王骥德《曲律》，《中国古典戏曲论著集成》本，第四册，第 146 页。
③ 魏良辅《曲律》，《中国古典戏曲论著集成》本，第五册，第 5 页。
④ 王骥德《曲律》，《中国古典戏曲论著集成》本，第四册，第 112 页。
⑤ 龙榆生《词曲概论》，北京出版社 2003 年版，第 15 页。

南北二曲，用字不得相混。今南曲中有用"者"字、"兀"字、"您"字、"喒"字及南曲而用北韵，以"白"为"排"，以"壑"为"好"之类，皆非大体也。①

北音方言时用，而南曲不得用者，以北语所被者广，大略相通，而南音则土音各省、郡不同，入曲则不能通晓故也。①

但事实上，南北曲之间的交流从未间断过，它们一直在吸收对方的优点，同时摒弃了音乐发展中不适应时代的因素。徐渭论曰：

> 南戏始于宋光宗朝，永嘉人所作《赵贞女》《王魁》二种实首之，故刘后村有"死后是非谁管得，满村听唱蔡中郎"之句，或云"宣和间已滥觞，其盛行则自南渡，号'永嘉杂剧'，又曰'鹘伶声嗽'"。其曲，则宋人词而益以里巷歌谣，不叶宫调，故士大夫罕有留意者。元初，北方杂剧流入南徼，一时靡然向风，宋词遂绝，而南戏亦衰。顺帝朝，忽又亲南而疏北，作者猥兴，语多鄙下，不若北之有名人题咏也。永嘉高经历明，避乱而四明之栎社，惜伯喈之被谤，乃作《琵琶记》雪之。用清丽之词，一洗作者之陋，于是村坊小伎，进与古法部相参，卓乎不可及也。……寻思其不可入弦索，命教坊奉銮史忠计之。色长刘果者，遂操腔以献，南曲北调，可于筝琶披之，然终柔缓散戾，不若北腔之铿锵入耳也。②

徐渭大体描述了南戏的发展脉络。他的一个中心论点是南戏在元代受到了北杂剧的深刻影响，而且在很大程度上也声腔化了，以至到了明代，形成了影响颇大的四大声腔。昆曲更是传唱数百年，现在被列为"世界非物质文化遗产"。可见，南曲中的衬字也是声腔化后的产物，其音乐虽有些还保存着词乐的特征，但大部分已经与北杂剧的板眼划分节奏的做法一致了。王骥德谈道：

---

① 王骥德《曲律》，《中国古典戏曲论著集成》本，第四册，第148页。
② 徐渭《南词叙录》，《中国古典戏曲论著集成》本，第三册，第239页。

世传《拜月》为施君美作，然《录鬼簿》及《太和正音谱》皆载在关汉卿所编八十一本中，不曰君美。君美名惠，杭州人，吴山前坐贾也。南戏自来无三字作目者，盖关汉卿所谓《拜月亭》，系是北剧，或君美演作南戏，遂仍其名不更易耳。①

关于南人改编北剧还有很多记载，如何良俊《曲论》中谈道：

南戏自《拜月亭》之外，如《吕蒙正》"红妆艳质，喜得功名遂"，《王祥》内"夏日炎炎，今日个最关情处，路远迢遥"，《杀狗》内"千红百翠"，《江流儿》内"崎岖去路赊"，《南西厢》内"团团皎皎"，"已道西厢"，《玩江楼》内"花底黄鹂"，《子母冤》内"东野翠烟消"，《诈妮子》内"春来丽日长"，皆上弦索。此九种，即所谓戏文，金元人之笔也，词虽不工，然皆入律，正以其声之和也。②

虽然曲学家们谆谆教导南北曲之不同，不能混用："北力在弦，南力在板""且周之韵，故为北词设也""今之南曲，则益有不可从者""南北二曲，用字不得相混""北音方言时用，而南曲不得用者"，但这些南曲经过改编"皆上弦索"。可见北曲对南曲音乐体制的影响之大。王骥德亦论曰：

盖凡曲，句有长短，字有多寡，调有紧慢，一视板以为节制，故谓之"板""眼"。初启声即下者为"实板"，又曰"劈头板"；字半下者为"掣板"，亦曰"柝板"；声盖而下者为"截板"，亦曰"底板"，场上前一人唱前调末一板，与后一人唱次调初一板齐下为"合板"。其板先于曲者，病曰"促板"，板后于曲者，病曰"滞板"，古皆谓之"拍"，言不中拍也。③

王骥德详论曲的节奏："实板""掣板""底板""合板"，并谈到不合板叫

---

① 王骥德《曲律》，《中国古典戏曲论著集成》本，第四册，第149页。
② 何良俊《曲论》，《中国古典戏曲论著集成》本，第四册，第12页。
③ 王骥德《曲律》，《中国古典戏曲论著集成》本，第四册，第118页。

"促板""滞板"。他并未离开南北曲而独谈板眼问题,这说明受北曲影响,南曲亦板眼化了。现存南曲曲谱中的曲子虽然有一些仍然采用句拍形式,但多数曲子已经是完全采用板眼节奏来表达了。王骥德关于"衬字"继续侃侃而谈:

> 凡曲自一字句起,至二字、三字、四字、五字、六字、七字句止。惟〔虞美人〕调有九字句,然是引曲。又非上二下七,则上四下五,若八字、十字以外,皆是衬字。今人不解,将衬字多处,亦下实板,致主客不分。如《古荆钗记》〔锦缠道〕"说甚么晋陶潜认作阮郎""说甚么"三字,衬字也。《红拂记》却作"我有屠龙剑钓鳌钓射雕宝弓",增了"屠龙剑"三字,是以"说甚么"三字作实字也。《拜月亭》〔玉芙蓉〕末句"望当今圣明天子诏贤书",本七字句,"望当今"三字系衬字,后人连衬字入句,如"我为你数归期画损掠儿梢",遂成十一字句。至〔金炉宝篆消〕曲末句"算人心不比往来潮",此是正格,"心"字当叠。词隐谓"心"字下缺去声、平声二字,以为此死腔活板,故是大误。又《琵琶记》〔三换头〕原无正腔可对,前调"这其间只是我不合来长安看花",后谓"这其间只得把那壁厢且都拚舍",每句有十三字,以为是本腔耶?不应有此长句;以为有衬字耶?不应于衬字上着板。《浣沙》却字字效之,亦是无可奈何。殊不知"这其间只是我"与"这其间只得把"是两正句,以我字、把字叶韵。盖东嘉此曲,原以歌戈、家麻二韵同用,他原音作拖,上我字与调中锁、挫、他、堕、何五字相叶,下把字与调中驾、挂二字相叶。历查远而《香囊》《明珠》《双珠》,近而《窃符》《紫钗》《南柯》,凡此二句皆韵,皆可为《琵琶》用韵之证,故知《浣纱》之不韵,殊谬也。又如散套〔越恁好〕"闹花深处"一曲,纯是衬字,无异〔缠令〕。今皆着板,至不可句读。凡此类,皆衬字太多之故,讹以传讹,无所底止。周氏论乐府,以"不重韵,无衬字,韵险、语俊"为上。世间恶曲,必拖泥带水,难辨正腔,文人自寡此等病也。①

---

① 王骥德《曲律》,《中国古典戏曲论著集成》本,第四册,第125—126页。

《琵琶记》《绕沙》皆为南剧，既然南曲接受了北曲的音乐体制，那么也就走上了声腔系统，而南曲中有的作品有文字超出了定格之外的情况。那么，王骥德信言"南曲有衬字"亦明确无疑了。王骥德不仅信言南曲有衬字，而且认为有些人亦"将衬字多处，亦下实板，致主客不分"，南曲中的衬字也占拍节了。那么，南曲中的衬字是不是也像北曲那样，会增加定格的节拍呢？答案是否定的。据《中国曲学大辞典》的解释：

> 南曲的曲牌除了"引子"及"赚""不是路"外，每曲的板式无一不有定式，衬字不占板位。如〔桂枝香〕二十三板，第几字下板毫无假借，一定不移。句前加衬字，是利用上一句末句字尾腔位置。句间加衬字，是趁上一板与下一板恰好相联或板密，加几个衬字，两板相去甚近，尽赶得上板；若板疏处，两板之间隔多字音，再加上衬字，则赶板不及，遂令唱者落腔出调。故南曲有"衬不过三"之说，不能妄加，亦不能加字过多。①

由于南曲中的昆曲保留到现在，因此其音乐体制自明以来并未发生根本变化。那么，为什么南曲中衬字没有像北曲那样自由使用衬字，随意添加板数呢？原因有二，一是南曲受唐宋词影响较多。虽然南曲打破了唐宋词"以句为拍"的节奏形式，但是长久以来以句为乐拍的节奏并没有给南曲完全解除身上的枷锁，所以南曲明确规定了每一个曲调的板数。正如王骥德言："北曲配弦索，虽繁声稍多，不妨引带。南曲取按拍板，板眼紧慢有数，衬字太多，抢带不及，则调中正字，反不分明。"②二是与伴奏的乐器亦有很大关系。众所周知，北曲采用弦索为主伴奏，伴奏乐器较少，很多时候甚至是一个艺人一边手弹弦索一边独唱。北曲衬字多，"繁声稍多"但可以"引带"，这正是以弦索伴奏的优点。用弦索伴奏完全可以停声待拍，或者直接加进新拍子，而等衬字念（唱）过去后再接续正格的节奏，如关汉卿的【南吕】〔一枝花〕《不

---

① 《中国曲学大辞典》，浙江教育出版社1997年版，第697页。
② 王骥德《曲律》，《中国古典戏曲论著集成》本，第四册，第125页。

伏老》：

> 我是个蒸不烂、煮不熟、捶不扁、炒不爆、响当当一粒铜豌豆。恁子弟每谁教你钻入他锄不断、斫不下、解不开、顿不脱、慢腾腾千层锦套头？……①

此曲第一句正格为"我是一粒铜豌豆"，中间的定语修饰语"蒸不烂、煮不熟、捶不扁、炒不爆、响当当一粒"皆为衬字，然演唱者直接以念韵文的方法处理，这样的衬字部分完全可以不占正格节拍。弦索伴奏涉及场上的人物较少，自由度自然比较高。正如《词谑》所论："弦索不惟有助歌唱，正所以约之，使轻重徐疾不至差错耳。"②而南曲则不然，由于南曲"取按拍板，板眼紧慢有数"，同时，还用曲笛伴奏，一场演出涉及的人非常多，随意增加板数会给场上的唱者、伴奏者带来沉重的负担。故"南曲板，自有蒋氏《九宫谱》后，迄今无改"。③

同时，王骥德也谈到了南曲中的〔引子〕〔赚〕节奏的特殊情况：

> 缓慢曲（即引子）止著底板，骤接过曲，血脉不贯，故赚曲前段，皆是底板，至末二句始下实板。④

> 唐〔霓裳羽衣曲〕，初散声六遍无拍，至中序始有拍，今引曲无板，过曲始有板，盖遗其法。④

> 《明珠》引子，时用诗余；《宝剑》引子，多出己创，皆不足为法。自来引子，皆于句尽处用一底板；词隐于用韵句下板，其不用句止以鼓点之，语中只加小圈读断，此其定论。⑤

---

① 关汉卿《汇校详注关汉卿集》，中华书局 2006 年版，第 1703 页。
② 李开先《词谑》，《中国古典戏曲论著集成》本，第三册，第 354 页。
③ 沈龙绥《弦索辨讹》，《中国古典戏曲论著集成》本，第五册，第 24 页。
④ 王骥德《曲律》，《中国古典戏曲论著集成》本，第四册，第 118 页。
⑤ 王骥德《曲律》，《中国古典戏曲论著集成》本，第四册，第 138 页。

王骥德谈道:"今引曲无板,过曲始有板",唐〔霓裳羽衣曲〕,初散声六遍无拍,南曲还保留着自己的一些特色。现在的曲谱书籍中,南曲中还保存着以句拍划分节奏的曲子,如《九宫大成南北词宫谱》卷七"仙吕调套曲":

〔点绛唇〕《渔阳三弄》
　　　　一　本　上　工尺上一四　上　合一　　　上尺　工　合工凡工尺上一　　上　上一四合　　工
　　　俺　本　是　避　乱　辞　家（韵）遂　游　许　　下　（韵）登　楼　罢　（韵）回
　　工合四　上　上一　　　工　上尺　工　上尺　工　上　　　　上一　四　合　合工合工凡工上一
　　首　天　涯（韵）不　想　道　屈　身　躯（读）扒　出　他　们　胯　（韵）①

这些引曲仍采用传统句拍节奏,也就无所谓衬字之说了,《九宫大成南北词宫谱》标出"俺本是"三字为衬字的做法也就不妥当了。虽然词乐已经丧失,但这种以句拍为形式的引曲仍是唐宋词唱法的遗留,应该是由于词乐丧失造成的。明末清初的词曲学家们在衬字上出现的混乱认识,而编写者直接借用板眼节奏中的衬字的词类情况标示出来,是北曲对南曲的影响所致。

三、明清"词有无衬字"之争

词中究竟有没有衬字,这是困扰明、清词学家的一个重要话题。在明、清词学家看来,词有无衬字,直接关系到词谱书籍的编辑体例。若词有衬字,词谱就可以像曲谱那样,在同一宫调中直接把正体之外的字视为衬字,那么,也就不用再设置所谓"第一体""第二体""另一体"这些烦琐的分类方法了,但是,清人在制谱过程中,又发现词不能像曲那样非常明确地标出哪个是衬字。故"词有无衬字"成了明、清词学家争论的一个重要论题,也成为词学史上的一个悬疑。

据文献,最早提出"词有衬字"的应是明人徐士俊。他在卓人月编选的词选《古今词统》卷九吴文英之〔唐多令〕后注"纵字衬";卷九张先之〔系裙腰〕后注"问字衬";卷十欧阳修之〔青玉案〕后注"又字衬"。

"词有衬字"的说法虽然最早是由徐士俊提出的,但此观点的肇始者却是沈

---

① 周祥钰、邹金生等辑《九宫大成南北词宫谱》,《续修四库全书》本,第1754册,第136页。

际飞,沈际飞在《诗余·发凡》论述道:

> 调有定名,即有定格,其字数多寡平仄韵脚较然,中有参差不同者,一曰衬字,文意偶有不联畅,用一二字衬之,密按音节虚实间,正文自在,如南北剧"这"字、"那"字、"正"字、"个"字、"却"字之类,从来词本即无分别,不可不知。一曰宫调,所谓黄钟宫、仙侣宫、无射宫、中吕宫、正宫、仙侣调、歇指调、高平调、大石调、小石调、正平调、越调、商调也,词有名同而所入之宫调异,字数多寡亦因之异者,如北剧黄钟〔水仙子〕与双调〔水仙子〕异,南剧越调过曲〔小桃红〕与正宫过曲〔小桃红〕异之类。一曰体制,唐人长短句皆小令耳,后演变为中调、为长调,一名而有小令,复有中调、有长调,或系之以犯、以近、以慢别之,如南北剧名犯、名赚、名破之类。又有字数多寡同而所入之宫调异,名亦因之异者,如〔玉楼春〕与〔木兰花〕同,而以〔木兰花〕歌之,即入大石调之类。又有名异而字数多寡则同,如〔蝶恋花〕一名〔凤栖梧〕〔鹊踏枝〕,如〔念奴娇〕一名〔百字令〕〔酹江月〕〔大江东去〕之类,不能殚述。①

此文亦被卓人月收入《词统》中,作为《词统》选词的标准与处理词调中字数多少的方法立论。沈际飞虽然在谈论衬字列举的是南北剧的例子,但他把衬字的作用"文意偶有不联畅,用一二字衬之,密按音节虚实间,正文自在"从纯文本的角度来解释,却给后人言"词有衬字"留出了想象的空间。

而早期的词谱专书却是完全模仿曲谱编制的,最早的词谱专著周瑛的《词学筌蹄》,即把一个词调划定一种平仄格式来作为填词的正格,这种以一种定格的方法描述词调,为"词有衬字"留下了口实。到了张綖,则明确指出"词调有定格"。他在《诗余图谱·凡例》首条谈道:

> 词调各有定格,因其定格而填之以词,故谓之填词。今着其字数多少、

---

① 卓人月编《古今词统》,明崇祯刻本。

平仄、韵脚以俟作者填之，庶不至临时差误，可以协诸管弦矣。①

明代词谱专著并不少，但都把一个词调划定一种定格的方法确定了下来，而如程明善的《啸余谱》、万惟檀的《诗余图谱》，虽然列"第一体""第二体"的体例，但这是为了解决词调中的"同调异名"问题，而不是为了解决词律中的多字少字问题提出的。

到了清代，毛先舒、赖以邠等人坚持明人的"词有衬字"论。毛先舒在《填词名解·凡例》中谈道：

> 词有一调而数名者，亦有一名而数调者，又有首调一名余调间出他新名者，又有同此调中差一二衬字，句法遂别创名者。凡此皆有备书，颇多从略。②

词曲同为曲牌体，且长期来，在人们的观念中亦是"词曲一理"，南北曲则要求"调有定格，句有定数，字有定声"。而唐宋词句法不一、参差不齐的现象大量存在。毛先舒等人为了解决词谱的体例问题，肯定会想方设法地处理作为文本的词的句法与字法问题，而利用曲体的"衬字"现象来解释词体中字数不同的情况，无疑是一种非常有效且具有说服力的方法。毛先舒借批评《古今词统》卷九吴文英之〔唐多令〕后注"纵字衬"阐述：

> 吴梦窗〔唐多令〕第三句："纵芭蕉不雨也飕飕。"此句谱当七字，上三下四句法，则"也"字当为衬字。观后"燕辞归客尚淹留"、又刘过词"二十年重过南楼"、文天祥词"叶生寒飞透窗纱"可见，《词统》注"'纵'字衬"，误。③

毛先舒批评《古今词统》标衬字的位置不对，指出"也"字应为衬字。赖以

---

① 张綖《诗余图谱·凡例》，《续修四库全书》本，第1735册，第472页。
② 毛先舒《词名集解·凡例》，《词学全书》本。
③ 毛先舒著，孙克强辑《词辨坻》，《词学》，第十七辑，第296页。

邠在《填词图谱·凡例》中亦谈道：

> 词中有衬字者，因此句限于字数不能达意，偶增一字，后人竟可不可用，如〔系裙腰〕末句"问"字之类，概为标出。①

沈雄亦论曰：

> 调即有数名，词则有定格，其字数多寡、句读、平仄、韵脚叶否，较然少有参差，委之衬字，缘文义偶不联缀，或不谐畅，始用一二字衬之。究其音节之虚实，寻其正文自在，如沈天羽所引南北剧中"这"字、"那"字、"正"字、"个"字、"却"字，不得认为别宫别调。②

单纯从文体的角度出发，词学家会很容易检查出同一个词调不同字数的问题，而这又与曲谱编撰时用衬字解决多出来的字有异曲同工之妙。可以推断，在词乐亡佚的时代，利用曲体的一些概念范畴来解释词体，有其特殊的时代价值。故清初的词学家利用这点来强化"词有衬字"的观念，同时，他们提倡"词有衬字"的做法有利于规范词体，使词人们在进行创作时有固定格式可依，为词谱的编制大开了方便之门。

但是，由于词在唐宋时即为小道、末技，词籍文献数量还没有得到广泛的重视和整理，再加上明人空疏的学风，使明末清初的词人在制谱时也只是浅尝辄止而已。未能仔细进行斟酌、校对，错误固是不少，而数量亦有限，如张綖《诗余图谱》主体分为三卷，收词调150个，谢天瑞《新镌补遗诗余图谱》收调343个，啸余谱收调330个，赖以邠、毛先舒等人编制的《填词图谱》收545调，682体。③这相对于万树《词律》的660调，1180多体与《钦定词谱》826调，2306体来说还是要少很多，而平仄标示的正确概率为50%，四声标示的正确概率为25%，平仄标示的方法无疑能够大大降低不合格律的概率，更能

---

① 赖以邠《填词图谱》，《词学全书》本。
② 沈雄《古今词话》，《词话丛编》本，第841页。
③ 据江合友统计，《明清词谱史》，上海古籍出版社2008年版，第89页。

"较为准确"地标出"衬字"。

而事实上,明末清初的词学家在制定词谱时虽然再三肯定词有衬字,但他们利用这把利器根本就不能解决词的正格问题,如赖以邠、毛先舒等人制定的《填词图谱》列词调〔酒泉子〕达8种之多。每种下又排列了很多人的例词,即使在同一体中,这些人的例词的句法、平仄情况也并不一致,甚至难以归纳。若用曲谱标识四声的方法来处理,则词中很多多出来的字根本判断不出哪个是"衬字"。试举毛先舒所举吴文英(两首)、刘过、文天祥〔唐多令〕第三句,具体分析它们的四声情况:

(去)平平(入)上上平平
(纵)芭 蕉(不)雨 也 飕 飕。
去平平入去平平
燕 辞 归 客 尚 淹 留。
去入平平去平平
二 十 年 重 过 南 楼。
入平平平去平平
叶 生 寒 飞 透 窗 纱。

检查这四首词第三句的四声情况,规律性并不明显,也很难用"拗句"来表达,而正是通过衬字不能很好解决词的正格问题,为后来者在重新制定词谱时预留了创制空间,故万树尖锐地讽刺道:

按《词统》注云"遮"字是衬字,大谬。此调多用六字结者,观李之仪"定不负相思意",赵长卿"山不似长眉好",此类甚多,岂皆衬字乎?岂他句不可衬,独此句可衬乎?若谓词可用衬,则词中多少一两字者甚众,皆可以衬之一说概之,而不必分各体矣。①

而毛先舒单纯从句法的角度论述"纵"字不是衬字,而"也"字当是,难怪万树批评他们:"既承认衬字又分列多体",这也说明了词体根本就未能完成声腔化。万树继续阐述自己的观点,他于〔忆少年〕"又一体"后注曰:

"近"字、"暗"字用仄不起调,不如晁词,观从来名作可知。因后起

---

① 万树《词律》,上海古籍出版社1984年版,第119页。

八字，故另收之。然无第二首莫可订正，作者但从前体可也，《词统》注"念"字是衬，可删。但闻曲有衬字，未闻词有衬字，不知何据也。①

又于吴文英〔唐多令〕后注曰：

前后对照，无参差差者。梦窗一首第三句误刻"纵芭蕉不雨也飕飕"，因多一字，《词统》遂注"纵"字为衬。衬之一说，不知从何而来？况此句句法上三下四，亦可注"也"字为衬，而不可注"纵"字衬也。著谱示人，而可率意为之耶？愚谓"也"字必是误多无疑。即不然，亦竟依其体而填之。不可立衬字一说，以混词格也。②

万树从文法与律法的角度证明了"曲有衬字而词无衬字"的事实。他采用不立衬字之说而全部列为别体的方法能有效解决词的格律谱的合理性问题。故他在制定《词律》时，将凡是词调不同字数乃至格律不同者，都统一采用"另一体"的做法进行处理。这种"另一体"的做法大大提高了词谱的科学程度，对后来词学家对词体的认识乃至研究提供了更为科学的版本依据与方法指导。

但万树只是从唐宋词的对比中发现了词不能用衬字来解决正格问题。由于未弄清楚词曲音乐体制的变化，因此最终未能彻底解决词体的格律谱问题，未能真正解决"词无衬字"的根源以及内涵。正因为留下了这个致命的漏洞与把柄，再加上当时"词曲一理"的学术背景，万树之后，批评其"词无衬字"的言论时时出现，如四库馆臣批评曰：

又谓"古曲谱多有异同，至一腔有两三字多少者，或句法长短不等，盖被教师改换，亦有嘌唱一家，多添了字"云云，乃知宋词亦不尽协律歌者，不免增减。万树《词律》所谓"曲有衬字、词无衬字"之说，尚为未究其变也。③

---

① 万树《词律》，上海古籍出版社 1984 年版，第 132 页。
② 万树《词律》，上海古籍出版社 1984 年版，第 222 页。
③ 永瑢等《四库全书总目》，中华书局 1983 年版，第 1826 页。

江顺诒批评道：

《词律》中攻击《图谱》不遗余力，是已而无一语及衬字、宫调。徐氏丛谈与万氏不相后先，而衬字宫调屡言之。（虽所引证为南北剧，合而观之，三者皆兼词曲而言）后人填词一遵《词律》，故不知词有衬字、宫调之说，古意云亡，不能不归咎于万氏矣。①

万红友〔唐多令〕注谓："纵芭蕉不雨也飕飕，误刻多一字。《词统》注纵字为衬字，衬之一说不知从何而来，词何得有衬字乎？"诒案："词何以必不准有衬字，而谓误刻多一字，真是牵强。"又云："此句上三下四应注也字为衬，然也字必是误多，不可立衬字一说以混词格。"诒案："此词误多一字，多得如此好，即不误矣。词格不准衬字，是何人之格？何以同一调一人填之忽多一字忽少一字？有是格乎？总之红友一生之误，误在不明音律之源，遂谓乐府与词异，词与曲异，不能知一篇之音律，遂谓多一字为误，少一字亦为误，殊可笑也。"②

清代晚期，这种批评仍然屡见不鲜，如蒋敦复在其《芬陀利室词集》卷三《红衲词》〔三姝媚〕调注曰：

前调拟吴君特体，即用其均，此即君衡所谓上声韵也，梦窗此词，较平均前后段第四均多一衬字，……万氏不取衬字之说，余谓词为曲祖，曲有衬字，词岂无之？③

清末四大家的况周颐亦批评曰：

元人制曲，几于每句皆有衬字，取其能达句中之意而付之歌喉。又抑扬顿挫，悦人听闻，所谓迟其声以媚之也。两宋人词，间亦有用衬字者，王

---

① 江顺诒《词学集成》，《词话丛编》本，第 3233 页。
② 江顺诒《词学集成》，《词话丛编》本，第 3234 页。
③ 蒋敦复《芬陀利室词集》，《续修四库全书》本，第 1726 册，第 656 页。

晋卿云"〔烛影摇红〕：向夜阑，乍酒醒，心情懒。""向"字、"乍"字是衬字，据《词谱》〔烛影摇红〕第二句七字应仄平仄仄平平仄。周美成"云黛眉巧，画宫妆浅"不用衬字，与换头第二句同。①

这些词学家之所以重新坚持"词有衬字"的观点，一方面，固然由于万树未能真正解决衬字发生的基础与内涵；另一方面，通过他们的批评可以发现，这些批评者并没有全面查检词中所有增减字的情况，而仅是反复使用能"挑出衬字"的几个例子，未运用穷尽的科学方法，故其可信度大为降低。虽然近人姚华、任二北仍大量例举实证证明词中的衬字在唐代即已发生，但亦仅是单纯从文本的角度进行分析的。"词有衬字"的正证数量虽不少，但反证数量更多，其结论难以令人满意。正如坚持"词有衬字"的江顺诒慨叹："词中有衬字，可指证者甚少，故后人不知耳。"②穷尽式编制《词律》的万树不坚持"词有衬字"，原因就在于此。

同时，有些词学家还提出自己对衬字的解释，如沈雄、杜文澜、吴衡照认为张炎所言的虚字即为后来的衬字：

张玉田云："词之语句，若堆叠实字，读且不通，况付雪儿乎？合用虚字，呼唤单字，如'正''但''甚''任''况''又'之类，两字如'莫是''又还''那堪'之类，三字如'更能消''最无端''又却是'之类，却要用之得其所。"此数言见于《词源》。吴江沈偶僧《古今词话》引之，另标题为"衬字"，而万氏红友则又极论词无衬字。余以为皆是也，衬字即虚字，乃初度此调时用之。今依谱填词，自不容再有增益，万氏盖恐衬字之名一立，则于旧调妄增致碍定格耳。③

唐七言绝歌法，必有衬字以取便于歌。五言、六言皆然，不独七言也。

---

① 况周颐《蕙风词话》，《词话丛编》本，第4428页。
② 江顺诒《词学集成》，《词话丛编》本，第3233页。
③ 杜文澜《憩园词话》，《词话丛编》本，第2861页。

后并格外字入正格,凡虚声处,悉填成辞,不别用衬字,此词所繇兴已。①

而江顺诒认为衬字与衬声、缠声、散声、赠板其实为一:

> 在音则为衬声、缠声,在乐则为散声、赠板,在词曲则为加衬字、为旁行增字。曲之增字写于旁行,故易知;词之增字,则知之者鲜矣。前引梦窗〔唐多令〕以证之,凡词之调一,而体二三至十余者,皆增字之旁行并入正行也。故一调,而同时之人共填,体各小异,实增字任人增减,无庋于音,又何害于词,流传至今,迷如烟雾。万氏作《词律》,苦心孤诣,远绍旁掺。苟知增字、衬字,词与曲同,则提纲挈领,得其制调之本,词又何至列数体,哓哓置辩,而无所折衷哉。②

因词以乐句为节拍,而未能实现声腔化,词的音律与格律之间即不可能搭建一座对等的平台。故明清制格律谱者,不管是承认"词有衬字",还是肯定"词无衬字",都只是在词乐丧失之后为了重建一套填词标准而设立的一种"规范",与词的本来面貌相去已远。后来,词谱编订者出于实际应用的需要,也出于词体的诸多问题无法用格律来解释的缘故,尤其在实用词谱流行之后,很多词调直接勘定所谓"正格",而"词有衬字"之说大行于学界。虽然精通词曲演唱与研究的大师吴梅、王力等人坚持衬字是曲律的特点,是词曲分野的标志③。音韵学大家王力亦坚持"曲和词最大的分别就在于有无衬字"。④但这已经阻挡不住研究界主张"词有衬字"的潮流,以致"词有衬字"成为词学界之共识。

中华人民共和国成立后,有些人甚至认为京剧这种诗赞体即先辞后乐的曲种中亦有衬字,如《现代汉语词典》解释:"《白毛女》中的北风(那个)吹,

---

① 吴衡照《莲子居词话》,《词话丛编》本,第 2412 页。
② 江顺诒《词学集成》,《词话丛编》本,第 3231—3232 页。
③ 吴梅《曲学通论》,《吴梅戏曲论文集》,中国戏剧出版社 1983 年版,第 293 页。
④ 王力《汉语诗律学》,上海教育出版社 2005 年版,第 715 页。

雪花（那个）飘。括号内的'那个'就是衬字。"①甚至有人还认为《诗经》和歌行体中亦有衬字。这些观点未能考虑衬字发生的前提与基础，偏离了衬字的原始含义与用法，是没有道理的。

第四节　不收诗、曲二体

词人很早就开始关注诗、词、曲三者之不同，如南宋沈义父把当时的俚词列为另类加以区分，而王灼则从体制的不同而划分诗词之不同。明末王世贞、清初王士禛、李渔等人从风格上把三者进行了区分，但以风格内容来分别三者，很难从根本上区分三者之不同。万树则提出了自己的解决办法：

一、诗词之不同

关于诗词之间的不同，万树判断的标准为是否是长短句式：

> 词上承于诗，下沿为曲，虽源流相绍，而界域判然，如〔菩萨蛮〕〔忆秦娥〕〔忆江南〕〔长相思〕等本是唐人之诗，而风气一开，遂有长短句之别，故以此数阕为词之鼻祖，不必言已。若〔清平调〕〔小秦王〕〔竹枝〕〔柳枝〕等竟无异于七言绝句，与〔菩萨蛮〕等不同。如专论词体，自当舍而弗录，故诸家词集不载此等调。而《花庵》《草堂》等选亦不收也。盖等而上之，如乐府诸作为长短句者颇多，何可胜收乎？后人以此等调为词嚆矢，遂取入谱，今已盛传，不便裁去。又唐人选白乐天《席上指物为赋》一字起七字止，后人名为〔一七令〕，用以入词，殊属牵强，故不录。②

唐五代时期，诗词交融状态比较明显，若完全从文本角度来看，当时的很

---

① 《现代汉语词典》，商务印书馆 2005 年版，第 169 页。
② 万树《词律》，上海古籍出版社 1984 年版，第 17—18 页。

多近体诗的形式直接被引入词体中，并冠以一个新的词牌。其实二者本来区别是明显的，因为近体诗是传统的诗赞体，是先有辞，配以音乐然后歌唱，而词则完全相反，是燕乐日渐声乐化，文人们在燕乐旋律中填词然后歌唱，故作词又称之为"填词"，但是由于词乐失传，声诗与词之间的区别成了一个难题，虽然任二北先生作《唐声诗》来区别二者，但事实上，二者的界限是非常复杂与模糊的，毕竟近体诗亦是固定的字数，固定的句法、章法，甚至亦有"学填诗"之说，所以不能排除词人借用诗体特征而填词的做法。万树对字数划分整齐之齐言词体采取了折中的态度并录入，如注皇甫松〔竹枝〕曰：

芙蓉并蒂【竹枝】一心连【女儿】。花侵隔子【竹枝】眼应穿【女儿】。

〔竹枝〕之音，起于巴蜀。唐人所作皆言蜀中风景，后人因效其体于各地为之，非古也。如白乐天、刘梦得等作本七言绝句，皇甫子奇。亦有四句体。所用"竹枝""女儿"乃歌时群相随和之声，犹〔采莲曲〕之有"举棹""年少"等字。他人集中作诗，故未注此四字。此作词体，故加入也。其词六首皆每首二句相叶，其句中平仄不拘，但每句第二字皆平，末一首乃用仄韵者，另录于后。①

注皇甫松"又一体"（二十八字者）曰：

此调竟是七言诗。句中平仄亦可不拘，若唐人拗体绝句者。①

注刘禹锡之〔纥那曲〕曰：

此本五言绝句，《尊前》收之。盖与〔小秦王〕等本七言绝句，而实为词调也。观梦得别作"听唱纥那声"可知。②

---

① 万树《词律》，上海古籍出版社1984年版，第62页。
② 万树《词律》，上海古籍出版社1984年版，第63页。

注刘采春之〔罗唝曲〕调曰：

亦五言绝。首句可起韵。①

注无名氏〔小秦王〕曰：

即七言绝句，平仄不拘，如东坡所作"暮云收尽溢轻寒"一首，下二句失粘不论。②

注温庭筠〔杨柳枝〕曰：

即七言绝句。平仄失粘，不拘，皆咏柳词也。不比〔竹枝〕泛用。③

注皇甫松〔浪淘沙〕曰：

此亦七言绝句，平仄不拘。观刘白诸作，皆切本调名，非泛用也。③

注皇甫松〔采莲子〕曰：

菡萏香连十顷陂【举棹】，小姑贪戏采莲迟【年少】。
晚来弄水船头湿【举棹】，更脱红裙裹鸭儿【年少】。
即七言绝句。其"举棹""年少"字，乃相和之声，说见〔竹枝〕，然"竹枝"二字用于句中，"女儿"二字用于句尾，此则一句一换耳。或曰：〔竹枝〕之"枝""儿"两字，此调之"棹""少"两字，亦自相为叶。不可不知。③

注皇甫松〔怨回纥〕一调曰：

或曰："此本是五言律一首，不宜混入词谱。"余曰："此因《尊前集》

---

① 万树《词律》，上海古籍出版社 1984 年版，第 64 页。
② 万树《词律》，上海古籍出版社 1984 年版，第 73 页。
③ 万树《词律》，上海古籍出版社 1984 年版，第 74 页。

载入，故仍之。且题名与曲意不合，正是词体。若谓律体不入词，则〔清平调〕独非七绝，〔瑞鹧鸪〕独非七律乎？"①

〔怨回纥〕的歌词，是一首格律比较严整的五言诗形态：

> 祖席驻征棹，开帆信候潮。
> 隔烟桃叶泣，吹管杏花飘。
> 船去鸥飞阁，人归尘上桥。
> 别离惆怅泪，江路湿红蕉。

从格律来看，首句"祖席驻征棹"格律为"仄仄仄平仄"，除第三字应平外，其他句子格律符合近体诗格律。

万树把已盛传许久的"诗体"如〔清平调〕〔小秦王〕〔竹枝〕〔柳枝〕收入到《词律》中，则是在难以区分二者的前提下做出的折中——只要是前期词集中录入的近体诗形态的作品，皆收录之。这样做固然可能误收诗体，但不会漏收词调。从这点来看，万树的做法还是值得称道的。

二、词曲不同

词曲同源而异流，在唐宋元之间，词曲由不可分而至慢慢分离。唐五代时白居易、刘禹锡、韦应物、欧阳炯、冯延巳、温庭筠、李璟李煜父子等人作小词，促进词体雅化。到了宋代，欧阳修、苏轼、辛弃疾等人以诗为词、以文为词，扩大了词体的抒情范围，使得词体亦能表现诗歌的"士大夫情怀"。元词则进一步雅化，进一步向诗体靠拢，然而，词曲二体依然同源，故到了明清，很多学者将二者论于一处，而另外一些学者则努力分别之。前文已经讲到明清有从风格、语言等角度分析之，万树亦坚持分别之。万树对词曲的区别方法是：

> 若夫曲调，更不可援以入词，本谱因词而设，不敢旁及也，或曰：子以

---

① 万树《词律》，上海古籍出版社1984年版，第102页。

元人而置之，则〔八犯〕〔玉交枝〕〔穆护砂〕等，亦间收金元矣，以曲调而置之，则〔捣练子〕等亦通于词曲矣，以三声并叶而置之，则〔西江月〕亦多矣，何又于此致严耶？余曰：〔西江月〕等，宋词也；〔玉交枝〕等，元词也；〔捣练子〕等，曲因乎词者也，均非曲也。若元人之〔后庭花〕〔干荷叶〕〔小桃红〕（即〔平湖乐〕）〔天净沙〕〔醉高歌〕等俱为曲调，与词声响不侔，倘欲采取，则元人小令最多，收之无尽矣。况北曲自有谱在，岂可阑入词谱以相混乎？若《词综》所云"仿升庵《万选》例，故采之"。盖选句不妨广撷，订谱则未便旁罗耳。①

词曲之间的关系亦颇为复杂。很多词牌名与曲牌名相同，而其中还有很多是词曲共用之调：

  沈天羽云：词名多本乐府，然去乐府远矣。南北剧名，又本填词来，去填词更远矣。按南北剧与填词同者，〔青杏儿〕（中调）即北剧小石调。〔忆王孙〕（小令）即北剧仙吕调。小令之〔捣练子〕〔生查子〕〔点绛唇〕〔霜天晓角〕〔卜算子〕〔谒金门〕〔忆秦娥〕〔海棠春〕〔秋蕊香〕〔燕归梁〕〔浪淘沙〕〔鹧鸪天〕〔虞美人〕〔步蟾宫〕〔鹊桥仙〕〔夜行船〕〔梅花引〕，中调之〔唐多令〕〔一剪梅〕〔破阵子〕〔行香子〕〔青玉案〕〔天仙子〕〔传言玉女〕〔风入松〕〔剔银灯〕〔祝英台近〕〔满路花〕〔恋芳春〕〔意难忘〕，长调之〔满江红〕〔尾犯〕〔满庭芳〕〔烛影摇红〕〔绛都春〕〔念奴娇〕〔高阳台〕〔喜迁莺〕〔东风第一枝〕〔真珠帘〕〔齐天乐〕〔二郎神〕〔花心动〕〔宝鼎现〕，皆南剧之引子。小令之〔柳梢青〕〔贺圣朝〕，中调之〔醉春风〕〔红林檎近〕〔蓦山溪〕，长调之〔声声慢〕〔八声甘州〕〔桂枝香〕〔永遇乐〕〔解连环〕〔沁园春〕〔贺新郎〕〔集贤宾〕〔哨遍〕，皆南剧慢词。外此鲜有相同者。更有南北曲与诗余同名，而调实不同者，又不能尽数。胡元瑞云："宋人〔黄莺儿〕

---

① 万树《词律》，上海古籍出版社1984年版，第18页。

〔桂枝香〕〔二郎神〕〔高阳台〕〔好事近〕〔醉花阴〕〔八声甘州〕之类，与元人毫无相似。"若〔菩萨蛮〕〔西江月〕〔鹧鸪天〕〔一剪梅〕，元人虽用，悉不可按腔矣。愚按，此等九宫谱中悉载，然有全体俱似者，又有不用换头者。至词曲之界，本有畦畛，不得谓调同而词意悉同，竟至儒墨无辨也。①

甚至很多唐宋词直接被借鉴到曲体中，而词曲同为曲牌体，更增加了分别词曲的难度。万树则经过认真的辨析，成功地把曲子从词中分离出来，如其考订〔连理枝〕调考证曰：

> 按此调即使〔小桃红〕，本以前体加后叠耳。故《虚舟集》名〔小桃红〕，《同叔集》名〔连理枝〕，其实一也。今以〔连理枝〕并题者，因前三十五字，系青莲词，原名〔连理枝〕耳。图谱两收，误。《啸余》又别收〔灼灼花〕，尤误。又按《词综》所载，倪云林〔小桃红〕乃北曲，即王秋涧名为〔平湖乐〕者，平仄两叶，非词也。本谱不收曲调，故不列于此调后，他仿此。②

考订〔忆王孙〕调考证曰：

> 〔忆王孙〕，即北曲〔一半儿〕。③

> 《词林万选》云："元人北曲〔一半儿〕，即是此调。"盖其末句云"一半儿〇〇一半儿〇"。填"儿"字衬，即曲调矣。然元曲亦有〔忆王孙〕与此同者，当是一调异名。北曲末一字多用上声，词则无之，"空""深"二字用平，"不"字亦作平，"最"起调虽不拘，然名词名曲，多得此诀，但可为知者道耳。④

---

① 邹祗谟《远志斋词衷》，《词话丛编》本，第 650 页。
② 万树《词律》，上海古籍出版社 1984 年版，第 23 页。
③ 万树《词律》，上海古籍出版社 1984 年版，第 22 页。
④ 万树《词律》，上海古籍出版社 1984 年版，第 82 页。

考订孙光宪〔后庭花〕一调曰：

> 《词综》载王秋涧、赵松雪〔后庭花破子〕，乃是北曲。本谱于曲调不收，今录赵词于后，观者自明。盖此等若收入词，则不胜其收矣。①

当然，毕竟有些词调与曲调有重合，万树也采取了比较融通的做法，如其考证〔促拍丑奴儿〕调曰：

> 此调赵长卿名为〔青杏儿〕，今北曲小石调〔青杏儿〕即为此调。《词综》所载赵秉文"又风雨、替花愁"是也。大石调名〔青杏子〕，亦同。只于"友"字、"向"字用仄叶。本谱于〔干荷叶〕〔后庭花〕〔平湖乐〕等实系北曲，槩不收入，以与词调相混，故不存〔青杏儿〕名目。
>
> 又按南曲仙吕引子〔似娘儿〕，亦即此调，故知此调多异名，今以在词为〔丑奴儿〕，在北曲为〔青杏儿〕，在南曲为〔似娘儿〕可也。②

与自然学科"一是一""二是二"毫不含糊的治学思想相比，人文学科则表现出一定的旁逸斜出，因此，治学人文学科，既需要严谨求实之态度，亦应有通融之做法。即使方法再严谨，再科学，也必须止于方法。在具体实践过程中，反而不能完全隔离，甚至不应隔离，以免丧失人文学科最核心的要素——人性的终极关怀。

---

① 万树《词律》，上海古籍出版社 1984 年版，第 122 页。
② 万树《词律》，上海古籍出版社 1984 年版，第 124 页。

第七章 《词律》的词学成就及缺憾

历览清代的词律文献,不禁为《词律》这颗璀璨的明珠而惊叹。万树在词律上的思考,是在折中古今变化的基础上作出的判断,并进而形成一套非常完善的理论体系、价值观念来指导其制作。它超越了前期词谱,达到了制谱思想与方法的新高度。

第一节 《词律》的词学成就

在词律史上，主张从宽与主张从严的两派早已出现，一路是温庭筠等人坚持平仄的填写方法，这些人努力把词体驯化成"诗客曲子词"，使词体日渐成为诗体的一部分，逐渐摆脱了音乐的限制，最终走向了案头的文学体裁。另一路则是周邦彦、李清照、姜夔、张炎等人坚持更为严密的声律填词方法，力主词为声乐之体，并努力保持词体的本貌。

一、开词律严密一路

明代制谱者为了填词者的方便，直接借鉴近体诗的格律方法，设计了以平仄为格律的图谱，这种设计一直持续到万树之前，可谓一支独胜，但是，这种完全诗化的方法并不是词体之本色。随着词学家们在词体上认识的逐渐加深，以及在词曲关系上认识的深入，以四声来表达词的格律就日渐提上了日程。万树即为他们的代表。他力持四声论，直开严密一路，这深刻改变了词学家的词律观念。吴衡照赞扬道：

> 万红友当鞿鞲榛楛之时，为词宗护法，可谓功臣。旧谱编类排体，以及调同名异，调异名同，乖舛蒙混，无庸议矣。其于段落句读，韵脚平仄间，尤多模糊。红友《词律》，一一订正，辩驳极当。所论上、去、入三声，上、入可替平，去则独异。而其声激厉劲远，名家转摺跌荡，全在乎此，本之伯时。煞尾字必用何音方为入格，本之挺斋。均造微之论。①

《词律》的出现，使得词谱由原来的平仄谱单一发展一跃而为平仄谱与四

---

① 吴衡照《莲子居词话》，《词话丛编》本，第 2403 页。

声谱并行的状态，而徐本立、杜文澜进一步修订补充《词律》，编成《词律补遗》四卷、《词律校勘记》二书，并与《词律》共同刊刻，为《词律》成为清代中后期词人依从的规范做出了重要的贡献。

四声标注的方法使人们对词体的认识更加深入，深刻地影响了清代中后期的词学观。清代中期的凌廷堪、方成培、戈载、杜文澜等人扬波直上，所作词律更加繁复而严密，如杜文澜发扬万树提出的去声字论，提出了"去上"定律：

> 词调中宜平宜仄，及可仄可平，《词谱》《词律》均已旁注详明，自可遵守。惟仄声中有分别，万红友《词律》但于各调附注去声之妙，尚未知用"去上"有定律也。今之歌曲工尺，于上声字则由高而低，去声字则由低而高，即是此理。词用去上，取其一扬一抑，得顿挫之音。凡属慢词，必有用去上处，小令亦间有之，是须留意省察。第取宋人名词同调数阕互观之，如数词同用去上，即是定律。间尝体认，凡上下句有韵，而中一句四字亦协韵者，必用去上，如〔齐天乐〕前后段皆有之。又后结用两仄声住，而非入声韵者，亦必用去上。盖词之韵即曲之拍，三句连协，中为短拍，非抑扬不能起调。末拍为曲终，以去上作煞，则诵之自悠然有余韵矣。虽宋词未必全如是，而名词则无不如是。作者宜从其同，勿沿其误。①

去上连用是唐宋词中重要的字声搭配现象，"一扬一抑"得顿挫之妙。李佳亦谈到"上去"的搭配：

> 韵中平声之阴阳，一定之法，稍习四声者，即能辨之。惟上与去，其音迥殊。《元和韵谱》云："上声厉而举，去声清而远，相配用之，方能抑扬有致。"故词中之宜用上，宜用去，宜用上去，宜用去上，有不可假借处。至字有去上两见者，为体为用，大有区别，不可不审。②

---

① 杜文澜《憩园词话》，《词话丛编》本，第2854页。
② 李佳《左庵词话》，《词话丛编》本，第3128页。

清代晚期，力持四声填词的人亦多，如蒋春霖、朱祖谋、郑文焯诸人，都用四声来填词。吴梅称赞蒋春霖道："词有律有文，律不细非词，文不工亦非词，有律有文者，而不从沉郁顿挫上着力，或以一二聪明语见长，如《忆云词》类，尤非绝尘之技也。鹿潭律度之细，既无与伦。文笔之佳，更为出类。"①朱祖谋被称为"律博士"，郑文焯提出的"入声字例"与"不在韵而在声"的理论，即词律细密一路发展的直接结果。

二、开创了词学校勘学上的"律校法"

依律校勘，格律诗中亦有所采用。词籍校勘与诗文校勘不同，近体诗虽然也讲究格律，总体来看，由于诗律比较简单，因此，用律校对近体诗的方法虽存在，但很少有精彩的例子。词籍校勘中有一些特殊的规律，因此需要一些特殊的校勘方法。万树在编制《词律》时提出了以"律"来校勘词的方法，并促使这种方法上升到校勘思想的高度。

（一）依同调词用律情况校雠

词体乃牌体，所谓"调有定篇，篇有定字，字有定声"。词体虽多有变格，然其中亦表现出一定的字声规律，尤其是万千里、陈允平之和清真词者，几至字声无一差别者。万树就是在系统总结唐宋声律家的同调词的基础上，根据词调的字声和句法进行校勘，如其注周邦彦〔隔浦莲近拍〕曰：

> 此调作者颇多，而注者每误，今为细细正之。首句六字三平三仄，定格也。《谱图》只剩一"葆"字，韵脚不注，上五字俱曰可平可仄。则此句可填作"性旺耀同催葆"之声矣，岂是〔隔浦莲〕首句乎？查千里和词云"垂杨烟湿嫩葆"，放翁云"飞花如趁燕子""骑鲸云路倒景"，梦窗云"榴花依旧照眼"，海野云"凉秋湖上过雨"，梅溪云"洛神一醉未醒"，逃禅云"墙头低荫翠幄"，竹屋云"银湾初霁暮雨"，无非三平三仄者。若论其细，尚宜于

---

① 吴梅《词学通论》，复旦大学出版社 2006 年版，第 134 页。

第四第五字用去，第六字用上，岂有可用仄仄仄平平仄之理乎？"浓霭"句平仄平仄仄，定格也。《谱》注"浓"可仄，"霭""岸"可平。查千里云"花妥庭下草"，放翁云"雪泽秋万顷"，介庵云"秋馆寒意早"，梦窗云"年少惊送远"，海野云"妆脸宜淡泞"，梅溪云"侵晓鸥梦稳""阴壑生暗雾"，竹屋云"纤巧韵暗度"，俱第二第四用仄。止逃禅云"新晴人意乐"，"晴"字或系"霁"字，岂可以其拗而竟改作五言诗句法乎？"梦自到"三字俱仄，定格也。《谱》注"梦"字可平，查千里云"倦再到"，放翁云"怕蜀倚""夜漏永"，介庵云"待见了"，梦窗云"荡素练"，海野云"待怨诉"，梅溪云"暗折赠"，逃禅云"怕又恶"，无非二去一上，岂可用平仄仄乎？其余乱注更不可枚举矣。"金丸落"六字，《汲古》刻注云："一作'金丸落飞鸟'。按谱此处应三字两句，宜作'金丸落惊飞鸟'。"毛氏可谓订正矣。然今例查各家词，惟梦窗作"汀菰绿薰风晚"，而放翁作"金笼鹦鹉飞起""寥然非复尘境"，海野作"萧然姑射俦侣"，梅溪作"虚堂中自回互"，逃禅作"余醒推枕犹觉"，俱于第三第四字相连者，且此二字俱用平仄。只竹屋有"凉生一天风露"句，"一天"用仄平，然亦相连。况千里乃和清真者，原作"彝犹终日鱼鸟"，则周词本是"金丸惊落飞鸟"，而误以"惊落"为"落惊"耳。《汲古》又注云："'时刻'或于'池沼'下分段。"愚谓："水亭小"三字是后段起句。观千里和词"野轩小属"后段可信，盖前尾不宜有此赘句，用作换头为妥。然各家如放翁、梅溪、竹屋属前结，海野、梦窗属后起。则此句自来传刻参差，无有定例，不敢凿然。姑仍旧系于"池沼"之下，至于《啸余谱》则竟将"骤雨鸣"注作三字句，而以"池沼"二字连下"水亭小"作五字句，其谬如此，可发一笑。"闹"字是叶韵，千里和云"鸣蝉闹"是也。《谱图》不注叶，差。然此句放翁、梦窗俱不用韵，想不拘耳。[1]

---

[1] 万树《词律》，上海古籍出版社1984年版，第258—259页。

注周邦彦〔解蹀躞〕一调曰：

"夜寒"下与后"泪珠"下同。首句六字，次句五字，各家皆然。《啸余》作一七、一四，谬甚。"面"字应是"回"字之讹。"沈"作"百"字，未妥。"旋"字去声，《图谱》不解，读作平声，故反注可仄。又因读"旋"为平，则"风"字拗，遂并注"风"字可仄，愈误矣。诸家于"旋"字皆用去声。"夜寒"句与后"泪珠"句，皆九字，各家俱同，然《谱》乃注"夜"字可平，"霜"字可仄，"伴孤"可平仄，尤谬。如逃禅云"又还撩拨春心倍凄黯"，梦窗云"倦蜂刚著梨花惹游荡"，千里云"自怜春晚漂流尚羁旅"，而诸篇俟段九字句，亦无不与前同。盖此句以"夜"字去声领起，而第三字用"霜"字平声接之。至"伴孤旅"又用仄平仄，音响所以谐协也。若改此数字，何以为调乎、"暗相遇"宜仄平仄，《谱》注可平仄仄，总欲改拗作顺，而不知成其为诗句不成其为词句矣。"梦余"下十字后"待凭"下十字，各家俱上六下四。"醒"字须读作平声，而千里和云"恨添客鬓终日子规声苦"，则上四下六。愚谓：有各家可据，作者但照后段填之不误也。又梦窗一篇首句云"醉云又兼醒雨"，平仄异，因余同不录。①

和词，在宋代的词人创作中是一种非常普遍的现象，尤其是在大晟府中，陈允平、方千里诸人模仿周邦彦的词，几至字声毫无二致。万树在《词律·凡例》中提道：

故不作词则已，既欲作词，必无杜撰之理，如美成造腔，其拗处乃其顺处，所用平仄，岂慢然为之耶？倘是慢然为之者，何其第二首亦复如前，岂亦皆慢然为之至再至三耶？方千里系美成同时，所和四声，无一字异者，岂方亦慢然为之耶？后复有吴梦窗所作，亦无一字异者，岂吴亦慢然为之耶？更历观诸名家，莫不绳尺森然者，其一二有所改变，或系另体，或系传讹，

---

① 万树《词律》，上海古籍出版社1984年版，第263—264页。

或系败笔，亦当取而折衷，归于至当。乌可每首俱为窜易乎？本谱因遵古之意甚严，救弊之心颇切。于时行之谱痛加纠驳，言则不无过直义。则窃谓至公幸览者，平心以酌之，其或见闻未广，褒弹有错，则望加以批削，垂为典范。①

万树提出用周邦彦、方千里、吴文英的词来互相校对。从传统校勘学来说，这种校勘属于他校法，而在词学校勘学上，将其他归为"律校法"的一种。万树非常娴熟地运用这个校勘方法，如其注周邦彦〔四园竹〕一调曰：

诸刻皆以"奈向"误作"奈何"，遂致此句律拗。而《谱图》以"肠断"句作七字读，且注叶韵，盖吴越乡音多以"鱼虞"韵混入"支微"。如呼"枢"为"痴"，呼"储"为"迟"之类，故作谱者认"书"字是韵耳。岂清真词、伯可亦作此蛮音丑态耶？观方千里词"无限当年往复诗"，词明明于"辞"字和韵，何竟不一查也？其"里"字"纸"字乃以仄声叶平。方用"疏疏雨里千万纸"，亦是和韵。可见词中平仄两叶者甚多，此又其一人，未及细考耳。《图谱》不知此义，竟以"辞犹在纸"连下"雁信绝"作七字句，更为可笑。岂方词可读作"辞千万纸"甚近日耶？且因误读句拗，遂又注此七字可用仄平平仄平平仄，如七言诗一句，真怪绝矣。呜呼，是可作谱何哉？余每赞叹方氏和清真一帙为千古词音证据。观其字字摹合如此，不惟调字可考，且足见古人细心处；不惟有功于周氏，而凡词皆可以此理推之。岂非词家所当蒸尝者耶？故字旁不敢复注平仄。②

注周邦彦〔应天长〕"又一体"曰：

余尝为千里和清真，四声一字不改。观竹山亦一字不改。益知用字自有定格，不如今人高见，随意可填也。"乱花过""过"字各家俱用仄，蒋集作

---

① 万树《词律》，上海古籍出版社1984年版，第14页。
② 万树《词律》，上海古籍出版社1984年版，第269页。

"似琼花""花"字亦讹，恐是"苑"字。《梦窗甲稿》于梁间二句作"芙蓉词赋客"，亦是"蓉"字下落一字，非有九十七字一体也。或曰：前叶词此句云"扁舟波浩渺"，亦用五字，或梦窗同之耳。余曰：叶用柳体，是五字。其后段"鸥鹭千古意"亦五字。梦窗用周体，是六字。其后段"凌波恨帘户寂"亦六字。两体前后各自相同，不可乱也。伯可于"正是"二句，"又见"二句作上四下七，不拘。此十一字语气总一贯耳。《图谱》以此收康、周作两体，不必也。①

注方千里〔荔枝香近〕"又一体"注曰：

此和清真词，字字相同。只"深涧"句周本作看"两两相依燕新乳"，此词却多一字。耆卿此句作"遥认众里盈盈好身段"，梦窗作"天上未比人间更情苦"，则原应九字。而周本于"看"字上落一字，或系"闲"字"愁"字也。《图谱》颠倒作"新燕乳"，更谬。②

注周邦彦〔玲珑四犯〕一调曰：

"细念想"句本七字，观徽宗、梅溪、松山等作皆同，而方千里和此词正作"顾鬓影翠云零乱"，其为七字何疑？旧谱去一"细"字，各书多仍其误。汲古刻《片玉词》有"按谱宜是六言，无'细'字之注也。各家惟竹屋一首六字，或亦脱落，或有此体"。然谓有此体，则可谓周词六字则不可，盖有千里和词为证也。又"片时一阵"应是五字，各家皆同。旧刻于"又"字上多一"奈"字，不惟失调，于文义亦赘。至尾句《谱图》俱注"又片时一阵风雨"为七字句，"恶吹分散"为四字句。今考方词是"仗梦魂一到花月底休飘散"是知上句五字，于"阵"字分断，下以"风雨恶"为一句，"吹分散"为一句，方词上句于"到"字佳，下以"花月底"为一句，"休飘散"为一句耳。

---

① 万树《词律》，上海古籍出版社1984年版，第155—156页。
② 万树《词律》，上海古籍出版社1984年版，第257页。

又查草窗结云"倚画栏无语春恨远频回首"更可以为据。向来原有所疑，考至此不觉爽然，又思人之所以误读者，乃因〔玲珑四犯〕又另有四字煞尾一体，故人欲强而同之，遂致误耳，但览后载史词，可知其分别较然矣。谱于五字句谓可用平平平仄仄，下句可用仄仄平平平仄，"恶"字竟作可平，岂不大谬？①

通过与和词比较，万树校正了大量词作，纠正了不少传抄错误，成绩斐然，值得肯定。

（二）依上下阕句法、字声对比校勘

两片之词体，多为字声、字数、句法相同。万树亦经常利用上下片相对称的关系进行校勘，如其考证〔金人捧露盘〕调曰：

> 此调因有别名，故各书多复收之。而《图谱》乃收至三体，既收〔金人捧露盘〕与〔上西平〕，又收一元人词〔上南平〕，调奇绝。盖《啸余》于两结原读作一七字、一四字，故《图谱》亦以〔杏花天〕三字属上句，而《啸余》所收之词于"天"字用仄，《图谱》所收之词于"天"字用平，且偶于通篇韵合，故以为另一体而列之。又其后段于"尽呼起"至绣心肠云"洗五州、妖气关山，已平全蜀，风行何用一泥丸"，是于"州"字豆，"山"字叶，"蜀"字句，"丸"字叶者，《图谱》误认"洗五州妖气"为一句，"关山已平"为一句，"全蜀风行"为一句，"何用一泥丸"为一句，则此词比前词，原未尝有异，而读者差到底，故遂另列一体耳，岂非奇绝乎？
>
> 又《稼轩集》"九衢中"一首，前结云："自怜，是海山头种玉人家"，乃于"自怜"是一句，内落去一字。观其后段，仍是两句十一字。可知《谱》因将"自怜是"连下作十字句，故认为另格。然则如东浦刻后结，"不如，早问溪山高养吾慵"，亦不管其是误落，而亦可另收一体耶？总之，此调起处三字三句，换头三字四句，其余字字相同，岂有前后互异之理？书籍

---

① 万树《词律》，上海古籍出版社1984年版，第351页。

之误刻者甚多，安可不一细心体认？凡读书皆然不独一词也。卢川后起，作名与利，不必学。①

通过上下片之间字声、字数、句法的对比，万树纠正了〔金人捧露盘〕调的异名以及错脱等现象，又如其注方千里〔华胥引〕一调曰：

> 各数俱选周词"川原澄映"一首，只作八十五字。盖在"绣裳"句止云"凤笺盈箧"，故比此少一字也。不知此句正与前段"更橹声"句相合，当用五字。则知《片玉集》乃落去一字，而从来读者未查校玩味耳。又周尾句云"夜来和泪双叠""来"字平声，与前段"醉头扶起寒怯"之头字相同，与此词前结"言"字、后结"成"字俱同。《图谱》乃作"夜夜和泪双叠"第二"夜"字竟改用去声，而所绘黑圈，偏不以为可平。岂非故意欲改坏此调乎？②

〔华胥引〕一调，其他词选、词谱都选用了周邦彦之"川原澄映"一词作为例词，然而，万树通过比较周词上下片，发现周词上片脱落一字，上下片变得字数不一致。虽周词更早，方词只是和词，但通过比较，万树最终还是选用了方千里的词作作为例词。

（三）以"上、入可以代平"校勘

万树在编制《词律》过程中，全面总结了"上、入可代平"的词律理论：

> 入声派入三声为曲言之也，然词曲一理，今词中之作平声者比比，是比上作平者更多，难以条举。作者不可因其用入，是仄声而填作上声也。且有以入叶上者，不可用去，以入叶去者，不可用上，亦须知之，以上二项皆确然可据。故谆复言之，不厌婆舌，勿云穿凿也。③

他在《词律》中多次运用这一理论进行校对，如于卷一〔三台〕"又一体"

---

① 万树《词律》，上海古籍出版社 1984 年版，第 271 页。
② 万树《词律》，上海古籍出版社 1984 年版，第 294 页。
③ 万树《词律》，上海古籍出版社 1984 年版，第 16 页。

注曰：

> 以入、以上作平处，不可用去声字，其说甚长，已于《发凡》悉之。"汉蜡传宫炬"向来俱刻"汉宫传蜡炬"，疑与前稍异，后得粤中藏书家元刻本作"汉蜡传宫炬"，为之爽然心快。①

卷三晏几道〔清商怨〕后注曰：

> 前后起皆三平三仄，观《片玉》："枝头风信渐小，江南人去路杳"可见，"锦"字上声可借作平，不可用去声也。②

注欧阳修〔越溪春〕一调曰：

> 向来俱作"沉麝不烧金鸭冷笼月照梨花"，今依《词综》校正，作六字两句。按"银箭"句即同前"春色"句，则"有时"句似应作七字，于"两点雨"分断，而以"霁"字属下为是，然臆测不敢谓必然。故依旧注之"两点"二字，皆上声作平者。少游〔金明池〕亦云"过三点两点细雨"，其句正对后段"才子倒玉山休诉"也。作者不必泥此，而于此二字误用去声。《图谱》于"珑"字作可仄，想误刻也。③

万树以"上、入可以代平"的词律理论，解决了词调中的许多字声问题，并纠正了前期词谱因字声不对而擅自篡改原词的做法，贡献颇大。

（四）以"去声字"校勘

去声字论在沈义父时已经提出，他从创作论的角度来阐述这个问题，而以"去声字"校勘词籍，却是万树的发明。通过"去声字"校对词律，万树完善了词学校勘学中的"律校法"，为词学校勘学做出了突出贡献，如《词律》卷一周邦彦〔浪淘沙慢〕后注曰：

---

① 万树《词律》，上海古籍出版社1984年版，第68页。
② 万树《词律》，上海古籍出版社1984年版，第116页。
③ 万树《词律》，上海古籍出版社1984年版，第262页。

精绽悠扬，真千秋绝调。其用去声字，尤不可及。观竹山和词，通篇四声一字不殊，岂非词调有定格耶？故可平可仄俱不敢填。①

卷三赵长卿〔点绛唇〕后注曰：

"翠"字去声，妙甚；"砌"字、"泪"字亦去声，俱妙。凡名作，俱然作平则不起调。近见时人有于"翠"字用平声，而"砌成"句，用平平仄仄，是不深于词者也。②

这种精密的考订使律校法成为词学校勘学上的一种重要的校勘方法。万树之后，"律校法"越来越得到词学家们的肯定，清季词学家王鹏运、朱祖谋、郑文焯等，亦非常重视依律校勘词集。今人吴则虞先生在校勘《清真集》时云："词律和词的关系好像'度之以履'。买鞋子虽不必一定要拿鞋样，可是从鞋样也能知道鞋的大小，因此依律校词，也是一种有效的方法。"③更是把依律校词明确列为校例之一。

第二节 《词律》的缺憾

清代晚期的秦巘全面分析了《词律》的不足：

惜乎援据不博，校雠不审，其中不无缺失：如宫调不明，竟无一语论及，其缺一；调下不载原题，几不知词意所在，其缺二；专以汲古阁《六十名家词》《词综》为主，他书未经寓目，凭虚拟议，其缺三；调名遗漏甚多，其缺四。不论宫调，专以字数比较，是为舍本逐末，其失一；所录之词，任意取择，未为定式，其失二；调名原多歧出，务欲归并，而考据不

---

① 万树《词律》，上海古籍出版社 1984 年版，第 76 页。
② 万树《词律》，上海古籍出版社 1984 年版，第 114 页。
③ 吴则虞《清真集·校例》，中华书局 1981 年版，第 3—4 页。

详,颠倒时代,反宾为主,其失三;所据之本不精,字句讹谬,全凭臆度,其失四;前后段字数,必欲比同,甚至改换字句以牵合,殊涉穿凿,其失五;《图谱》等书,原多可议,哓哓辩论,未免太烦,其失六。兹编以《词律》为蓝本,于其缺者增之,讹者正之。非敢大肆讥评,聊为补缺拾遗之一助。红友最为虚心,或当首肯。①

真可谓一针见血。总体说来,词律之失大略有三,一为不懂宫调音律,妄自猜度,强分诸体,不合词体本貌;二为文献有限,漏调颇多;三为考订不精,校对有误。

一、不懂宫调乐律

虽然清初词学家在词律学上的贡献不是很大,但他们已经开始反思明人制谱的得失,并努力摸索出一条独立发展的道路。如毛先舒在词调考证上的贡献,邹祗谟对明人词谱的批评等。另外,清初的词学家对词体的认识日渐深刻,他们越来越不满足于明人为了方便创作而设计过于简单的格律谱,如邹祗谟从张綖《诗余图谱》阐发开去:

> 张光州南湖《诗余图谱》,于词学失传之日,创为谱系,有筚路蓝缕之功。《虞山诗选》云:"南湖少从王西楼游,刻意填词,必求合某宫某调,某调第几声,其声出入第几犯,抗坠圆美,必求合作。"则此言似属溢论。大约南湖所载,俱系习见诸体,一按字数多寡韵脚平仄,而于音律之学,尚隔一尘。试观柳永《乐章集》中,有同一体而分大石歇指诸调,按之平仄,亦复无别。此理近人原无见解,亦如公"甬戈"所言徐六担板耳。②

他认为,词按平仄划分是有问题的,并举柳永的词来说明同一词调收入不同宫调并不一定造成平仄不同,而怀疑"同调异名"并不是造成同一词调不同字

---

① 秦巘《词系·凡例》,北京师范大学出版社1996年版,第1—2页。
② 邹祗谟《远志斋词衷》,《词话丛编》本,第658页。

数、格律的唯一的原因,同时,他提出在制谱过程中"同调异名"的解决办法:

> 俞少卿云:"郎仁宝瑛,谓填词名同而文有多寡,音有平仄各异者甚多,悉无书可证。"然三人占则从二人,取多者证之可矣。所引康伯可之〔应天长〕、叶少蕴之〔念奴娇〕,俱有两首,不独文稍异,而多寡悬殊,则传流钞录之误也。《乐章集》中尤多。其他往往平仄,小异者亦多。吾向谓间亦有可移者,此类是也。又云:"有二句合作一句,一句分作二句者,字数不差,妙在歌者上下纵横所协。"此自确论,但子瞻填长调,多用此法,他人即不尔。至于《花间集》同一调名,而人各一体,如〔荷叶杯〕〔诉衷情〕之类,至〔河传〕〔酒泉子〕等尤甚。当时何不另创一名耶,殊不可晓。愚按此等处,近谱俱无定例,作词者既用某体,即于本题注明亦可。①

针对花间词人"同一调名而人各一体"的客观状况,他提出"作词者既用某体,即于本题注明亦可"的解决办法,而这种思路,在《词律》《钦定词谱》中得到了采用,这些都是非常具有建设性的意见。

《词律》作为当时最成熟的词谱,为词谱史增添了一道绚丽的光彩,在词谱史上占有非常重要的地位,但是,它本身还具有一定的局限性。比如,由于词乐失传,长期的视词为诗体的一种,词的本来面貌还是未能揭开面纱。江顺诒批评"万氏有功于词学,杜氏又为万氏之功臣。虽其书知声而不知音,然舍此别无可遵之谱,则校勘记之不可少也明矣;然律之一字,究非音律之律,亦非律例之律,不过如诗之五七律之律耳,不如仍名为谱之确也"。② 真可谓一针见血。

虽然"词曲一理"不误,但是,词与曲的音乐体制有很大不同,除上面所谈到的词未完成声腔化,词曲不同还涉及宫调问题。明徐渭曾谈道:

---

① 邹祗谟《远志斋词衷》,《词话丛编》本,第 644 页。
② 江顺诒《词学集成》,《词话丛编》本,第 3237 页。

今之北曲,盖辽、金北部杀伐之音。壮伟狠戾,武夫马上之歌,流入中原,遂为民间之日用。宋词既不可被弦管,南人亦遂尚此,上下风靡,浅俗可嗤。然其间九宫、二十一调,犹唐宋之遗也,特其止于三声,而四声之灭耳。至南曲,又出北曲下一等,彼以宫调限之,吾不知其何取也。或以则诚"也不寻宫调"之句为不知律,非也,此正见高公之识也。夫南曲本市里之谈,即如今吴下《山歌》,北方《山坡羊》,何处求取宫调?必欲宫调,则当取宋之《绝妙词选》,逐一按出宫商,乃是高见。彼既不能,盖亦姑安于浅近。大家胡说可也,奚必南九宫焉。①

南曲抛弃了宫调,宫调对它已经没有了限制。宋元燕乐采用的是固定唱名,宫调是限制音乐杀声即主音的因素,而南曲中率先"不寻宫调",正标明南曲开始采用首调唱名。首调唱名的采用,是音乐乐器大发展的结果。固定唱名是因为当时的乐器种类以及数量有限,制作工具简单,制作工艺复杂,很多艺人能够拥有一件乐器就非常奢侈了。他们在表演过程中,只能利用这一件乐器调整调式来配合不同音调的艺人的表演。比如笛子,以前艺人只能用一支笛子,通过调整气息大小,笛孔的手法来表达A、B、C、D等不同的音调。而到了明清,随着资本主义萌芽的发展,手工业的发展,制作乐器的工具与技术也得到了很大的更新,工匠们可以通过算律非常简单地生产出A、B、C、D等各种音调不同的笛子。制作简单,价格便宜,算律精准,艺人们在为不同调式、不同美感的音乐伴奏时,完全可以重新选择一种音调的乐器。可以说,正是乐器的大发展推动了音乐体制的根本性变化,这样,宫调的作用就大大下降了,到了明清,宫调完全沦为一种没有实际意义的分类符号,而首调唱名成为时代的主旋律,工尺谱得以成为时代潮流,这与西洋音乐乐理一致了。从古至今,中外文化交流不断,是明清工尺谱影响了西洋音乐,还是西洋音乐对明清工尺谱产生了影响,或是二者皆单独发展,最终殊途同归?二者之间的关系如何,

---

① 徐渭《南词叙录》,《中国古典戏曲论著集成》本,第三册,第240页。

还有待考证。

正由于万树不懂宫调音律,使得他在编制《词律》时产生了一些根本观念上的错误,如卷一〔三台〕后注曰:

> 从来旧刻,此篇俱作双调,于"双双游女"分段。①

其实,双调本是宫调名,隶属商调,而不是万树所言的"两段"的意思。吴衡照批评道:

> 红友《词律》,如〔南歌子〕〔荷叶杯〕等体,多注双调。西林先生云:双调乃唐宋燕乐二十八调(表7.1)、商声七之一曲之大段名也。词中〔雨淋铃〕〔何满子〕〔翠楼吟〕,皆入双调。万氏失考,误以再叠当之,有此卮言。②

表7.1 燕乐二十八宫调正俗名

	正名	俗名
宫七调	黄钟宫	正黄钟宫
	大吕宫	高宫
	夹钟宫	中吕宫
	仲吕宫	道宫
	林钟宫	南吕宫
	夷则宫	仙吕宫
	无射宫	黄钟宫
商七调	无射商	越调
	黄钟商	大石调
	大吕商高	大石调

---

① 万树《词律》,上海古籍出版社1984年版,第67页。
② 吴衡照《莲子居词话》卷二,《词话丛编》本,第2424页。

（续表）

	正名	俗名
商七调	夹钟商	双调
	仲吕商	小石调
	林钟商	歇指调
	夷则商	商调
角七调	无射闰（闰即变宫）	越角
	黄钟闰	大石角
	大吕闰	高大石角
	夹钟闰	双角
	仲吕闰	小石角
	林钟闰歇	指角
	夷则闰	商角
羽七调	夹钟羽	中吕调
	仲吕羽	正平调
	林钟羽	高平调
	夷则羽	仙吕调
	无射羽	羽调
	黄钟羽	般涉调
	大吕羽	高般涉调

江顺诒则站在更高的角度来看待万树的作法：

> 万氏《词律·自叙》云："诗余乃剧本之先声，昔日入伶工之歌板，如者卿标明于分调，诚斋垂法于择腔，尧章自注扁指之声，君特久辨煞尾之字。当时或随宫造格，创制于前。或遵调填音，因仍于后。其腔之疾徐长短，字之平仄阴阳，守一定而不移，证诸家而皆合。"〔诒〕案：此条简析

明畅,于宫调之理未尝不知之。①

江顺诒首先看似肯定了万树略通乐理,然而万树想解决词的宫调、音律问题,而其所言"择腔""煞尾""随宫造格"看似是个深通声律者,但是当万树真正深入到词体的音乐体制内部问题后,不懂乐律的马脚就暴露了。江顺诒继续论述道:

> 又《发凡》云:"〔红情〕〔绿意〕,其名甚佳,再四玩味,即〔暗香〕〔疏影〕,二调之外,不另收〔红情〕〔绿意〕。"〔诒〕案:此实红友之精核也,删之诚是。又《发凡》云:"石帚赋〔湘月〕自注云:'即〔念奴娇〕之鬲指声,体同名异,或有故。'但宫调失传,作者依腔填句,不必另收湘月。盖人欲填〔湘月〕,即是〔念奴娇〕,无庸立此名也。"〔诒〕案:此实红友不知宫调之误也。盖〔湘月〕与〔念奴娇〕字句虽同,业已移宫换羽,别为一调。非如〔红情〕〔绿意〕,仅取牌名新异也。后人不知鬲指之理,则填〔念奴娇〕,不填〔湘月〕可耳,而〔湘月〕之调,则不可删。按鬲指之义,方氏《词麈》有云:"姜尧章〔湘月〕词,自注即〔念奴娇〕鬲指声,于双调中吹之。鬲指亦谓过腔,见《晁无咎集》,凡能吹竹者便能过腔也。后人多不解鬲指过腔之义,培思索久之,而司其说。盖〔念奴娇〕本大石调,即太簇商,双调为仲吕双,律虽异而同是商音,故其腔可过。太簇当用四字,仲吕当用上字。今姜词不用四字住,而用上字住。箫管四上字中间,只隔一孔,笛四上字两孔相联,只在鬲指之间。又此两调毕曲当用一字尺字,亦鬲指之间,故曰鬲指声也。吹竹便能过腔,正此之谓。"〔诒〕案:〔念奴娇〕〔湘月〕,填词者虽不知过腔为何事,而欲并为一词,歌者能不问太簇之用四字,大吕之用上字,而并为一曲乎。吾恐〔念奴娇〕词之字,吹之四字而协者,吹之上字而未必协也。②

---

① 江顺诒《词学集成》,《词话丛编》本,第3242—3243页。
② 江顺诒《词学集成》,《词话丛编》本,第3243页。

万红友《词律》虽校勘功深，实未探乎词皆可歌之源，而于不可歌之词，斤斤于上去之必不可误，平仄之必不可移，增一字为一体，减一字又为一体，并不知何调为宫为商。毋亦自昧其途，而示人以前路乎。夫词至于不可歌，则失调之曲，长短句之诗，杜陵、香山新乐府之变耳。增一字可，减一字亦可，上与去何所别，平与仄何所分，读之顺口即佳。似诗非词，似曲亦非词，作者神明之可也。①

江顺诒指出万树《词律》虽精于校勘，然而未能探得词乐之本质，而在词调字声方面，却是斤斤于上去平仄："并不知何调为宫为商。毋亦自昧其途，而示人以前路乎。夫词至于不可歌，则失调之曲，长短句之诗，杜陵、香山新乐府之变耳"①。四库馆臣指出其"唐宋以来倚声度曲之法已十得其九"②，评论比较客观。

二、漏载词调仍然很多

相对于张綖《诗余图谱》的150调、谢天瑞《新镌补遗诗余图谱》343调、程明善《啸余谱》330调、赖以邠《填词图谱》545调（682体）③，万树《词律》所编制的词调为640调，1180多体，在词谱史上达到了当时最多的数量，但是，唐宋的词调数量还远不止此。随着唐宋词集文献的新发掘与整理，新词调迭出不穷。关于《词律》漏载的情况，后人多有评论，如吴衡照谈道：

词八百二十余调，二千三百余体。红友《词律》录止六百六十余调，千百八十余体，则此外渗漏正多矣。姑就其所见之尤可诵者抄之。袁宣卿〔剑器近〕九十六字："夜来雨。赖倩得、东风吹住。海棠正妖娆处。且留取。悄庭户。试细听、莺啼燕语。分明共人愁绪。怕春去。佳树。翠阴初转午。重帘未卷，乍睡起、寂寞看风絮。偷弹清泪寄烟波，见江头故人，为言

---

① 江顺诒《词学集成》，《词话丛编》本，第3220页。
② 永瑢等《四库全书总目》，中华书局1983年版，第1828页。
③ 江合友《明清词谱史》，上海古籍出版社2008年版，第89页。

憔悴如许。彩笺无数。去却寒暄,到了浑无定据。断肠落日千山暮。"元遗山〔小圣乐〕七十五字:"绿叶阴浓,遍池亭水阁,偏趁凉多。海榴初绽,朵朵蹙红罗。乳燕雏莺弄语,对高柳鸣蝉相和。骤雨过。似琼珠乱撒,打遍新荷。人世百年有几,念良辰美景,休放虚过。富贵前定,何用苦奔波。命友邀宾,燕赏饮芳醑,浅斟低歌。且酩酊、从教二轮,来往如梭。"①

吴衡照指出万树《词律》失载了很多词调:"姑就其所见之尤可诵者抄之。"据《莲子居词话》,吴衡照还记载了四个《词律》未收的词调:

山中白云〔珍珠令〕五十字,红友《词律》失载。词云:"桃花扇底歌声杳。愁多少。便觉道花阴闲了。因甚不归来,甚归来不早。满院飞花休要扫。待留与薄情知道。怕一似飞花,和春都老。"①

周草窗〔采绿吟〕九十九字,〔倚风娇近〕七十字,红友《词律》失载。词见《蘋州渔笛谱》。②

《词律》刊刻20多年后,《钦定词谱》付梓,词调数量达到了826个,列体2306个。

由于《词律》存在诸多问题,清代中期后,杜文澜对《词律》进行了全面的修订,作《词律校勘记》二卷,并附录徐本立的《词律补遗》四卷,于光绪二年刊刻成《校勘词律》:

词学始于唐,盛于宋,有一定不移之律,亦有通行共习之书。南宋时修内司所刊《乐府混成集》,巨帙百余,周草窗《齐东野语》,称其古今歌词之谱,靡不备具,而有谱无词者,实居其中。故当日填词家虽自制之腔,亦能协律,由于宫谱之备也。元明以来,宫调失传,作者腔每自度,音不求谐,于是词之体渐卑,词之学渐废,而词之律则更鲜有言者。七百年古调

---

① 吴衡照《莲子居词话》,《词话丛编》本,第2433页。
② 吴衡照《莲子居词话》,《词话丛编》本,第2478页。

元音，直欲与高筑嵇琴同成绝响。使非万氏红友一书起而振之，则后之人奉《啸余图谱》为准绳，日趋于错矩偭规而不自觉，又焉知词之有定律，律之必宜遵哉。其书为卷二十，为调六百四十，为体一千一百八十有奇。凡格调之分合，句逗之长短，四声之参差，一字之同异，莫不援名家之传作，据以论定是非。俾学者按律谐声，不背古人之成法，其有功于词学也大矣。①

江顺诒赞扬道：

万氏有功于词学，杜氏又为万氏之功臣。虽其书知声而不知音，然舍此别无可遵之谱，则《校勘记》之不可少也明矣。然"律"之一字，究非"音律"之"律"，亦非"律例"之"律"，不过如诗之"五七律"之"律"耳，不如仍名为"谱"之确也。②

另外，万树谆谆教诲词人填词要严守四声，然其所作多有未能谨守者。陈廷焯《白雨斋词话》卷三指出："万红友《香胆词》，颇多别调，语欠雅驯，音律亦多不协处。"③其中矛盾之处，值得研究者深思。

虽然万树《词律》代表了康熙前期词谱的最高成就，但是由于按四声填词太过困难，故很多人并未按照《词律》填词，而且二十卷巨册的编辑，也不利于填词人使用，大多数词人依然使用平仄格律谱来填词。徐立本、杜文澜为《词律》做补遗，并于光绪二年刊刻，词调数量达到了875个，比原刊本增词调200多个。清代晚期，秦巘编制《词系》，其所收的词调数量为1029个，2200余体④。可见，万氏虽有大功于词调，但漏载词调仍较多，而自清代中期以后，日渐严密的词律研究亦日益影响到了创作，很多人开始摆脱平仄谱的创作，进而采用杜文澜校勘的《校勘词律》，《词律》的作用与地位方得以

---

① 杜文澜《词律校勘记》，《词律》，上海古籍出版社1984年版，第1页。
② 江顺诒《词学集成》，《词话丛编》本，第3237页。
③ 陈廷焯《白雨斋词话》，《词话丛编》本，第3846页。
④ 江合友《明清词谱史》，上海古籍出版社2008年版，第212页。

彰显。

词学界在广泛采用是谱填词的同时，也更为深刻地对《词律》进行批评。批评的过程，更多地进行了补正，如吴衡照补充词调曰：

〔临江仙〕一名〔雁后归〕，见东山《寓声乐府》。〔江城梅花引〕一名〔摊破江神子〕，见《书舟词》。〔八声甘州〕一名〔潇潇雨〕，〔凤凰阁〕一名〔数花风〕，〔霜叶飞〕一名〔斗婵娟〕，见《山中白云》。〔朝天子〕一名〔朝天紫〕，见《词品》。〔十六字令〕一名〔花娇女〕，〔如梦令〕一名〔小梅花〕，〔天仙子〕一名〔万斯年〕，〔点绛唇〕一名〔十八香〕，〔思归乐〕一名〔二色宫桃〕，〔朝玉阶〕一名〔散天花〕，〔青玉案〕一名〔客中忆〕，〔梦行云〕一名〔六么花十八〕，〔倒犯〕一名〔吉了犯〕，见无名氏同调异名录。此红友《词律》所未载。①

梦窗〔梦芙蓉〕九十七字，红友《词律》失载，竹垞、樊榭尝用之。歙凌次仲（廷堪）《梅边吹笛谱》赋"红叶"，亦寄此解。次仲言："清真〔月下笛〕与白石玉田诸作迥异。今细校之，即〔琐窗寒〕，惟换头处少一字，疑是〔琐窗寒〕别名，非〔月下笛〕本调。"此说足正红友《词律》之误。〔月下笛〕本调，与〔琐窗寒〕大略相同。只上半中四句下半后四句不合，而清真此阕，则纯乎〔琐窗寒〕耳。②

周草窗〔采绿吟〕九十九字，〔倚风娇近〕七十字，红友《词律》失载。词见"蘋洲渔笛谱"。近日仁和程瑜《小红楼词》四卷，鲜耀绵整，雅近周草窗。草窗于宋景炎间宰湖州，瑜亦官湖州，学博与弁阳啸翁若有夙契。《小红楼》警句〔台城路〕云："朋簪胜引。似落日疏林，几鸦几趁。一笑开尊，蜡灯红晕翠帘暝。"又"冰蟾弄影。泼满地清波，醉魂摇泠。"（《孙雪帷招饮东园载酒处》）〔薄幸〕云："绿波南浦。芥天涯知否重来，泪满斜阳树。"（《书汪柳湖懊恼曲后》）〔台城路〕云："优昙净土。

---

① 吴衡照《莲子居词话》，《词话丛编》本，第 2425 页。
② 吴衡照《莲子居词话》，《词话丛编》本，第 2475 页。

剩一匊情痴，不堪重诉。"（《花魂》）〔天香〕云："莲舌花翻露气。揾碧唾、余甘袖罗底。一握温香，近前笑递。"（《烟草》）〔疏影〕云："轻阴棹入江村里，看暝色高楼初赴。怕有人误识归舟，带了梦魂飞去。"（《帆影》）〔长亭怨慢〕云："斗月明妆，笑桃娇靥渺何许。嫩莺啼昼，空学了吹兰语。细雨失遥山，又泪掩韦娘眉妩。"（《忆》）〔木兰花慢〕云："青梢。蜕痕几豆，是相思、留得旧情苗。"（《落梅》）①

除了补充词调，清代词学家还补充了不少"又一体"，如李佳补充曰：

〔侧犯〕调，《词律》收千里和清真之作，谓煞尾"愁听落叶辘轳金井"句，听字是韵，而以清真词为传误。盖因前段有"风定波静"，皆二句为叶。后段当从同。今读白石此词，此句无韵。且玩清真词，语意非讹，而"千里愁听"二字，语气未足。刘光珊谓词有双拽头之格，前之二字句，连下八字，两处吻合，正双拽头也。体应分作三段，因填一词云："梦飞欲去。片魂忽被风留住。疑雨。是铁马丁当、和愁句。天寒酒醒夜，缟袂人何处。私语。但暗祝东皇、好相顾。笙歌旧院，消受闲歌舞。今独自。客天涯，谁与共尊俎，闷坐愁城，愁来无数。月底人孤，懒修箫谱。"此说可正红友之讹。②

当然，努力的结果，自是成就不凡。到了民国时期，词学家继续补充词调，"如夏敬观《词律拾遗补》（《同声月刊》1941.11.20）、《词律拾遗补（续）》（《同声月刊》1942.01.15、1942.02.15、1942.04.15）、《词律拾遗再补》（《同声月刊》1942.05.15、1942.07.15）、《词律拾遗再补（续）》（《同声月刊》1942.08.15、1942.10.15、1942.11.15、1941.12.15、1943.01），先后于《同声月刊》十一期中刊载词调拾遗，补调近百个。"③夏敬

---

① 吴衡照《莲子居词话》，《词话丛编》本，第 2478 页。
② 李佳《左庵词话》，《词话丛编》本，第 3145 页。
③ 刘少坤《清代词律批评理论史》，人民出版社 2015 年版，第 380 页。

观不单单作补调，而且还采用最新的校勘成果，如《四印斋所刻词》《彊村丛书》等来对比校勘，同时，他还积极采用万树以来所建立的"律校法"来说明补调的原因，进而讨论词调的句法章法等问题，如其补贺铸〔更漏子〕后注曰：

> 《词律》收杜安世词，而有未能断句之处。以此词比对，则句读可得。杜词于"芳草赠我殷勤"句，作"客馆悄悄闲庭"，"庭"字是叶。后段"明朝水馆渔村"句，杜词作"长是宦游羁思"，"思"字不叶。红友以前后异，遂不能加旁注。杜词平仄颇异，"画桥接口"作仄仄平平。"恹恹"第二"恹"字，"罗巾双泪痕"之"巾"字、"双"字，皆用仄声。"阑珊独上"，作平仄平平。"洞户人间"，作仄仄仄仄。"紫云车远"，作仄仄平平。"明朝水馆渔村"，作平仄平平仄。"招断魂"之"招"字用仄声。"明月"作仄平。其音节固迥异矣。当以此词为正体，杜词为又一体。①

通过对杜安世与贺铸〔更漏子〕词作的分析，仔细比斟二词用韵、平仄差别，夏敬观得出"当以此词（贺铸）为正体，杜词为又一体"的结论，其所作出的努力值得称赞。

三、考订偶有失误

由于明代是格律谱的初创期，明人词谱专著在设计体例与符号时难免存在诸多问题，如平仄错误很多。然而，这是初创期必然要经历的过程，又无其他良谱可依，到清代前期，很多填词者仍然采用张綖《诗余图谱》与程明善《啸余谱》，如王士禛即依从《啸余谱》："向十余岁，学作长短句，不工，辄弃去。今夏楼居，效比丘休夏自恣……偶读《啸余谱》，辄拈笔填词，次第得三十首。"②王士禛之前所填之词不工，原因即为无谱可依，而自发现《啸余谱》之后，自认为所作之词可以不"辄弃去"。田同之亦言："宋元人所撰词谱

---

① 夏敬观《词律拾遗补（续）》，《同声月刊》，第二卷第四号。
② 王士禛《衍波词·阮亭诗余自序》，广东人民出版社 1986 年版，第 147 页。

流传者少。自国初至康熙十年前，填词家多沿明人，遵守《啸余谱》一书。"①

邹祗谟尖锐地批评明人制谱的空疏："近人多据《图谱》，《啸余谱》二书，平仄差核，而又半黑半白以分别之。其中，虚实句读，每置不论，且载词太略。如字数稍有起结相类，遂伪为一调矣。《明辨》一书，多遵啸余谱，舛错更甚，或逸本名，或列数调，或分伪字，甚则以衬字为实字，则有增添字数之伪。以上二字可联在下句，以下三字可截在上句，则又错乱句读之伪。成谱岂可如是，是不可不辨句也。"②"南湖谱平仄差核，而用黑白及半黑半白圈，以分别之，不无鱼豕之讹。"③

> 张世文、谢天瑞、徐伯鲁、程明善等前后增损繁简，俱未尽善。沈天羽谓《花间》无定体，不必派入体中。但就〔河传〕〔酒泉子〕诸调言之可耳，要之亦非定论。前人著令，后人为律，如乐府铙歌诸曲，历晋宋六朝以迄三唐，名同实异，参稽互变。必谓《花间》无定体，《草堂》始有定体，则作小令者，何不短长任意耶。中郎虎贲，吾善乎俞光禄之言耳。④

> 《诗余图谱》载调太略，如〔粉蝶儿〕与〔惜奴娇〕，本系两体，但字数稍同，及起句相似，遂误为一体，恐亦未安。③

> 《啸余谱》如〔念奴娇〕之与〔无俗念〕〔百字谣〕〔大江乘〕，〔贺新郎〕之与〔金缕曲〕，〔金人捧露盘〕之与〔上西平〕，本一体也，而分载数体。〔燕春台〕之即〔燕台春〕，〔大江乘〕之即〔大江东〕，〔秋霁〕之即〔春霁〕，〔棘影〕之即〔疏影〕，本无异名也，而误仍讹字。或列数体，或逸本名。甚至错乱句读，增减字数，而强缀标目，妄分韵脚。又如〔千年调〕〔六州歌头〕〔阳关引〕〔帝台春〕之类，句数率皆淆乱。成谱如是，学者奉为金科玉律，何以迄无驳正者耶。③

---

① 田同之《西圃词说》，《词话丛编》本，第 1473 页。
② 沈雄《古今词话》，《词话丛编》本，第 839 页。
③ 邹祗谟《远志斋词衷》，《词话丛编》本，第 643 页。
④ 邹祗谟《远志斋词衷》，《词话丛编》本，第 645 页。

从张綖《诗余图谱》、程明善《啸余谱》等人制作的词谱的具体情况来看，其中标示错误者不在少数，此批评绝非无的放矢。《词律》亦存在不少这样的问题。丁绍仪指出其错误的原因：

> 万氏《词律》成于岭外，所见之书无几，采列各调，亦多录自《汲古阁》本，未经细校，即付手民，讹错处较《词综》尤甚。①

由于万树在制定《词律》时尚在漂泊，且身边词籍文献较少，因此其考核错误在所难免。并例举了一百多个词调来证明《词律》中的脱衍错讹之处。杜文澜在《词律校勘记》中多有指正，如批评〔更漏子〕调曰：

> 按此词词谱未收，词只四十五字，万氏注四十六字，误。又按此调唐宋作者甚多，皆四十六字，疑"一"各三字，误落一字也。②

连字数都数错了。杜文澜还曾列举一笑柄曰：

> 校书遇费解语，百思不得，迨以善本校出，有令人失笑者。如校《词律》秦少游〔雨中花慢〕词，上句"满空寒"三字，下句"皇女明星迎笑"六字。万氏注云：按律少一字。余又觉"皇女"二字不可解。及得《淮海集》校之，乃上句为"寒白"，下句为"玉女"。钞时误钞"玉"字一点，与"白"字并作"皇"字，此与俗传"羊血仓仓"，笑柄正相偶矣。③

"皇女"原来为"白玉女"，不禁令人捧腹。万树考订〔侧犯〕曰：

> 词至千里而绳尺森然，纤毫无假借矣。四声确定，欲旁注而不得矣。旧刻《片玉词》，于"小园路迥"句，作"酒垆寂静"，"静"字犯重。"愁听"以下，作"烟锁漠漠藻地苔井"，"锁"字失叶。《词统》云："方千里改之

---

① 丁绍仪《听秋声馆词话》，《词话丛编》本，第 2748 页。
② 万树《词律》，上海古籍出版社 1984 年版，第 128 页。
③ 杜文澜《憩园词话》，《词话丛编》本，第 2861 页。

为是。"愚谓美成为乐府创始之人，岂有谬误。况千里之和清真无一字声韵不合，宁有改之之理？"迥听"二字，必其原韵，因传写致讹，而后遂不可考耳。或曰："白石作于尾句云'寂寞刘郎自修花'谱，'寂'自亦不可叶韵，千里之'听'字或是偶合。"然前段，有"波定""风静"两个二字叶韵句，听字亦必用韵也。或曰："白石之'寞'字，借作'暮'字音，亦未可知。《谱》注尾句入声，无足怪者，乃亦'烟锁'二字注可用仄平。"则大误矣。观白石用"刘郎"，则方之"叶落"、周之"漠漠"，或皆以入作平，是"锁"字万无用平之理也。①

杜文澜批评曰：

按《词统补遗》云："〔侧犯〕后段本四字四句。"白石精于律吕，尾句云"寂寞刘郎自修花"谱与周美成同，红友因"听"字同韵，臆断为二字句。又云："白石之'寞'字借作'暮'字，强作解事，可笑也。"愚谓："以文气论，究以六字结句为妥。"②

吴衡照还通过柳永词，分析了《词律》中的用韵、句法等问题：

屯田〔女冠子〕一百十四字体："楼台悄似玉。向红炉暖阁，院宇深沈，广排筵会，听笙歌犹未彻，渐觉寒轻，透帘穿户。"红友云：凡三十二字方叶韵。或谓"玉"字读若"裕"，以入作叶，未确。字字似韵，然上下读不去，为传讹无疑。按："玉"字韵以入作叶，如惜香以"吉"叶"髻戏"，坦庵以"极"叶"气瑞"，北宋有此例。字字亦韵："院宇深沈，广排筵会"，似当云"广排筵会，深沈院宇"，证以所录伯可词，仅数衬字不合，余悉同。③

屯田〔诉衷情近〕七十五字体："雨晴气爽，贮立江楼望处。澄明远水生光，重叠暮山耸翠。"红友于"翠"字注韵，殊不知"处"字即韵。蒋胜欲

---

① 万树《词律》，上海古籍出版社1984年版，第268页。
② 万树《词律》，上海古籍出版社1984年版，第269页。
③ 吴衡照《莲子居词话》，《词话丛编》本，第2447页。

〔探春令〕,"处""翅""住""指"并叶,可证,且从无至第四句二十二字才起韵之理。①

四库馆臣批评道:

> 惟近时万树作《词律》,析疑辨误,所得为多,然仍不免于舛漏。②

> 虽其考核偶疏,亦所不免。如〔绿意〕之即为〔疏影〕,树方断断辨之,连章累幅,力攻朱彝尊之疏。而不知〔疏影〕之前为〔八宝妆〕,〔疏影〕之后为〔八犯玉交枝〕,即已一调复收。试取李甲、仇远词合之,契若符节。至其论〔燕台春〕〔夏初临〕为一调,乃谓《啸余谱》颠倒复收,贻笑千古,因欲于张子野词"探芳菲走马"下添入"归来"二字为韵。而不知其上韵已用"当时去燕还来"。一韵两用,其谬较一调两收为更甚。如斯之类,千虑而一失者。虽间亦有之。③

另外一些研究者,亦对万树的论断有所批评,如清代大学问家焦循论曰:

> 词不难于长调,而难于长句。词不难于短令,而难于短句。短至一二字,长至九字十字,长须不可界断,短须不致牵连。短不牵连尚易,长不界断,虽名家有难之者矣。万氏《词律》任意断句,吾甚不以为然。④

> 李白〔连理枝〕词云:"望水晶帘外,竹枝寒守,羊车未至。"万树《词律》云:"图谱将'望水晶帘外'作五字句,'竹枝寒守'作四字句,'羊车未至'作四字句,可叹。无论句字长短参差,致误学者。试问'竹枝寒守',有此文理乎。"盖万氏以"竹枝寒"三字连上作一句,"守羊车未至"作一句,以为即宋词〔小桃红〕之半也。按太白此词有二首,其一云:"麝烟浓馥,红绡翠被",与"竹枝寒守,羊车未至"正同。"守"

---

① 吴衡照《莲子居词话》,《词话丛编》本,第 2447 页。
② 永瑢等《四库全书总目》,中华书局 1983 年版,第 1827 页。
③ 永瑢等《四库全书总目》,中华书局 1983 年版,第 1828 页。
④ 焦循《雕菰楼词话》,《词话丛编》本,第 1491 页。

字下属,岂"馥"字亦下属耶。且"竹枝寒守"四字甚佳。"守羊车未至",成何语句乎。①

陈锐亦批评曰:

万红友《词律》一书,光绪初年杜文澜氏重加校刊,灿然大备。鄙见所及,偶有订正。如第五卷,叶少蕴〔应天长〕,万注柳词,于"渺"字"意"字俱协韵,而不知起句"老"字,"柳"已领韵,此叶词之失也。九卷〔垂丝钓〕注,"饮"字不是韵,杜校疑为"宴"字之误。按"饮""掩"声转韵近,并非误字。十三卷〔塞翁吟〕《算终是》注,"终"宜仄,疑是"纵"之讹。按此字平仄,似可不拘,梦窗又一作"好花",是"花"字亦平也。〔法曲献仙音〕注,梦窗"冷"字不叶韵,而以宛相向连上读。不知吴音"冷"读如"朗"也。十六卷〔迷神引〕《回向烟波路》注,疑"回"字上下多一字。按"回"字因向字形近而重出。下段"怪竹枝歌声声苦",又重一"声"字。此调本七十九字,去此二字,与柳词合也。至卷二〔相见欢〕下注,即〔秋夜月〕,不知何据。而卷十二,又有正调〔秋夜月〕。〔浪淘沙〕下录〔浪淘沙慢〕,〔木兰花〕下录〔木兰花慢〕,〔木兰花令〕,而〔雨中花慢〕,又不录于〔雨中花〕下。〔双雁儿〕即〔醉红妆〕,万以其一押韵为又一调。〔锦帐春〕即〔锦堂春〕,"燕飞忙、莺语乱","乱"字是韵。观洺水词,"问何人留得住","住"亦韵也,而万以为两调。柳词〔雨中花慢〕,宋本作〔锦堂春〕,宜从宋本,今列于〔雨中花慢〕。凡此之类,疏略尚多。若杜校编韵,"三觉"之"乐",与"十药"之"乐"字不甚分明。至以〔驻马听〕入"青"韵,而〔隔帘听〕入径韵,则亦强为分别矣。②

除了补充,清代词学家还从句法校对补正词调:

---

① 焦循《雕菰楼词话》,《词话丛编》本,第1494页。
② 陈锐《褒碧斋词话》,《词话丛编》本,第4203页。

东坡"赤壁怀古"〔念奴娇〕词盛传千古，而平仄句调都不合格。《词综》详加辨正，从《容斋随笔》所载山谷手书本云："大江东去，浪声沉、千古风流人物。故垒西边，人道是、三国孙吴赤壁。乱石崩云，惊涛掠岸，卷起千堆雪。江山如画，一时多少豪杰。遥想公瑾当年，小乔初嫁了，雄姿英发。羽扇纶巾，谈笑处、樯橹灰飞烟灭。故国神游，多情应是，笑我生华发。人生如寄，一樽还酹江月。"较他本"浪声沉"作"浪淘尽"，"崩云"作"穿空"，"掠岸"作"拍岸"，雅俗迥殊，不仅"孙吴"作"周郎"，重下公瑾而已。惟"谈笑处"作"谈笑间"，"人生"作"人间"，尚误。至"小乔初嫁"句，谓了字属下乃合。考宋人词后段第二三句，作上五下四者甚多，仄韵〔念奴娇〕本不止一体，似不必比而同之。万氏《词律》仍从坊本，以此词为别格，殊谬。①

到了清代后期，秦巘、朱祖谋、郑文焯等人更为精细地辨析句法。秦巘对词调句法的把握远远超过了前代，例如其〔八声甘州〕分析句法曰：

起二句十三字，一气贯下，苏轼作有"清风万里送潮来"，程垓作同，是第三字句。叶梦得作"故都迷岸草"，是第五字句，又作"又新正过了"，亦五字句，又一句法。张炎于"天"字起韵，皆可不拘。《绝妙好词》周密作后起句七字，是误多。后段第六句，程作"总使梁园赋犹在"，句法不同，是误笔，故不另列。"一番"二字，或用平平，或平仄，或仄平，在宋人已无定见，然用平平者多。"一"字原可作平，"番"字亦可读去，柳集中作去者甚多。"阑干"二字相连，各家同。亦有不连用者，不可从。"潇潇"二字，《汲古》作"萧萧、渺邈二字"。"渺渺"，叶《谱》作"绵渺"。"眸"字作"愁"。"绿""苒""惟""故""渺""几""倚""正"可平。"残""红""无""临""归""何""佳""妆""长""天"可仄。②

---

① 丁绍仪《听秋声馆词话》，《词话丛编》本，第 2741 页。
② 秦巘《词系》，北京师范大学出版社 1996 年版，第 408—409 页。

分析得可谓精到深刻。再如朱祖谋，他在校勘《梦窗词》时，就根据词调的句法进行了校对：

> 毛本〔瑞龙吟〕《赋蓬莱阁》："旗枪芽焙绿。""旗"字衍。毛本〔瑞鹤仙〕《赠道女陈华山内夫人》："华峰，纸屏横幅。"当作"□华举□□，纸屏横幅。"

朱祖谋的辨析与校正让人信服。郑文焯作为一代"词痴"，更为精细地辨析了许多词调的句法，纠正了万树《词律》中许多错误。如万树在分析梦窗〔玉京谣〕《蝶梦迷清晓》一词过片句读为"微吟怕有诗声翳。镜慵看，但小楼独依"。以"翳"字为韵脚。郑文焯则通过本校法认为万氏失误，他说：

> 沤尹校订过片六字，万氏以"翳"句为韵，非是。次湘通参亦同此说。至"翳镜"二字，余特据吴集乙稿〔探芳信〕第二解煞句"怕惹飞梅翳镜"得此确证，而句投分明矣。[①]

郑氏从〔探芳信〕词找出梦窗词用"翳镜"之词的确证，这样不仅句读分明，而且词意顺畅。

四、按字数多少排列的体例有待商榷

万树之前的词谱，主要存在两种编排体例，一种是按题意分类编排，代表是明徐师曾的《文体明辨》，另一种是按照"小令、中调、长调"三分法进行编排的。这两种编排方法皆有优点，但缺点也更为明显。

按题意分类源自明徐师曾的《文体明辨》，这部词选大致按照词调名相近的原则进行编排，分为二十五类：歌行题、令字题、慢字题、近字题、犯字题、遍字题、儿字题、子字题、天文题、地理题、时令题、人物题、人事题、宫室题、器用题、花木题、珍宝题、声色题、数目题、通用题、二字题、三字

[①] 郑文焯《郑文焯手批梦窗词》，台湾"中研院"1996影印本，第92页。

题、四字题、五字题、七字题。分类没有一定的规则，非常杂驳，亦可见明人为学之态度。

之后，明末清初的程明善继承了徐师曾的分类方法，并制作词谱，编成了《诗余谱》一书，万树批评道：

> 《啸余谱》分类为题意，欲别于《草堂》诸刻，然题字参差，有难取义者，强为分列，多至乖违。如〔踏莎行〕〔御街行〕〔望远行〕，此行步之行，岂可入歌行之内？而〔长相思〕尤为不伦，〔醉公子〕〔七娘子〕等是人物，岂可与他子类为类？通用体与三字题有何分别？〔惜分飞〕〔纱窗恨〕又不入人事思忆之题，〔天香〕入声色不入二字题，〔白苎〕入二字不入声色题，〔柳梢青〕入三字，而〔小桃红〕又入声色，〔玉连环〕不入珍宝，若此甚多，俱不确当。故列调自应从旧，以字少居前，字多居后，既有曩规，亦便检阅。①

万树批评得非常严厉："强为分列，多至乖违。"这种分类方法之所以饱受后人贬责，是因其未严格按照同类属进行分类。万树谈道："如〔踏莎行〕〔御街行〕〔望远行〕这样的词调，'行'的本意是'行步'，而程明善《啸馀谱》却放在了歌行之中，真是可笑。〔醉公子〕〔七娘子〕等写的是人物，怎么放在了'他子类'。通用体与三字题有何分别？〔惜分飞〕〔纱窗恨〕也没有放在'人事思忆'里面，〔天香〕放在'声色'类而不放在'二字类'，〔白苎〕放在'二字类'而又不放在'声色类'，〔柳梢青〕放在了'三字类'，而〔小桃红〕又放在了'声色类'，〔玉连环〕不放在'珍宝'中，万树尖锐批评，也是在所难免了。"江合友在《明清词谱史》一书中全面客观地分析了这种分类法的不合理之处：

> 从分类学角度来看，这样的分类显得不伦不类。如"歌行体"把凡是词

---

① 万树《词律·发凡》，上海古籍出版社1984年版，第9页。

牌字面中带有歌、行、谣、引、曲等和乐府歌行有关者全部收入，而不顾实际意义。如〔踏歌行〕〔御街行〕〔望远行〕等，显然是行走之"行"，不能算作歌行。又如〔醉公子〕〔七娘子〕，末字之"子"应为人物，与"子字题"其他如〔甘州子〕〔南乡子〕等显然有别。至于"通用题"以下，皆无法归类者，标准与前面不统一，且互相交叉，如以词牌名字数分类，则歌行题以下，不知有多少二字题、三字题、四字题，其间区别何以明之？又如〔惜分飞〕〔纱窗恨〕应该属于人事题，却入三字题；〔柳梢青〕和〔小桃红〕均涉植物颜色，应属一类，何以前者入三字题，后者入声色题？而且如此分类，各题之下所包括内容分量极不均衡，二十五类中收词调最多者为"三字题"，凡七十调一百零二体；最少的"七字题"，却仅有〔凤凰台上忆吹箫〕一调一体。因此徐师曾之二十五题分类，类目不清，使得读者选调寻词皆不方便。①

随着严密的考据思想日渐渗入词学中，严格按照逻辑上的种属关系进行分类无疑对词谱的进一步规范有着重要的意义。为了重建一个严密的词谱体系，万树进行这样的辨析无疑是非常重要而且非常必要的。

同时，万树对"同名异调"现象进行了"又一体"处理。先期的词谱书籍大多只列一体，因为早期词谱目的不在于完全解决所有词调问题，而是作为一本简单的教科书用来指导填词，使填词有法可依。正是出于这样的考虑，周瑛、张綖诸人学习诗歌与曲谱的格律特征，设计了平仄来表达词谱，而到了《文体明辨》《啸余谱》，开始采用第一体、第二体，目的就是解决词的"同调异体"。之后，这种方法得到了赖以邠、毛先舒等人的承继，但这种分类法又有不足：

> 旧谱之最无义理者，是"第一体""第二体"等排次。既不论作者之先后，又不拘字数之多寡，强作雁行。若不可逾越者，而所分之体，乖谬殊

---

① 江合友《明清词谱史》，上海古籍出版社 2008 年版，第 53 页。

甚，尤不足取。更有继《啸余》而作者，逸其全刻，撮其注语，尤为糊突。若近日图谱，如〔归自谣〕止有第二而无第一，〔山花子〕〔鹤冲天〕有一无二，〔贺圣朝〕有一、三无二，〔女冠子〕有一、二、四、五而无三，〔临江仙〕有一、四、五、六、七，而无二、三，至如〔酒泉子〕以五列六后，又八体四十四字，九、十、十一、十二体皆四十三字，故以八居十二之后。夫既以八体之字较多，则当改正为十二，而以九升为八，十升为九矣，乃因旧定次序，不敢超越。故论字则以弟先兄，论行则少不逾长，得毋两相背谬乎？此俱遵《啸余》，而忘其为无理者也。①

"第一体""第二体"既不分作者先后，也不按照字数多少排列，所以"第一体""第二体"的分类方法并不能准确表达词谱排列的标准。"更有继《啸余》而作者，逸其全刻，撮其注语，尤为糊突。若近日图谱，如〔归自谣〕止有第二而无第一，〔山花子〕〔鹤冲天〕有一无二，〔贺圣朝〕有一、三无二，〔女冠子〕有一、二、四、五而无三，〔临江仙〕有一、四、五、六、七而无二、三，至如〔酒泉子〕以五列六后，又八体四十四字，九、十、十一、十二体皆四十三字，故以八居十二之后。夫既以八体之字较多，则当改正为十二，而以九升为八，十升为九矣，乃因旧定次序，不敢超越。"①而徐师曾、程明善则被万树批驳得体无完肤：

夫某调则某调矣，何必表其为第几。自唐及五代十国、宋、金、元，时远人多，谁为之考其等第，而确不可移乎？①

事实上，由于唐宋时期词人众多，因此有些作者填词时间不定。因为在当时词属于小道、末技、诗余，所以也不可能大规模考证每个词人乃至每首作品的创作年代。万树充分意识到这个问题，所以采取了折中的态度。故万树树立了"另一体"的分类方法：

---

① 万树《词律·发凡》，上海古籍出版社1984年版，第9页。

本谱但以调之字少者居前，后亦以字数列书"又一体"。

按照字数多少排列，不再列"第一体""第二体"。除正体外，其余皆按照字数从少到多排列"另一体"。四库馆臣完全肯定了万树的做法，认为万树的做法"精确不刊"：

> 又旧谱于一调而长短不同者，皆定为第一、第二体。树则谓"调有异同，体无先后，所列次第，既不以时代为差，何由知孰为第几？故但以字数多寡为序，而不名目"。皆精确不刊。①

"调有异同，体无先后，所列次第，既不以时代为差，何由知孰为第几？故但以字数多寡为序，而不名目。"② "另一体"的标注方法能有效地解决同调异体的问题，为"同调异体"的标注展开了思路。从《词律》到《钦定词谱》，词调数量只增长了200有余，而"另一体"却达到了2300多体，增加1000多体，这样的做法，无疑有作为词谱书籍科学的一面。

然而，正如秦巘指出《词律》之第三失："调名原多岐出，务欲归并，而考据不详，颠倒时代，反宾为主，其失三"，可谓最为一针见血。如万树注方千里〔还京乐〕一调曰：

> "再"字、"画烛""画"字、"积"字梦窗用平，"桃"字梦窗作"翳"。虽或不拘，然千里和美成，则两首如一也。"怅画烛"以下，周作"任去远"，中有"万点相思清泪"，当于"点"字为豆。此篇则"摇影易积"四字不可相连，盖"摇"属"烛"，"积"属"泪"也。吴作"风吹远河汉去槎天风吹冷"，则用周句法，想一气贯下，分豆不拘。③

---

① 永瑢等《四库全书总目》，中华书局1983年版，第1827页。
② 万树《词律·发凡》，上海古籍出版社1984年版，第9页。
③ 万树《词律》，上海古籍出版社1984年版，第398页。

注张翥〔瑞龙吟〕一调曰：

> 此调以清真"章台路"一曲为鼻祖。向读千里和词，爱其用字相符。今此蜕岩词亦和周韵者，平仄亦复，字字俱合，信知乐府之调板如铁，古贤之心细如发也。①

明知方千里、张翥前面还有更早的周邦彦的词，但万树依然定了二人的词作作为正体，令人不能信服。再如其注辛弃疾〔念奴娇〕曰：

> 此为〔念奴娇〕正格。②

又注苏轼〔念奴娇〕"又一体"曰：

> 此为〔念奴娇〕别格。按〔念奴娇〕用仄韵者，惟此二格止矣。盖因"小乔"至"英发"九字，用上五下四，遂分二格。其实与前格亦非甚悬殊也。奈后人不知曲理，妄意剖裂，因疑字句错综，《余》《谱》诸书梦梦竟列至九体，甚属无谓。余为醒之曰：首句四字不必论，次句九字语气相贯，或于三字下，或于五字下略断，乃豆也，非句也。《词综》云："浪淘尽"本是"浪声沉"。世作"浪淘尽"，与调未协。愚谓此三字如樵隐作"算无地""阆风顶"，此等甚多，岂可俱谓之未协乎？人读首句，必欲作七字，故误，而谱中不知此义，因以为各异矣。"故垒"以下十三字，语气于七字略断。如此词"人道是"三字，原不妨属上。读谱中不知此义，又以为各异矣。"羽扇"以下十三字，即与前"故垒"句同。因"处"字讹"间"字，谱又以为各异矣。至"多情"句，因读"我"字属上句，故又以为异。不知原可以"我"字连下读也。《词综》云：本系"多情应是"一句，"笑我生华发"一句，世作"多情应笑我"，益非。愚为："此说亦不必。此九字一气即作上五下四，亦误不可。"金谷云"九重频念此衮衣华发"，竹坡云"白头应记得

---

① 万树《词律》，上海古籍出版社1984年版，第445页。
② 万树《词律》，上海古籍出版社1984年版，第361页。

尊前倾盖"，亦无碍于音律。盖歌喉于此滚下，非住拍处在所不拘也。更谓"小乔"句必宜四字，截"了"字属下乃合。则宋人此处用上五下四者尤多，不可枚举，岂可谓之不合乎？又如前词"帘底纤纤月"五字，易安作"玉阑干慵倚"，惜香作"倚阑干无力"句，亦稍变，总不拘，亦不必另作一体也。至如芸窗于"道"字"笑"字作平声，芦川后起作"修禊当时今日"，"舻"字作平声，洛水前结作"临风浩然搔首"，后结作"歌此与君为寿"，此等甚多，皆误笔。又惜香前结句作八字，圣求于"小乔"句作"小窗寒静尽掩"，多一"尽"字，烘堂于"三国"句少二字，而《稼轩集》参差处更多，总是无刻，不然如此极平熟之调岂有诸名公不谙者？①

万树先列辛弃疾〔念奴娇〕为正体，而称苏轼之"大江东去"为另一体，真是让人贻笑大方。再如〔秋夜雨〕一调，万树先列南宋蒋捷之词为正体，复列北宋中期秦观、北宋前期柳永，又列南宋扬无咎、南宋方千里，后又列北宋前期晏殊。又如〔雨中花慢〕一调，先列南宋之京镗、辛弃疾，复列北宋苏轼、秦观，后又列柳永等，此处不再一一列举。这种不分词调产生年代，只按字数多少排列的方式，自然会引起后人的批评。

总而言之，万树《词律》一书取得了重大突破，为词谱学的构建树立了榜样，做出了巨大贡献。但是，《词律》本身还具有一定的局限性。比如，由于词乐失传，万树亦视词为诗体的一种，词的本来面貌还是未能揭开面纱。江顺诒批评："万氏有功于词学，杜氏又为万氏之功臣。虽其书知声而不知音，然舍此别无可遵之谱，则校勘记之不可少也明矣，然律之一字，究非音律之律，亦非律例之律，不过如诗这五七律之律耳，不如仍名为谱之确也。"②虽然《词律》依然存在各种问题，但瑕不掩瑜，万树《词律》的词体研究颇为深刻，其开拓精神更是必须肯定的。

---

① 万树《词律》，上海古籍出版社1984年版，第361页。
② 江顺诒《词学集成》，《词话丛编》本，第3236页。

第八章 《词律》词学史的地位及影响

众所周知,万树《词律》刊行后,很快得到多数人的肯定,然其所开创的词律尚严一路很少有人能够企及。清代中后期,随着人们对词体认识的日渐深刻,浙西词派日渐采用《词律》作为填词之范本,《词律》的地位日渐彰显。

第一节 《词律》的地位

从词谱史来看，《词律》宛如一座大山，远远超越了前期词谱，而且之后的任何制谱者皆不能绕过，只能在其上进行补正研究。万树《词律》可谓前无古人，后乏来者，其崇高的地位值得我们崇敬。

明代以来的词谱为明末清初的词人提供了填词的规范，在词学史上的地位非常重要。随着词学家们对词体认识的日渐深入，前期词谱的缺陷日益暴露。当以前设立的"规范"不再具有"规范"作用的时候，新的词谱设计就全面展开了。"盖自歌词之法不传，不得已而归纳众制，以求一共同之规律，亦知非唐、宋音谱之旧式，聊示典型而已。"①"然归纳众制，尚可发见共通之点；就共通之规式，以求歌词声韵上之变化，与其音节之美，则四声清浊之间，亦大有研究之价值。必守一家之说，以为四声清浊，可以尽宋词之妙，乃谨守勿失，而自诧为能契其微，则恒以偏概全，动多窒碍。"②万树《词律》正是在全面研究前期的词谱文献、取其精华去其糟粕之后，从更加深刻的理解上开始规范词律框架，仔细斟酌词律体例，终于成就了词谱史上的最高成就。

万树打破三分法，确立了按字数多少排列的方法，开启了词谱分类的新篇章，使毛先舒所称的"古人定例"不再遁形。万树比斟校订，考订翔实，为填词者提供了最为成熟的范本，如他对非同调但句法平仄极为相似者辨析审慎。例如，万树在《词律》卷一〔赤枣子〕后注曰：

此词与〔捣练子〕〔桂殿秋〕句法相同，未免错认，今考定之曰：首次二句三词俱同，第三句〔捣练子〕用"仄仄平平仄仄平"，〔赤枣子〕反

---

① 龙榆生《龙榆生词学论文集》，上海古籍出版社 2009 年版，第 151 页。
② 龙榆生《龙榆生词学论文集》，上海古籍出版社 2009 年版，第 148 页。

是，〔桂殿秋〕则两者不拘，后二句〔捣练〕〔赤枣〕用平仄平平平仄仄，〔桂殿秋〕反是，〔潇湘神〕与此格同，但首句叠三字耳。①

又如，万树于《词律·目次》〔莺啼序〕注曰：

> 按词篇，字数最长者，惟此调，舛错不合者亦惟此调，又因作者甚寡，故难于考正，今细加拟议，但据字数所传数篇，折衷酌定，庶有所遵守，不至堕落图谱诸刻之云雾中云。②

这种极为精微的辨析，提升了《词律》的科学水平。为万树《词律》作序的吴兴祚谈道：

> 阳羡万子有忧之，谓古词本来，自今泯灭，乃究其弊，所从始缘。诸家刊本不详考其真，而以讹承讹，或窜以己见，遂使流失莫底，非亟为救正不可。然欲救其弊，更无他求，唯有句栉字比于昔人原词，以为章程已耳。因辑成此集，考究精严，无微不著，名曰《词律》，义取乎刑名法制。若将禁防佻达不率之为者，顾推寻本源，期于合辙而止，未尝深刻以绳世之，自命为才人宿学者也。③

比万树稍晚的词学家田同之，较系统地分析了以前词谱的得失：

> 宋元人所撰词谱流传者少。自国初至康熙十年前，填词家多沿明人，遵守《啸余谱》一书。词句虽胜于前，而音律不协，即衍波亦不免矣，此《词律》之所由作也。其云得罪时贤，盖指延露而方言，匪他人也。如〔莺啼序〕创自梦窗，一定难移，当遵之。首句定是六字起，次段第二句必用四仄，乃为定体。首段第五、第六，二七字句，断不可对，《词律》逐句考订，实为精详。而〔延露夏〕一阕，竟改为四字起。"帘幕重重"二句，竟

---

① 万树《词律》，上海古籍出版社1984年版，第71页。
② 万树《词律》，上海古籍出版社1984年版，第44页。
③ 万树《词律》，上海古籍出版社1984年版，第4—5页。

且作对。至"薄铅不御"四字中夹一平,尤为大误。故浙西名家,务求考订精严,不敢出《词律》范围之外,诚以《词律》为确且善耳。①

在批评前期词谱不够精严的同时,高度肯定了万树《词律》"考订精严",进而成为浙西词派的填词规范,"不敢出《词律》范围之外,诚以《词律》为确且善耳。"万树的好友杜文澜亦称赞道:

阳羡万氏红友,独求声律之原,广取唐、宋十国之词,折衷剖白,精撰《词律》二十卷。虽不免尚有遗漏舛误,而能于荆棘之内,力辟康庄,实为词家正轨。②

以精研声律著称的乾嘉朴学大师凌廷堪,在其《梅边吹笛谱》"秋日舟过荆溪时"所作〔湘月〕词的序里,深以"万氏之说与古暗合也"而表示钦佩,并以隔代知音身份缅怀这位先辈:"空想堆絮园中,停樽按拍,制新词如锦。律比申商,料后世应有知音题品!"③可见《词律》中词律的词学地位与巨大魅力。

第二节 《词律》的影响

万树《词律》编写完成之后,很快引来一部分人围观。很多词学家针对《词律》的不足对其进行修正。如徐本立作《词律拾遗》六卷、戈载作《词律订》、杜文澜《词律补》《词律校勘记》,最终于1830年汇刻成《校勘词律》一书,全面影响了中、晚清词坛的填词风向,词律尚严派日渐繁荣,成就了词学界的新辉煌。

万树在编制《词律》上的贡献非常突出。他深研词体,发现了许多词体的

---

① 田同之《西圃词说》,《词话丛编》本,第1473页。
② 杜文澜《憩园词话》,《词话丛编》本,第2851页。
③ 凌廷堪《梅边吹笛谱》,《清名家词》本,第六册,第54页。

声律规律。自此，许多词学家或通过批评《词律》表达意见、或直接阐发词体观点，大大推进了词体研究的进程，最终才使词学成为一门独立的学问。

《词律》还对之后的重要词谱编纂产生了重要影响。《钦定词谱》为康熙四十八年（1709年）陈廷敬、王奕清等奉旨编写，康熙五十六年（1717年）编纂完成，其中多受《词律》启发。《钦定词谱·凡例》谈道：

> 调以长短分先后。若同一调名，则长短汇列，以"又一体"别之，其添字、减字、摊破、偷声、促拍、近拍以及慢词，皆按字数分编。至唐人大曲如〔凉州〕〔水调歌〕，宋人大曲如〔九张机〕〔薄媚〕，字数不齐，各以类附辑为末卷。①

> 宋元人所撰词谱流传者少。明《啸余谱》诸书不无舛误。近刻《词律》时有发明，然亦得失并见。是谱翻阅群书，互相参订，凡旧谱分调分段及句读音韵之误，悉据唐宋元词校定。①

它以万树《词律》为基础，纠正错讹，并予以增订，共收词牌826个，2306体。自此以后，词学由私学上升到官学，而《钦定词谱》作为官修词谱，其严密性、全面性值得称道。

而秦巘编纂《词系》，亦是建立在万树《词律》基础上。秦巘以补调、纠正错讹为目的，并利用新发现的词集文献进行体例乃至内容的修正，全面开拓了词谱书籍的新发展。秦巘肯定了万树《词律》的巨大突破与贡献：

> 康、乾间万红友订为《词律》，纠讹驳谬，苦心孤诣，允为词学功臣，至今翕然宗之。②

秦巘在肯定万树成就的同时，还指出《词律》中"四缺六失"的缺陷，最终采用《词律》为蓝本，并针对《词律》以及前期词谱的不足，重新设计了《词

---

① 王奕清等《钦定词谱》，中国书店2010年版，第1页。
② 秦巘《词系·凡例》，北京师范大学出版社1996年版，第1页。

系》的编排体例。

万树所确立的《词律》填词尚严的新范本，虽然刚开始填写有所困难，然而不久，大量词人开始摆脱单纯平仄填词而运用《词律》来创作。其中，尤以浙西词派最为代表。浙西词派深谙姜张在音律上的功力，他们深研姜张等人在词律上的特色，并努力效仿之。由于词谱书籍的精准度有限，朱彝尊等人直接把《词综》作为范本，而不再采用《诗余图谱》《啸余谱》。万树《词律》刊刻之后，浙西词派名家非常自然地采用了《词律》所确立的规范。田同之谈道：

> 宋元人所撰词谱流传者少。自国初至康熙十年前，填词家多沿明人，遵守《啸余谱》一书。词句虽胜于前，而音律不协，即衍波亦不免矣，此《词律》之所由作也。其云得罪时贤，盖指延露而言，匪他人也。如〔莺啼序〕创自梦窗，平仄字句，一定难移，当遵之。首句定是六字起，次段第二句必用四仄，乃是定体。首段第五第六，二七字句，断不可对。《词律》逐句考订，实为精详，而延露《夏景》一阕，竟改为四字起。"帘幕重重"二句，竟且作对。至"薄铅不御"，四字中夹一平，尤为大误。故浙西名家，务求考订精严，不敢出《词律》范围之外，诚以《词律》为确且善耳。①

浙西名家采用《词律》作为创作规范，甚至不敢越雷池一步，而这样做的结果，就是浙西词派把词学范畴与词律要求统合起来。词人如果创作具有"清空"意味的词，不仅在内容、风格乃至创作心态上要进行修炼，而且还要在严守四声、句法、章法等格律方面进行努力。

当其他词人或词人群仍然以平仄谱填词，浙西词派却已经采用了万树《词律》设计的严密词谱填词，这无疑提高了浙西词派的声誉。到了乾隆嘉庆时期，浙派后人深入阐述词乐思想，如吴衡照之子在谈论其父亲时说道：

---

① 田同之《西圃词说》，《词话丛编》本，第 1473—1474 页。

家西林先生（颖芳）言："词之兴也，先有文字，从而宛转其声，以腔就辞者也。"洎乎传播通久，音律确然，继起诸词人，不得不以辞就腔。于是必遵前词字脚之多寡，字面之平仄，号曰填词。或变易前词仄字而平，或变易前词平字而仄，要于音律无碍。或前词字少而今多之，则融洽其多字于腔中。或前词字多而今少之，则引伸其少字于腔外，亦仍与音律无碍。盖当时作者述者皆善歌，故制辞度腔，而字之多寡平仄参焉。今则歌法已失其传，音律之故不明，变易融洽，引伸之技，何由而施。操觚家按腔运辞，兢兢尺寸，不易之道也。此论极韪。所谓融洽引伸之旨，实发宜兴万氏（树）所未发。先生博极群书，音律之学，尤具神解。著有《吹豳录》五十卷，大致仿陈氏乐书，而详于宋以后文章制度，为讲乐家有物之言。①

这种标榜虽然增加了填词的难度，甚至加速了浙西词派的衰落。"至若竹垞、葆酚、秋锦诸公，偶事游戏，分和赓咏，愈出愈奇，出人意表，捃摭故实，饾饤成文，纵不至于秽亵，究无当于大雅。可怜无补费精神，致斯道为之不尊。未始非诸公扇此隳风也。"②但是，却促使词学家对词体的研究热情日益高涨，晚清词坛，很多词人采用四声谱，蒋春霖、项鸿祚、文廷式、王鹏运、朱孝臧、郑文焯、况周颐等，无不以词律精细著称，如吴梅评蒋春霖曰：

词有律有文，律不细非词，文不工亦非词。有律有文矣，而不能从沉郁顿挫上着力，或以一二聪明语见长，如《忆云词》类，尤非绝尘之技也。鹿潭律度之细，既无与伦，文笔之胜，更为出类，而又雍容大雅，无搔首弄笔之态，有清一代，以《水云》为冠，亦无愧色。③

甚至很多词人为了与词体本貌相契合而采用"效……体"，如王拯《龙璧山房词》多有依南宋讲究词律者如姜夔、吴文英等人的唱和之作。

---

① 吴衡照《莲子居词话》，《词话丛编》本，第 2399 页。
② 陈运彰《双白龛词话》，《雄风》1947 年第 2 卷第 2 期。
③ 吴梅《词学通论》，复旦大学出版社 2006 年版，第 134 页。

万树开创了词集校勘的"律校法",总结了"依照同调词尤其是和词校勘""依照上下阕校勘""依照上入可以代平校勘""依照去声字校勘"四种律校的方法以及"词调""字声""韵脚""句法""分片"五个律校的对象。之后,《钦定词谱》《四库全书总目》采用了万树的律校方法。到了晚清,词学家们在万树的基础上开拓了律校法,如李佳在《左庵词话》中校勘万树之误时:

> 〔侧犯〕调,《词律》收千里和清真之作,谓煞尾"愁听落叶辘轳金井"句,听字是韵,而以清真词为传误。盖因前段有"风定波静",皆二句为叶。后段当从同。今读白石此词,此句无韵。且玩清真词,语意非讹,而"千里愁听"二字,语气未足。刘光珊谓词有双拽头之格,前之二字句,连下八字,两处吻合,正双拽头也,体应分作三段。因填一词云:"梦飞欲去。片魂忽被风留住。疑雨。是铁马丁当、和愁句。天寒酒醒夜,编袂人何处。私语。但暗祝东皇、好相顾。笙歌旧院,消受闲歌舞。今独自。客天涯,谁与共尊俎,闷坐愁城,愁来无数。月底人孤,懒修箫谱。"此说可正红友之讹。①

李佳首先利用"他校法"校勘了万树划分清真韵脚之误,并进一步利用词体分段思想,认为〔侧犯〕为双拽头之调,成为律校法的一个非常成功的范例。再如陈锐亦有深入的辨析:

> 万红友《词律》一书,光绪初年杜文澜氏重加校刊,灿然大备。鄙见所及,偶有订正。如第五卷,叶少蕴〔应天长〕,万注柳词,于"渺"字、"意"字俱协韵,而不知起句"老"字,柳已领韵,此叶词之失也。九卷〔垂丝钓〕注,"'饮'字不是韵,杜校疑为'宴'字之误。"按"饮""掩"声转韵近,并非误字。十三卷〔塞翁吟〕算"终"是注,"终"宜仄,疑是"纵"之讹。按此字平仄,似可不拘,梦窗又一作"好花",是"花"字亦平也。〔法

---

① 李佳《左庵词话》,《词话丛编》本,第 3145 页。

曲献仙音〕注"梦窗'泠'字不叶韵，而以'宛相向'连上读。"不知吴音"泠"读"如朗"也。十六卷〔迷神引〕《回向烟波路》注"疑'回'字上下多一字。"按"回"字因"向"字形近而重出。下段"怪竹枝歌声声苦"，又重一"声"字。此调本七十九字，去此二字，与柳词合也。①

这些都是"律校法"的精彩运用，到了朱祖谋，则提出其中"依律"校勘词籍的具体方法，郑文焯提出"入声字例"等重要词律理论，最终成功创立词学校勘学中的"律校法"。"律校法"作为词学校勘学中的一种非常重要的校勘方法，深刻影响了晚清、民国乃至当代的词籍校勘思想与方法。其中，万树无疑是肇其端而成就者。

《词律》作为当时最成熟的词谱，为词谱史增添了一道绚丽的光彩，在词谱史上占有非常重要的地位。正如四库馆臣所论："至于考调名之新旧，证传写之舛讹，辩元人曲词之分，斥明人自度之谬，考证尤一一有据，虽偶有过拘之处，而唐宋以来倚声度曲之法已十得其九矣。"②其先进的制谱理念、精密的考订校勘和深刻的词律理论皆影响后世深远。

---

① 陈锐《袌碧斋词话》，《词话丛编》本，第4203页。
② 永瑢等《四库全书总目》，中华书局1983年版，第1828页。

参考文献

文献类

[1] 姜夔. 白石道人歌曲 [M]. 成都：四川人民出版社，1987.

[2] 王灼. 碧鸡漫志 [M]. 词话丛编 [M]. 北京：中华书局，1986.

[3] 沈义父. 乐府指迷 [M]. 词话丛编 [M]. 北京：中华书局，1986.

[4] 张炎. 词源 [M]. 词话丛编 [M]. 北京：中华书局，1986.

[5] 陈元靓. 事林广记 [M]. 北京：中华书局，1999.

[6] 陈旸. 乐书 [M]. 文渊阁四库全书 [M]. 上海：上海古籍出版社，2012.

[7] 燕南芝庵. 唱论 [M]. 中国古典戏曲论著集成 [M]. 北京：中国戏剧出版社，1959.

[8] 周德清. 中原音韵 [M]. 中国古典戏曲集成 [M]. 北京：中国戏剧出版社，1959.

[9] 王骥德. 曲律 [M]. 中国古典戏曲集成 [M]. 北京：中国戏剧出版社，1959.

[10] 周瑛. 词学筌蹄 [M]. 续修四库全书 [M]. 上海：上海古籍出版社，2002.

[11] 张綖. 诗余图谱 [M] 北京：明万历刻本.

[12] 徐师曾. 文体明辨 [M]. 四库存目丛书 [M]. 济南：齐鲁书社，1997.

[13] 程明善. 啸余谱 [M]. 北京：明万历刻本.

[14] 吴烺等. 学宋斋词韵 [M]. 北京：乾隆三十年刻本.

[15] 许宝善. 自怡轩词谱 [M]. 北京：乾隆辛卯年刻本.

[16] 秦恩复. 词学丛书 [M]. 北京：清嘉道间享帚精舍刻本.

[17] 杜文澜.采香词[M].北京：曼陀罗华阁刻本.

[18] 易顺鼎.摩围阁词[M].北京：光绪刻本.

[19] 戴长庚.律话[M].北京：道光十三年刻本.

[20] 陈澧.声律通考[M].续修四库全书[M].上海：上海古籍出版社，2002.

[21] 谢元淮.碎金词谱[M].北京：道光癸卯刻本.

[22] 叶申芗.天籁轩词谱[M].北京：道光十一年刻本.

[23] 王德晖，徐沅澄.顾误录[M].中国古典戏曲集成[M].北京：中国戏剧出版社，1959.

[24] 张寿镛.梦窗四稿[M].四明丛书[M].南京：广陵书社，2006.

[25] 郑文焯.大鹤山房全书[M].苏州：苏州交通图书馆，1920.

[26] 吴昌绶，张祖廉.城东唱和词[M].北京：朱刻本，1925.

[27] 姜夔著，陈柱.白石道人词笺评[M].上海：上海商务印书馆，1930版.

[28] 陈乃乾.清名家词[M].北京：开明书店，1936.

[29] 唐圭璋.全宋词[M].北京：中华书局，1965.

[30] 龙榆生.近三百年名家词选[M].上海：上海古籍出版社，1979.

[31] 唐圭璋.全金元词[M].北京：中华书局，1979.

[32] 彭定求.全唐诗[M].北京：中华书局，1980.

[33] 戈载.词林正韵[M].上海：上海古籍出版社，1981.

[34] 舒梦兰，陈栩，陈小蝶.考证白香词谱[M].上海：上海古籍书店，1981.

[35] 欧阳炯，李一氓.花间集校[M].北京：人民文学出版社，1981.

[36] 沈义父，蔡嵩云.乐府指迷笺释[M].北京：人民文学出版社，1981.

[37] 叶恭绰.全清词钞[M].北京：中华书局，1982.

[38] 王奕清，陈廷敬等.钦定词谱[M].北京：中国书店，1983.

[39] 万树.词律[M].上海：上海古籍出版社，1984.

[40] 查培继.词学全书[M].北京：中国书店，1984.

[41] 徐珂.清稗类钞[M].北京：中华书局，1984.

[42] 沈轶刘,富寿荪.清词菁华[M].合肥:安徽文艺出版社,1986.

[43] 唐圭璋.词话丛编[M].北京:中华书局,1986.

[44] 凌廷堪,林谦三,丘琼荪.燕乐三书[M].哈尔滨:黑龙江人民出版社,1986.

[45] 任二北.敦煌歌辞总编[M].上海:上海古籍出版社,1987.

[46] 张鸣珂.寒松阁谈艺琐录[M].上海:上海人民出版社,1988.

[47] 钱仪吉.清碑传合集[M].上海:上海书店,1988.

[48] 朱祖谋.彊村丛书[M].上海:上海古籍出版社,1989.

[49] 王鹏运.四印斋所刻词[M].上海:上海古籍出版社,1989.

[50] 丁度.宋刻集韵[M].北京:中华书局,1989.

[51] 郑孟津.词源解笺[M].杭州:浙江古籍出版社,1990.

[52] 饶宗颐.敦煌琵琶谱[M].香港:新文丰出版公司,1991.

[53] 钱仲联.清词三百首[M].长沙:岳麓书社,1992.

[54] 周德清.中原音韵[M].中国古典戏曲集成[M].北京:中国戏剧出版社,1992.

[55] 施蛰存.词籍序跋粹编[M].北京:中国社会科学出版社,1994.

[56] 胡先骕.胡先骕文存[M].南昌:江西高校出版社,1995.

[57] 严迪昌.近代词钞[M].南京:江苏古籍出版社,1996.

[58] 秦巘.词系[M].北京:北京师范大学出版社,1996.

[59] 北京大学古文献研究所编.全宋诗[M].北京:北京大学出版社,1998.

[60] 刘崇德.新定九宫大成南北词宫谱校译[M].天津:天津古籍出版社,1998.

[61] 姜夔.姜白石词编年笺校[M].上海:上海古籍出版社,1998.

[62] 叶恭绰.广箧中词[M].杭州:浙江古籍出版社,1998.

[63] 辜鸿铭,孟森.清代野史[M].成都:巴蜀书社,1998.

[64] 崔令钦,南卓等.教坊记·羯鼓录·乐府杂录·碧鸡漫志·香研居词麈[M].沈阳:辽宁教育出版社,1998.

[65] 沈括著,侯真平.梦溪笔谈[M].长沙:岳麓书社,1998.

[66] 孙克强.唐宋人词话[M].郑州:河南文艺出版社,1999.

[67] 曾昭岷等.全唐五代词[M].北京：中华书局，1999.

[68] 王季思.全元戏曲[M].北京：人民文学出版社，1999.

[69] 谭献.复堂日记[M].石家庄：河北教育出版社，2000.

[70] 沈曾植.沈曾植集校注[M].北京：中华书局，2001.

[71] 朱祖谋.彊村语业笺注[M].成都：巴蜀书社，2002.

[72] 周瑛.词学筌蹄[M].上海：上海古籍出版社，2002.

[73] 程明善.啸余谱[M].上海：上海古籍出版社，2002.

[74] 王鹏运.半塘定稿[M].上海：上海古籍出版社，2002.

[75] 程千帆.全清词[M].北京：中华书局，2002.

[76] 况周颐.蕙风词话 广蕙风词话[M].郑州：中州古籍出版社，2003.

[77] 张文虎.舒艺室论笔[M].沈阳：辽宁教育出版社，2003.

[78] 周邦彦.清真集校注[M].北京：中华书局，2004.

[79] 法国国家图书馆藏敦煌西域文献[M].上海：上海古籍出版社，2004.

[80] 王兆鹏.唐宋词汇评[M].杭州：浙江教育出版社，2004.

[81] 吴熊和.唐宋词汇评[M].杭州：浙江教育出版社，2004.

[82] 柳永.乐章集校注[M].北京：中华书局，2007.

[83] 黄侃，黄延祖.黄侃日记[M].北京：中华书局，2007.

[84] 姜义华.康有为全集[M].北京：中国人民大学出版社，2007.

[85] 吴文英.梦窗词汇校笺释集评[M].杭州：浙江古籍出版社，2007.

[86] 谢章铤.谢章铤集[M].长春：吉林文史出版社，2008.

[87] 张宏生.全清词（顺康卷）补编[M].南京：南京大学出版社，2008.

[88] 郑文焯.大鹤山人词话[M].天津：南开大学出版社，2009.

[89] 凌廷堪.凌廷堪全集[M].北京：黄山书社，2009.

[90] 朱崇才.词话丛编续编[M].北京：人民文学出版社，2010.

[91] 谢元淮，刘崇德.碎金词谱全译[M].沈阳：辽海出版社，2011.

[92] 吴昌绶，陶湘.景刊宋金元明本词[M].北京：中国书店，2011.

［93］张宏生.全清词（雍乾卷）［M］.南京：南京大学出版社，2012.

［94］谢桃坊.唐宋词谱校正［M］.上海：上海古籍出版社，2012.

［95］冯乾.清词序跋汇编［M］.南京：凤凰出版社，2013.

专著类

［1］谢无量.词学指南［M］.上海：上海中华书局，1917.

［2］徐珂.清代词学概论［M］.上海：上海大东书局，1926.

［3］任中敏.词曲通义［M］.北京：商务印书馆，1931.

［4］夏敬观.词调溯源［M］.上海：上海商务印书馆，1933.

［5］徐敬修.词学常识［M］.上海：上海大东书局，1933.

［6］卢冀野.词曲研究［M］.北京：中华书局，1934.

［7］林大椿.词式［M］.北京：商务印书馆，1934.

［8］任二北.词学研究法［M］.北京：商务印书馆，1935.

［9］杨易霖.周词订律［M］.上海：上海开明书店，1936.

［10］蒋伯潜，蒋祖怡.词曲［M］.上海：世界书局，1948.

［11］郑振铎.中国俗文学史［M］.北京：作家出版社，1957.

［12］柯淑龄.梦窗词韵研究［M］.台北：台湾木铎出版社，1977.

［13］龙榆生.唐宋词格律［M］.上海：上海古籍出版社，1978.

［14］傅梦秋.词调辑拾［M］.贵阳：贵州人民出版社，1980.

［15］龙榆生.词曲概论［M］.上海：上海古籍出版社，1980.

［16］夏承焘.唐宋词欣赏［M］.天津：百花文艺出版社，1980.

［17］梁令娴.艺蘅馆词选［M］.广州：广东人民出版社，1981.

［18］张梦机.词律探原［M］.台北：台湾文史哲出版社，1981.

［19］刘尧民.词与音乐［M］.昆明：云南人民出版社，1982.

[20] 詹安泰.詹安泰词学论稿[M].广州：广东人民出版社，1984.

[21] 张伯驹.春游琐谈[M].郑州：中州古籍出版社，1984.

[22] 蔡桢.词源疏证[M].北京：中国书店，1985.

[23] 梁启勋.词学[M].北京：中国书店，1985.

[24] 龙榆生.词学季刊[M].上海：上海书店，1985.

[25] 唐圭璋.词学论丛[M].上海：上海古籍出版社，1986.

[26] 陈声聪.填词要略及词评四篇[M].广州：广东人民出版社，1986.

[27] 宛敏灏.词学概论[M].上海：上海古籍出版社，1987.

[28] 林玫仪.词学考诠[M].台北：台湾联经出版公司，1987.

[29] 王步高.金元明清词鉴赏辞典[M].南京：南京大学出版社，1989.

[30] 黄拔荆.中国词史[M].福州：福建人民出版社，1989.

[31] 吴熊和.唐宋词通论[M].杭州：浙江古籍出版社，1989.

[32] 卞孝萱，唐文权.辛亥人物碑传集[M].北京：团结出版社，1991.

[33] 钱仲联.中国近代文学大系·诗词卷[M].上海：上海书店出版社，1991.

[34] 杨钟羲.雪桥诗话[M].北京：北京出版社，1992.

[35] 冒广生.冒鹤亭词曲论集[M].上海：上海古籍出版社，1992.

[36] 郑孝胥.郑孝胥日记[M].北京：中华书局，1993.

[37] 王筱云.中国古典文学名著分类集成[M].天津：百花文艺出版社，1994.

[38] 陈邦炎.词林观止[M].上海：上海古籍出版社，1994.

[39] 鲁国尧.鲁国尧自选集[M].郑州：河南教育出版社，1994.

[40] 尤振中，尤以丁.清词纪事会评[M].合肥：黄山书社，1995.

[41] 林玫仪.词学论著总目[M].台北：中研院文哲所筹备处，1995.

[42] 洛地.词乐曲唱[M].北京：人民音乐出版社，1995.

[43] 严迪昌.近现代词纪事会评[M].合肥：黄山书社，1995.

[44] 王易.词曲史[M].北京：东方出版社，1996.

[45] 钱仲联.中国文学家大辞典（清代卷）[M].北京：中华书局，1996.

[46] 马兴荣，曹济平，吴熊和.中国词学大辞典［M］.杭州：浙江教育出版社，1996.

[47] 叶嘉莹.迦陵论词丛稿［M］.石家庄：河北教育出版社，1997.

[48] 梁淑安.中国文学家大辞典［M］.北京：中华书局，1997.

[49] 宋平生.晚清四大词人词选译［M］.成都：巴蜀书社，1997.

[50] 夏承焘.夏承焘集［M］.杭州：浙江古籍出版社浙江教育出版社，1997.

[51] 龙榆生.龙榆生词学论文集［M］.上海：上海古籍出版社，1997.

[52] 吴熊和，严迪昌，林玫仪.清词别集知见目录汇编［M］.台北：台湾中研院文哲所筹备处编印，1997.

[53] 冒怀苏.冒鹤亭先生年谱［M］.北京：学林出版社，1998.

[54] 杨海明.唐宋词史［M］.天津：天津古籍出版社，1998.

[55] 吴熊和.吴熊和词学论集［M］.杭州：杭州大学出版社，1999.

[56] 杨荫浏.中国古代音乐史稿［M］.北京：人民音乐出版社，1999.

[57] 吴世昌，吴令华，施议对.词林新话［M］.北京：北京出版社，2000.

[58] 李灵年，杨忠.清人别集总目［M］.合肥：安徽教育出版社，2000.

[59] 李国庆.弢翁藏书年谱［M］.合肥：黄山书社，2000.

[60] 严迪昌.清词史［M］.南京：江苏古籍出版社，2001.

[61] 柯愈春.清人诗文集总目提要［M］.北京：北京古籍出版社，2001.

[62] 郭延礼.中国近代文学发展史［M］.北京：高等教育出版社，2001.

[63] 邱世友.词论史论稿［M］.北京：人民文学出版社，2002.

[64] 谢桃坊.中国词学史［M］.成都：巴蜀书社，2002.

[65] 张伯伟.全唐五代诗格汇考［M］.南京：凤凰出版社，2002.

[66] 陈匪石，钟振振校点.宋词举［M］.南京：江苏古籍出版社，2002.

[67] 王卫民.吴梅评传［M］.石家庄：河北教育出版社，2002.

[68] 钱仲联.元明清词鉴赏辞典［M］.上海：上海辞书出版社，2002.

[69] 杨柏岭.近代上海词学系年初编［M］.上海：上海教育出版社，2003.

[70] 鲁国尧.鲁国尧语言学论文集［M］.南京：江苏教育出版社，2003.

[71] 卓清芬.清末四大家词学及词作研究[M].台北：台湾大学出版委员会,2003.

[72] 吴钊,刘东升著.中国音乐史略[M].北京：人民音乐出版社,2003.

[73] 孙克强.清代词学[M].北京：中国社会科学出版社,2004.

[74] 朱德慈.近代词人行年考[M].北京：当代中国出版社,2004.

[75] 朱德慈.近代词人考录[M].北京：中国社会科学出版社,2004.

[76] 杨柏岭.晚清民初词学思想建构[M].合肥：安徽大学出版社,2004.

[77] 钱基博.现代中国文学史[M].上海：上海书店出版社,2004.

[78] 沙先一.清代吴中词派研究[M].北京：人民文学出版社,2004.

[79] 王兆鹏.词学史料学[M].北京：中华书局,2004.

[80] 龙榆生.词学十讲[M].北京：北京出版社,2005.

[81] 吴梅.词学通论[M].上海：复旦大学出版社,2006.

[82] 江庆柏.清代文人生卒年表[M].北京：人民文学出版社,2005.

[83] 陈水云.清代词学发展史论[M].北京：学苑出版社,2005.

[84] 朱惠国.中国近世词学思想研究[M].上海：上海古籍出版社,2005.

[85] 方智范等.中国古典词学理论史[M].上海：华东师范大学出版社,2005.

[86] 陈玉堂.中国近现代人物名号大辞典[M].杭州：浙江古籍出版社,2005.

[87] 朱惠国,刘明玉.明清词研究史稿[M].济南：齐鲁书社,2006.

[88] 贺新辉.清词鉴赏辞典[M].北京：北京燕山出版社,2006.

[89] 曹辛华.20世纪中国古代文学研究史·词学卷[M].北京：中国出版集团东方出版社,2006.

[90] 莫立民.晚清词研究[M].北京：中国社会科学出版社,2006.

[91] 曹辛华,张幼良.中国词学研究[M].福州：福建人民出版社,2006.

[92] 郑逸梅.郑逸梅作品集[M].北京：中华书局,2006.

[93] 谢桃坊.词学辨[M].上海：上海古籍出版社,2007.

[94] 叶嘉莹.迦陵说词讲稿[M].北京：北京大学出版社,2007.

[95] 姚蓉.明清词派研究[M].桂林：广西师范大学出版社,2007.

［96］叶嘉莹.清代名家词选讲［M］.北京：北京大学出版社，2007.

［97］鲍恒.清代词体学论稿［M］.北京：人民文学出版社，2007.

［98］刘永济.宋词声律探源大纲词论［M］.北京：中华书局，2007.

［99］陈谊.夏敬观年谱［M］.合肥：黄山书社，2007.

［100］孙克强.清代词学批评史论［M］.上海：上海古籍出版社，2008.

［101］江合友.明清词谱史［M］.上海：上海古籍出版社，2008.

［102］叶嘉莹.清词丛论［M］.北京：北京大学出版社，2008.

［103］叶嘉莹.词学新诠［M］.北京：北京大学出版社，2008.

［104］迟宝东.常州词派与晚清词风［M］.天津：南开大学出版社，2008.

［105］张宏生.清词探微［M］.上海：上海古籍出版社，2008.

［106］沙先一，张晖.清词的传承与开拓［M］.上海：上海古籍出版社，2008.

［107］巨传友.清代临桂词派研究［M］.上海：上海古籍出版社，2008.

［108］曾大兴.词学的星空——二十世纪词学名家传［M］.石家庄：河北人民出版社，2009.

［109］洛地.词体构成［M］.北京：中华书局，2009.

［110］夏承焘，吴熊和.读词常识［M］.北京：中华书局，2009.

［111］郑炜明.况周颐先生年谱［M］.上海：上海古籍出版社，2009.

［112］凌廷堪.凌廷堪全集［M］.合肥：黄山书社，2009.

［113］郑绍平，赵卫华，董昌武等.倚声探源［M］.北京：学苑出版社，2011.

［114］刘崇德.燕乐新说［M］.合肥：黄山书社，2011.

［115］魏新河.词学图录［M］.合肥：黄山书社，2011.

［116］林克胜.词律综述［M］.北京：商务印书馆，2011.

［117］田玉琪.词调史研究［M］.北京：人民出版社，2012.

［118］谭新红.词学档案［M］.武汉：武汉大学出版社，2012.

［119］王湘华.晚清民国词籍校勘研究［M］.长沙：岳麓书社，2012.

［120］陆有富.文廷式词及词学研究［M］.北京：中国社会科学出版社，2012.

［121］杨传庆.郑文焯词及词学研究［M］.天津：南开大学出版社，2013.

［122］林克胜.词谱律析［M］.北京：商务印书馆，2013.

［123］张宏生.读者之心——词的解读［M］.北京：中华书局，2013.

［124］任二北.任中敏文集［M］.南京：凤凰出版社，2013.

［125］郑孟津.词曲通解［M］.上海：上海古籍出版社，2014.

［126］张晖.晚清民国词学研究［M］.南京：南京大学出版社，2014.

［127］岳淑珍.明代词学批评史［M］.北京：社会科学文献出版社，2014.

［128］张仲谋，王靖懿，著.明代词学编年史［M］.北京：高等教育出版社，2015.

［129］刘少坤.清代词律批评理论史［M］.北京：人民出版社，2015.

［130］龙榆生.龙榆生全集［M］.上海：上海古籍出版社，2015.

［131］赵尊岳.赵尊岳集［M］.南京：凤凰出版社，2016.

［132］昝圣骞.晚清民初词体声律研究［M］.北京：中国社科文献出版社，2017.

主要论文

［1］任二北.增订词律之商榷［J］.东方杂志，1929（1）.

［2］唐兰.白石道人歌曲旁谱考［J］.东方杂志，1931（20）.

［3］唐钺.入声演化和词曲发达关系［J］.东方杂志，1935（1）.

［4］徐棨.词通·论韵［J］.词学季刊，1933（2）.

［5］徐棨.词通·论律［J］.词学季刊，1933（3）.

［6］徐棨.词律笺榷［J］.词学季刊，1933，1934.

［7］吴梅.与夏臞禅论白石词旁谱书［J］.词学季刊，1933.

［8］夏承焘.白石歌曲旁谱辨校法［J］.词学季刊，1933.

［9］夏承焘.与龙榆生论陈东塾译白石暗香谱书［J］.词学季刊，1933.

［10］姚华.与邵博絧论词用四声书［J］.词学季刊，1934.

［11］许之衡.与夏瞿禅论白石词谱［J］.词学季刊，1934.

［12］夏承焘.与龙榆生论白石词谱非琴曲［J］.词学季刊，1934.

［13］龙榆生.词律质疑［J］.词学季刊，1933.

［14］龙榆生.论词谱［J］.语言文学专刊，1936（1）.

［15］邵瑞彭.周词订律序［J］.词学季刊，1935.

［16］沈茂彰.万氏词律订误例［J］.词学季刊，1935.

［17］赵叔雍.金荃玉屑·玉田生讴曲旨要详解［J］.同声月刊，1941.

［18］陈能群.词用平仄四声要诀［J］.同声月刊，1941.

［19］吴庠.与夏瞿禅等论词书四通［J］.同声月刊，1941.

［20］陈能群.诗律与词律［J］.同声月刊，1941.

［21］吴眉孙.四声说［J］.同声月刊，1941.

［22］陈能群.论鬲指声［J］.同声月刊，1941.

［23］吴眉孙.与张孟劬先生论四声第一，二书［J］.同声月刊，1941.

［24］张尔田.与龙榆生论四声书［J］.同声月刊，1941.

［25］陈能群.论四清声寄煞［J］.同声月刊，1941.

［26］钱万选.鬲溪梅令曲谱说明［J］.同声月刊，1942.

［27］夏敬观.词律拾遗补［J］.同声学刊，1941—1942.

［28］夏敬观.戈载词林正韵纠正［J］.同声学刊，1943.

［29］王琴希.宋词上去声字与剧曲关系及四声体考证［J］.文史，1963（2）.

［30］李玉岐.论词和词律［J］.陕西师范大学学报，1978（3）.

［31］鲁国尧.宋代辛弃疾等山东词人用韵考［J］.南京大学学报，1979（2）.

［32］宛敏灏在.谈词谱——词学讲话之三［J］.安徽师范大学学报，1980（3）.

［33］宛敏灏在.谈词韵——词学讲话之四［J］.安徽师范大学学报，1980（4）.

［34］唐圭璋，金启华.历代词学研究述略［J］.词学，华东师范大学出版社，1981（1）.

［35］詹安泰.论调谱［J］.武汉大学学报，1984（2）.

［36］许金枝.词林正韵部目分合之研究［J］.中正岭学术研究集刊，1986（5）.

[37] 麦耘. 笠翁词韵的音系研究[J]. 中山大学学报, 1987（1）.

[38] 姜聿华. 黄公绍词韵与古今韵会举要[J]. 赣南师范学院学报, 1987（3）.

[39] 邱耐久. 词律来源新考[J]. 广东社会科学, 1988（2）.

[40] 羊春秋. 论衬字[J]. 中国韵文学刊, 1992（6）.

[41] 金明春. 论中国歌曲的衬字运用[J]. 中国音乐, 1992（1）.

[42] 林玫仪. 论晚清四大家在词学上的贡献[J]. 词学, 1992.

[43] 周玉魁. 略论钦定词谱的几个问题[J]. 中国韵文学刊, 1993（1）.

[44] 林裕盛. 词林正韵第三部与第五部分合研究[J]. 中国语言学论文集[J]. 高雄：高雄樱文图书出版社, 1993.

[45] 任亮直. 椎心泣血的时代悲歌——略论清末四大词人甲午前后的感时之作[J]. 河南大学学报, 1994（5）.

[46] 徐信义. 论词之格律与音乐的关系[J]. 第一届词学国际研讨会论文集[J]. 中央研究所中国文哲研究所筹备处, 1994.

[47] 洪惟助. 评王易乐府通论斠律篇, 并提出对词乐研究的几点意见[J]. 第一届词学国际研讨会论文集[J]. 中央研究所中国文哲研究所筹备处, 1994.

[48] 蒋哲伦. 论"领字"及其与词体建构的关系[J]. 社会科学战线, 1994（4）.

[49] 刘明澜. 论宋词词韵与音乐之关系[J]. 中国音乐学, 1994（3）.

[50] 郑祖襄. 一部不能忽视的古代乐谱集碎金词谱[J]. 中国音乐, 1995（1）.

[51] 陈宏铭. 论词调中的双拽头体[J]. 高雄师大学报, 1997（4）.

[52] 宋平生. 清末四大词人生平与创作[J]. 中国典籍与文化, 1998（1）.

[53] 陶子珍. 戈载宋七家词选试析[J]. 中国国学, 1998（1）.

[54] 杨合鸣. 诗经特殊衬字式探析[J]. 湖北大学学报, 1999（1）.

[55] 潘慎. 钦定词谱关于〔秋蕊香〕调名的谬误[J]. 中国韵文学刊, 2000（1）.

[56] 洛地. 词调三类——令破慢[J]. 文艺研究, 2000（5）.

[57] 龙建国. 词乐研究的新突破—读碎金词谱今译[J]. 社会科学研究, 2000（6）.

[58] 邝健行, 吴淑钿. 香港中国古典文学研究论文选粹（1950—2000）[J]. 江苏古籍出

版社，2002.

[59] 李连生.从白石道人歌曲旁谱论词乐与词律之关系[J].江西社会科学，2002（6）.

[60] 张承凤，李文莉.柳永词律刍议[J].重庆教育学院学报，2003（5）.

[61] 田玉琪.词调〔莺啼序〕小考[J].文学遗产，2003（4）.

[62] 许伯卿.论词律的演进与词体的诗化[J].中国韵文学刊，2004（1）.

[63] 陈应时在.燕乐"四宫"说的三错[J].中国音乐，2004（2）.

[64] 张宏生，张晖.龙榆生的词学成就及其特色[J].江西社会科学，2004（3）.

[65] 孙克强.晚清四大家词律论[J].文艺理论研究，2004（3）.

[66] 魏慧斌，程邦雄.词韵"上去通押"与"浊上变去"[J].古汉语研究，2005（3）.

[67] 刘红麟.王鹏运声律论[J].河池学院学报，2006（6）.

[68] 孙克强.晚清四大家词学集大成论[J].文艺理论研究，2006（3）.

[69] 朱崇才.词学十问[J].文学评论，2006（5）.

[70] 曾金城.梦窗〔木兰花慢〕（紫骝嘶冻草）相关问题之讨论——以"夹协"与"短叶"为核心[J].台湾政大中文学报，2006（5）.

[71] 李自浩.浅析陈澧声律通考要旨[J].中国音乐学，2007（4）.

[72] 刘红麟.郑文焯的乐理论[J].民族文学研究，2007（4）.

[73] 曹明升.词律的编订与清人对词体特性认知的深化[J].海南大学学报，2007（4）.

[74] 刘效礼.施蛰存论作词和词律[J].词学，2007.

[75] 李玫.燕乐二十八调与苏祇婆五旦七声的关系[J].中国音乐学，2007（3）.

[76] 刘兴晖.从郑文焯前后期词之变化看晚清"以学入词"现象[J].船山学刊，2007（4）.

[77] 彭玉平.民国时期的词体观念[J].文学遗产，2007（5）.

[78] 林玫仪.韵律资料库对词学研究之助益[J].清华大学学报，2007（6）.

[79] 邱美琼，胡建次.中国词学批评视野中的词韵论[J].社会科学家，2008（3）.

[80] 房亚红.衬字在歌曲中之运用[J].江苏社会科学，2008.

[81] 谢桃坊.词谱检论[J].文学遗产，2008（1）.

[82] 张仲谋.沈璟古今词谱考索[J].文献,2008(1).

[83] 沙先一.声韵探讨与词风演进———兼论戈载《词林正韵》的尊体策略[J].文史哲,2008(2).

[84] 谢桃坊.词谱误收之元曲考辨[J].东南大学学报,2009(4).

[85] 刘庆云,蔡厚示.从白香词谱透视舒梦兰的词学观[J].文学遗产,2009(3).

[86] 代媛媛.碎金词谱选译及其研究[J].中央音乐学院学报,2010(3).

[87] 刘兴晖.民国时期分调型词谱体词选与新体乐歌的构想[J].社会科学家,2010(2).

[88] 丁建东.百年以来词谱研究的回顾与反思[J].菏泽学院学报,2010(6).

[89] 张仲谋.张綖诗余图谱研究[J].文学遗产,2010(5).

[90] 萩原正树,著,薛莹,译.关于钦定词谱两种内府刻本的异同[J].词学,2010.

[91] 张东艳.万树词律的价值及其声律论[J].现代语文,2010(12).

[92] 钱志熙.试论夏承焘的词学观与词体创作历程[J].中国韵文学刊,2011(1).

[93] 詹杭伦.论徐榮词通及其词学[J].文艺研究,2011(6).

[94] 李桂芹.蔡桢词源疏证与近代词源笺注[J].湖南师范大学社会科学学报,2012(4).

[95] 傅宇斌.龙榆生"声调之学"论衡[J].文艺评论,2012(12).

[96] 王延鹏.词通,词律笺榷作者考辨[J].词学,2013(2).

[97] 曹辛华.论民国词体理论批评的发展及其意义[J].学术研究,2014(1).

[98] 刘少坤.南北曲"衬字"考论[J].戏曲艺术,2014(3).

[99] 焦宝.词学家陈思及其词学论考[J].社会科学战线,2014(9).

[100] 惠联芳.论夏承焘与陈思交谊对词学发展的推进作用[J].西安文理学院学报,2014(6).

[101] 沈冬.东风不竞 乐调西来——试探林谦三.隋唐燕乐调研究与"开皇乐议"[J].乐府学,2015(2).

[102] 刘少坤,罗海燕,杨传庆.郑文焯词律研究成就及其词学史意义[J].河北大学学

报，2015（3）.

［103］兰石洪.夏敬观词学贡献论略［J］.重庆文理学院学报，2016（1）.

［104］昝圣骞.论清末民初词体声律学的新变［J］.文艺研究，2017（2）.

［105］李飞跃.诗曲交侵下的词体重构［J］.北京大学学报，2017（5）.

［106］叶晔.第三条道路：词乐式微与格律词的日用之道［J］.苏州大学学报，2018（1）.

［107］刘兴晖.从"名著"到"二流的词选本"——白香词谱在晚清民国的通俗化传播之路［J］.广东第二师范学院学报，2018（4）.

［108］陈水云，李群喜.从格律而音律:清初对词律规范的探求［J］.中国诗歌研究 2018（4）.

［109］曹明升，沙先一.周济词律观的转变及其词学史意义［J］.文艺研究，2019（1）.

［110］吴亚娜.四库体系中的词学批评探究［J］.贵州文史丛刊，2020（1）.

后　记

  在词学研究范围中，词体的研究最难。因其涉及古代文学、音韵学、古代音乐学等多门知识，再加上建国以来文学的社会服务功能的强化，故词体研究日渐成为绝学，但是，词律是词体构成的最核心的因素，直接关系到词体的立与破。若不把这个问题弄清楚，所谓的词学研究很可能会偏离正确的轨道，甚至沿用其他的视角如诗学的视角来套路词学研究而已。

  词律在唐宋时期是一种流行的俗乐，而到了明清，词乐已佚，这时，若要倚声填词，就必须在充分考察唐宋词用律情况的基础上，总结唐宋词的用韵规律，乃至重建一套合理的规则。事实上，明清人也就是按照这样一条路径发明了"格律词"的形态，并进而成为填词新规范，然而，前期词谱总体比较粗糙，虽然创制之功不可埋没，但这些词谱在总结字声规律时或有偏差、或有错讹，成为很多词学家反思的对象。更因无善本可依，填词者更是手足无措，难以为继。

  康熙年间，一位出生在宜兴文化世家的年轻人开始崭露头角。从中年开始，他全面分析前期词谱之问题，进而重新构建词体新规范，成就了一部巨著，这个人就是万树。由于处于鼎革之际，因此万树惨遭家国之变，生活困顿，且投奔两广总督吴兴祚之后，偏居一隅，可以说，其开展研究的基本条件是欠缺的，然而，中间虽有间断，万树却矢志不渝，坚韧不拔。经过十七八年的努力，期间又与陈维崧、侯文灿共同商讨探索，最终，万树在反复纠驳修订之后，皇皇二十卷之多的《词律》创制成功。是书一旦雕版，很快引起学界的关注，并给予了高度评价。可以肯定地说，《词律》是康熙之前收录词体最多、资料最丰富、考订最翔实的词谱著作。与此同时，其也是目前对词体研究最为深入、学术含量最高的词谱著作。

十余年来，我们一直专注于词体的研究。万树《词律》也是最早映入视野的词学著作之一，对其进行全面系统的研究亦是多年来的计划之一。去年孟春之月，正值寒假之时，天寒地冻，万物藏养。稍暇之余，我们首先把《词律》研究提上日程。期间亦因上课、培训等工作略有耽搁，然也因新型冠状病毒的肆虐而让我们有一大整块时间集中研究写作。端坐书斋，怡情养性，静心揣摩，恭敬为之，终于以一年多的工作之余完成。

当开写这篇小文之时，新冠病毒在国内已得到有效控制。首次走出小区，到军校广场公园第一次散步，芳菲已过，柳穗欲开，蓝天白云，满眼绿意，竟已是暮春时节，然于我而言，相对于杏白桃红，我更喜欢这满满的绿意——盎然生姿，清新爽净，一扫数月以来的疲惫，乐乐陶陶。

本书为2019年"河北省社会科学基金项目"的结项成果。项目名称：民国词体学研究，项目编号：HB19ZW018。感谢省社科规划办对课题组的支持与信任！我们将继续深入研究，为河北省人文社会科学文化事业的繁荣昌盛贡献自己的一份力量！

正如文前所言，本书涉及古代文学、音韵学、古代音乐学等多个学科或专业的知识。公允、深刻地利用多个学科多个专业的知识进行词律研究，有相当大的难度，同时，也是本选题研究的重中之重。

限于学养，书中若有不足之处，敬请读者批评指正。

是为记。

庚子年上巳之日